Um Café e um Feitiço para viagem

NADIA EL-FASSI

Tradução
Ana Rodrigues

1ª edição
Rio de Janeiro-RJ / São Paulo-SP, 2024

VERUS
EDITORA

Título original
Best Hex Ever

ISBN: 978-65-5924-276-4

Copyright © Little Pink Ghost Ltd., 2024
Todos os direitos reservados.

Tradução © Verus Editora, 2024
Direitos reservados em língua portuguesa, no Brasil, por Verus Editora. Nenhuma parte desta obra pode ser reproduzida ou transmitida por qualquer forma e/ou quaisquer meios (eletrônico ou mecânico, incluindo fotocópia e gravação) ou arquivada em qualquer sistema ou banco de dados sem permissão escrita da editora.

Verus Editora Ltda.
Rua Argentina, 171, São Cristóvão, Rio de Janeiro/RJ, 20921-380
www.veruseditora.com.br

CIP-BRASIL. CATALOGAÇÃO NA FONTE
SINDICATO NACIONAL DOS EDITORES DE LIVROS, RJ

E39c

El-Fassi, Nadia
    Um café e um feitiço para viagem / Nadia El-Fassi ; tradução Ana Rodrigues. - 1. ed. - Rio de Janeiro : Verus, 2024.

    Tradução de: Best hex ever
    ISBN 978-65-5924-276-4

    1. Romance inglês. I. Rodrigues, Ana. II. Título.

24-93460
    CDD: 823
    CDU: 82-31(410.1)

Meri Gleice Rodrigues de Souza - Bibliotecária - CRB-7/6439

Revisado conforme o novo acordo ortográfico.

Seja um leitor preferencial Record.
Cadastre-se no site www.record.com.br e receba informações sobre nossos lançamentos e nossas promoções.

Atendimento e venda direta ao leitor:
sac@record.com.br

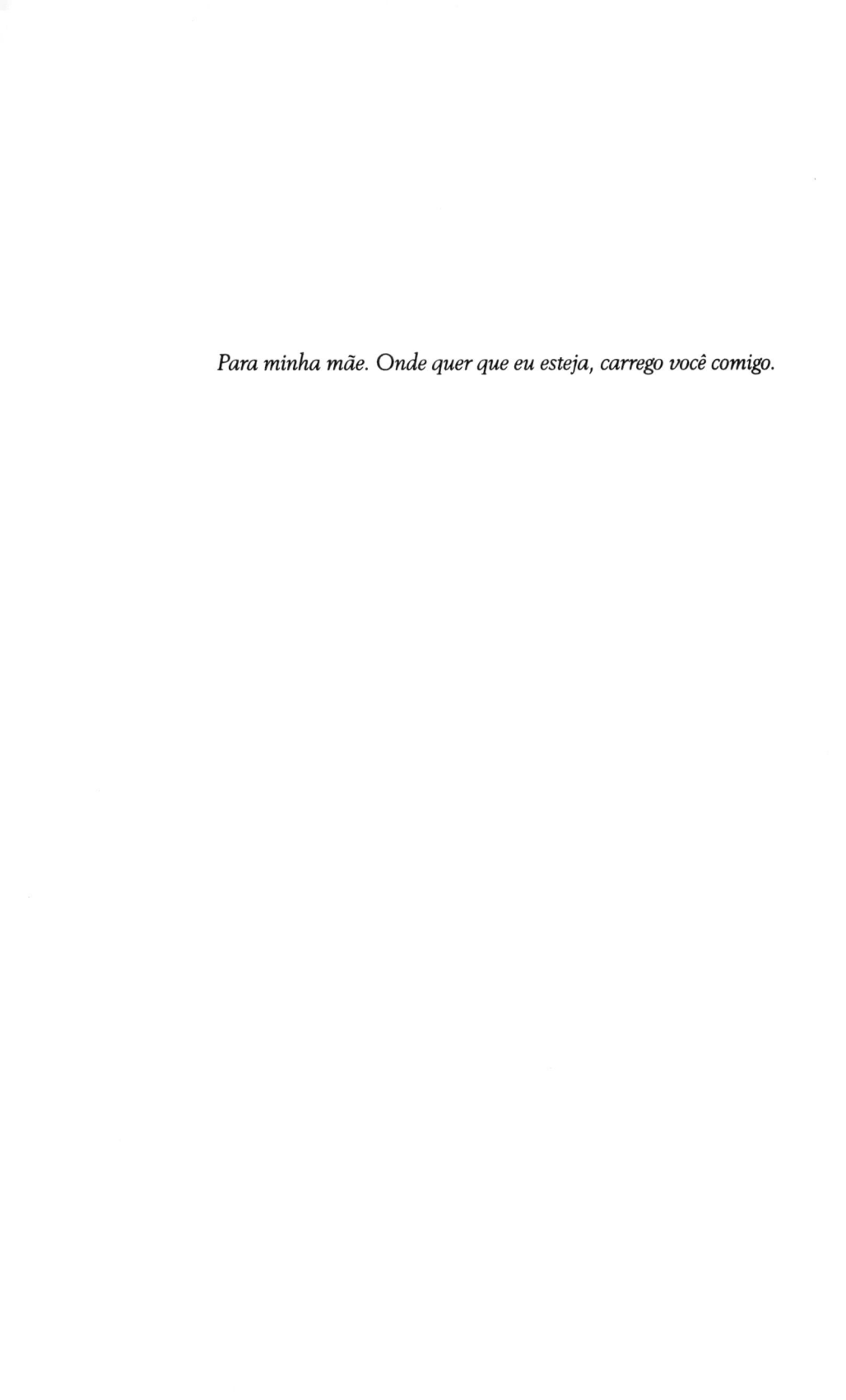

Para minha mãe. Onde quer que eu esteja, carrego você comigo.

Nota

Há alguns poucos tópicos sensíveis nesta história, como sofrer uma traição em um relacionamento passado (periférico à narrativa), perder um membro da família (periférico à narrativa) e crescer em um abrigo e só encontrar uma família durante a vida adulta. Espero ter tratado esses temas com o cuidado que merecem.

Capítulo 1

Era um dia frio de outono na última semana de outubro, o tipo de dia que dá vontade de se aconchegar com um bom livro e uma xícara de chocolate quente fumegante. Folhas douradas estalavam sob os pés e a geada da manhã caía no toldo roxo do Café Dedo do Destino. Aquela era a estação do ano favorita de Dina. O calor insuportável dos últimos dias de setembro finalmente tinha passado — época em que o ar no metrô parece denso e pegajoso, forçando-a a passar a maior parte dos dias realizando feitiços de resfriamento nas axilas.

Sempre havia uma mudança no ar quando o outono chegava a Londres. Por um lado, o movimento no café melhorava e, naquele instante, todos os clientes estavam pedindo croissant para acompanhar o café.

A magia do croissant era, na melhor das hipóteses, delicada, mas se mostrava especialmente difícil durante a correria do café da manhã. Dina olhou para a confusão de massa e manteiga — sem dúvida, irrecuperável. Itens mais delicados de confeitaria nunca tinham sido o seu forte. Ela prendeu os cachos volumosos em um coque e arregaçou as mangas.

Tinha acabado de pegar outro pote da sua mistura mágica de manteiga, pronta para começar de novo, quando Robin, que trabalhava preparando e servindo as bebidas, chamou:

— Dina, onde você pôs o blend de chá de crisântemo que fez semana passada?

Os croissants teriam que esperar.

Ela foi até a frente do café, examinou o estoque de chás e finalmente colocou em cima do balcão a lata com flores secas delicadas que Robin estava procurando. Relutante em voltar aos pouco amigáveis croissants, Dina começou a servir os clientes que se acomodavam nas mesas e poltronas aconchegantes do seu café.

Havia algo diferente no Café Dedo do Destino, uma certa energia no ar que ninguém conseguia identificar. Era um lugar onde coisas boas aconteciam. Clientes que apareciam para comprar um cappuccino tropeçavam sem querer no guarda-chuva de alguém na mesa ao lado, e aquela pessoa acabava se tornando o amor da sua vida.

Dina amava a rapidez com que algumas notícias sobre o seu café se espalhavam. Uma delas era que se a pessoa comprasse um café com leite e um biscoito a caminho de uma entrevista de emprego, conseguiria o emprego — ela ficara bastante orgulhosa daquele feitiço... tinha sido um dos seus melhores. O ingrediente especial foi um toque de canela e uma pitadinha de calma. Como um abraço na pessoa amada ou a sensação de tirar os sapatos depois de um longo dia.

O segredo dos feitiços de Dina era que ela colocava as próprias lembranças e emoções neles; assim, o feitiço partia dali, reproduzindo os sentimentos dela na pessoa que comia ou bebia o que quer que Dina tivesse feito. Um feitiço de confiança para ajudar alguém a conseguir um emprego não gerava uma falsa segurança nas pessoas, só dava um empurrãozinho mágico para que encontrassem a confiança que já existia dentro delas.

Os feitiços não duravam para sempre, é claro. Nenhuma magia dura.

Mesmo assim, Dina fazia de tudo para manter sua magia escondida. Afinal, não poderia permitir que toda Londres soubesse que ela era uma bruxa.

Conforme a cidade esfriava, os clientes afluíam pelas portas, em busca de conforto e de uma boa xícara de chá. Um dos mais pedidos era a mistura especial de chai, que levava gengibre, cravo e noz-moscada, e só uma pitadinha daquela sensação que a gente tem quando esfrega a barriga quente e macia de um gato.

Por toda a cidade, casacos eram resgatados do fundo dos armários onde tinham passado o ano acumulando poeira e buracos de traças; aquecedores ganhavam vida; e todos começavam a procurar aquela pessoa especial com quem poderiam se aconchegar quando o inverno chegasse com tudo.

Dina estava preocupada demais para sequer pensar no início da temporada de caça, quando todos começavam a buscar relacionamentos sérios com a chegada do frio. Ela havia tido alguns encontros no ano anterior — um com um homem e outro com uma mulher — e apenas um encontro tinha sido razoavelmente bom. O cara era uma red flag ambulante, enquanto Maggie — a professora de ioga absurdamente sexy com quem Dina tinha saído alguns meses antes — era um amor, gentil e inteligente. Dina sabia que poderia ter tido alguma coisa mais séria com Maggie se tivesse dado uma chance, mas não quis machucá-la. Por isso, se afastou antes que as coisas piorassem.

Felizmente, no outono o café ficava movimentado o bastante para distraí-la do amor — Dina havia jurado não ter encontros românticos no futuro próximo. Não valia a pena a dor que causaria a si mesma e aos outros. Além disso, os negócios estavam crescendo e ela precisava terminar outro lote das suas velas "Calma & Aconchego", que eram um grande sucesso, antes que esgotassem novamente.

— Robin, você pode levar isso pra mesa quatro, por favor? — disse Dina, já estendendo uma bandeja com duas fatias da sua torta de maçã e mirtilo e duas xícaras do chá da casa.

O casal sentado à mesa em questão frequentava o café havia alguns meses, e aparecia ali toda quarta-feira para estudar junto.

Pelo menos era isso que Dina presumia que faziam, com a cabeça inclinada sobre os respectivos notebooks. De vez em quando, o homem pegava a mão do parceiro e os dois ficavam só sentados ali, em um silêncio perfeitamente confortável. *É isso que eu quero*, pensou Dina. Será que conseguiria algum dia? Ultimamente, até mesmo a mera ideia de um "felizes para sempre" parecia inatingível.

— Pode deixar, chefe.

Robin sorriu, porque sabia muito bem que Dina odiava ser chamada de "chefe". Robin estava no café havia alguns anos, e revezava com as aulas de spinning que dava perto da estação Blackfriars. Robin tinha entrado no café instantes depois de Dina ter colocado o anúncio da vaga na vitrine. Dina notou o moicano verde-escuro e o traço descolado do delineador de Robin (feito aparentemente sem esforço), observou o jeito distraído como aquela pessoa recém-chegada ajeitou um dos porta-retratos na parede e soube na hora que era a pessoa perfeita para o trabalho.

Naquele dia, Dina não tinha tido muito tempo para fazer nada além de trabalhar, não que se importasse com isso. O Dedo do Destino, com o barulho da máquina de café e o aroma quente dos bolos, era o seu lugar. Ela mesma fundara aquele negócio — só com uma ajudinha da sua magia — e toda vez que via clientes retornarem após uma primeira visita, seu coração pulava de alegria.

Mas, naquela manhã, Dina estava perfeitamente consciente de que eram apenas Robin e ela trabalhando no café, ou seja, estavam em grande desvantagem numérica.

Os feitiços de desaceleração do tempo a cansavam, por isso ela tendia a guardá-los apenas para a hora do almoço. A máquina de café estava temperamental de novo, e Dina precisou dar uma batida nela (talvez com uma faísca de algo a mais...) para fazê-la voltar a funcionar.

Ela estava terminando o desenho na espuma do café — um gato montado em uma vassoura em uma das xícaras e um fantasma na outra; afinal, o espírito do Halloween já estava no ar — quando o vento fez a porta se abrir com força, as folhas rodopiavam na entrada, fazendo um amuleto contra mau-olhado cair da parede com um estrondo e se partir ao meio.

Dina prendeu o ar. Reconhecia um mau presságio quando via um.

A porta se fechou com um baque, e o sininho acima dela tilintou tardiamente. Havia um homem parado ali, tirando uma folha desgarrada do suéter.

A primeira coisa em que Dina reparou foi no nariz dele — parecia um pouco torto, como se tivesse sido quebrado, mas não cicatrizado direito. Então, ela se espantou com o tamanho do homem — não só era alto, mas também largo o bastante para ocupar toda a entrada estreita do café. Seu pulôver, por mais volumoso que fosse, não conseguia esconder os músculos por baixo quando ele se abaixou para pegar o amuleto quebrado. O que fazia um homem com um corpo daqueles usar um paletó de tweed com cotoveleiras e óculos de armação metálica? Ele parecia um professor que, à noite, trabalhava como lutador profissional.

Dina engoliu em seco com dificuldade, sem deixar de notar que tinha ficado com a boca seca. Cabelo escuro e ondulado, barba bem-feita — era como se ele tivesse saído direto dos devaneios dela e entrado no café. O amuleto contra mau-olhado estava certo: ela estava condenada.

— Desculpe, isso caiu da parede — falou o homem, em uma voz baixa e doce.

Não flerte com ele, Dina, disse ela a si mesma, enquanto colocava um cacho de cabelo solto atrás da orelha. Quando os olhos dele encontraram os dela, Dina viu que eram cor de mel.

— Obrigada — disse ela, e pegou o amuleto da mão estendida dele.

Suas mãos se roçaram quando ele colocou as duas metades na palma da mão dela, em um toque áspero, calejado. Dina afastou rapidamente a mão. O feitiço de hena que fizera na noite anterior, quando não conseguia dormir, estava começando a ganhar vida e a desenhar corações em seu pulso.

— É um amuleto de Nazar, não é? — perguntou o homem com naturalidade. — Igual ao da sua correntinha.

Ele indicou com um aceno de cabeça o cordão ao redor do pescoço de Dina, que tinha um pingente de mão de Fátima com um olho grego no centro. Ela levou a mão ao pingente e sentiu o rosto corar. Não era nada inteligente deixar um estranho — embora um estranho muito atraente — provocar aquela reação nela.

— É parecido. Os dois são para proteção contra mau-olhado.

— Devo me preocupar por ter quebrado quando entrei? — Ele sorriu, com um brilho malicioso no olhar.

— Não, tá tudo bem, eu quebro os meus pingentes o tempo todo — falou Dina, os dedos brincando com a correntinha no pescoço. — Significa que funcionou.

— Então te protegeu?

Ele se inclinou para a frente, apoiando os braços no balcão, a voz rouca. Dina conseguiu sentir o cheiro da sua colônia — cedro e algo cítrico.

— É, me protegeu.

Era estranho. O café estava movimentado, mas Dina tinha a sensação de que eles eram as únicas pessoas ali. Ela nunca tinha conhecido alguém tão interessado no seu amuleto contra mau-olhado antes, mas o homem continuava a encará-la com uma curiosidade tranquila e atenta que fez um arrepio subir pela sua nuca.

Dina abaixou os olhos para o amuleto quebrado em cima do balcão. Ele se quebrara para proteger o café, Dina ou aquele homem? De qualquer forma, quando olhou para ele, se sentiu à deriva. Aquilo era um mau sinal. Não podia permitir que a sensualidade inegável daquele homem a distraísse.

— Então… — pigarreou Dina, torcendo para que o rubor abandonasse seu rosto — o que posso te servir?

— Quero um Earl Grey e um dos seus croissants.

— Quer leite ou limão no chá?

Olha só para ela, tão profissional… Obviamente não estava reparando no bíceps do visitante enquanto ele tirava a carteira do bolso de trás.

— Puro, obrigado.

Dina estava prestes a se agachar atrás do balcão para pegar o pote de Earl Grey a granel (ela mesma havia colhido a bergamota em uma viagem à Itália), quando ouviu um estrondo vindo de uma das mesas.

— Ah, sinto muito — disse uma pessoa que ocupava uma das mesas, olhando para duas xícaras que haviam caído no chão, espalhando café por toda parte.

Dina sorriu para o cliente à sua frente e estava prestes a pegar o esfregão no armário do estoque quando ouviu um barulho horrível, seguido por um estalo. Não foi uma surpresa — a má sorte sempre dava um jeito de seguir Dina.

— A máquina de café quebrou! — gritou Robin.

Dina respirou fundo, cerrando o punho. Ela olhou para o belo estranho, que provavelmente nunca mais veria. O olhar dele já estava fixo nela.

— Robin, você pode cuidar da caixa registradora? Vou arrumar a máquina e limpar o café derramado — gritou Dina.

Ela se afastou antes que o homem pudesse dizer qualquer coisa — qualquer coisa que pudesse fazê-la se virar e cometer alguma tolice.

A máquina de café só precisava de um tranco, pensou — e por "tranco", Dina queria dizer outro golpe forte de magia. Logo o chão estava limpo e o café tinha sido reposto.

Quando Dina ergueu os olhos, viu que o estranho estava indo embora, terminando de beber seu Earl Grey. Quem sabe em outra vida...

— Nossa, adoro homens de gola alta, faz com que pareçam tão intelectuais. — Robin estava bem ao seu lado, dando um risinho. Dina acertou Robin com um pano de prato, em um gesto brincalhão, e voltaram ao trabalho.

Capítulo 2

Scott Mason passou a mão pelo cabelo e se esforçou muito para se concentrar no trabalho. Tinha que aprovar os cartazes da exposição, escrever o discurso que faria no vernissage e ir até o arquivo para fazer algumas pesquisas. Precisava pensar em qualquer coisa que não fosse a mulher do café, que parecia ter saído direto dos seus devaneios e se tornado realidade. Que estupidez tinha feito com que ele fosse embora do café antes de pegar o número dela? Inferno, devia ter se oferecido para ficar de joelhos e limpar o café derramado se aquilo significasse que poderia continuar a conversar com ela. Acabara nem perguntando seu nome.

Scott estava sentado em seu escritório, no Museu Britânico, com os olhos fixos na tela do notebook. O cômodo estava abarrotado com o máximo de livros que era capaz de conter — alguns eram herança da pessoa responsável pela curadoria que havia trabalhado ali antes dele —, e as pilhas muito altas tinham uma tendência a cair em cima de Scott quando ele menos esperava. Havia um aquecedor no canto que vivia fazendo barulho, mas que nunca parecia esquentar nada, e uma família de pombos se instalou bem do lado de fora da janela. A cadeira diante da escrivaninha rangia sempre que ele se sentava, e a escrivaninha em si estava manchada com um século de respingos de tinta. Mas agora que havia pendurado alguns cartões-postais e alguns quadros das viagens que já fizera e das exposições anteriores de que já fora curador, ele já começava a se sentir em casa ali.

Cada vez que Scott tomava um gole do maravilhosamente doce chá Earl Grey que tinha comprado no café, sua mente voltava à mulher que o atendera. Ela o fazia lembrar daquelas estátuas de deusas gregas, todas com curvas voluptuosas e feições suaves e convidativas, com aqueles cachos cor de mogno tingidos de roxo, os olhos de um castanho tão escuro que eram quase pretos. E aqueles lábios... nossa, "beijáveis" era um eufemismo.

Scott tinha ido a alguns encontros desde que voltara para Londres, marcados por aplicativos de namoro, e não havia nada de errado com as mulheres que conhecera. Eram todas atraentes, inteligentes e divertidas, mas tinha faltado... sintonia. Não que ele ainda estivesse apegado à Alice... era mais um cansaço de repetir as mesmas perguntas em um primeiro encontro, depois de ter passado algum tempo em um relacionamento longo. *Em que você trabalha? O que gosta de fazer nos fins de semana?* Vários aplicativos, mas nenhum era capaz de dar uma pista sobre como a química funcionaria na vida real. Aquilo o irritava.

E Scott não andava com ânimo para insistir. Até aquele dia. A mulher daquele café tinha acendido alguma coisa dentro dele, como um raio de sol finalmente rompendo as nuvens depois de uma tempestade. Ela até o fazia pensar em metáforas piegas. Pela primeira vez em muito tempo, o corpo — os sentidos — de Scott pareciam despertos. Pela primeira vez em muito tempo ele se pegava *desejando.*

Aquele era o primeiro ano de Scott como curador do acervo permanente do museu, e ele não podia evitar a sensação de que, a não ser pela dra. MacDougall, que tinha se disposto a correr o risco de contratá-lo, alguns dos outros curadores e membros do conselho olhavam com desprezo para ele. Nem todos, era verdade. Mas, por acaso, os mais influentes.

Ele tinha feito o possível para não se distrair durante toda a tarde. O dr. Jenkins e o dr. Garcia, dois curadores muito mais antigos do que ele no museu, não ficaram satisfeitos com seus planos para a programação de verão e de outono. Eles tinham estremecido quando Scott se atrevera a pronunciar a expressão "exposição interativa". Para eles, um museu não era um lugar para as crianças aprenderem sobre o embalsamamento de múmias, ou para qualquer pessoa sem um phD ter acesso à Sala de Leitura redonda.

Scott se lembrou de como alguns funcionários do museu tinham ficado chocados quando ele explicara que a ideia de uma exposição baseada nos antigos sistemas de esgoto da Mesopotâmia provavelmente não atrairia grandes multidões.

Naquele momento, sua mente voltou-se mais uma vez para o sorriso da mulher do café, para o modo como ela havia enrubescido e tocado no pescoço quando ele chamara a atenção para a correntinha com o pingente de mão de Fátima. Talvez ele devesse voltar e se oferecer para comprar um novo amuleto a fim de substituir o que havia quebrado. Aquilo seria demais? Ele não queria ir com muita sede ao pote.

Embora a interação entre eles tivesse durado só um instante, havia sido maravilhoso conversar sobre a sua paixão por objetos históricos com outra pessoa, especialmente qualquer coisa relacionada a talismãs da sorte ou boa fortuna. Eric — melhor amigo de Scott — sempre tinha prazer em escutá-lo, mas não compartilhava do mesmo interesse. Alice nunca se dispusera a falar sobre o trabalho de Scott com ele e, quando isso por acaso acontecia, ela sempre acabava dizendo em tom de deboche que ele poderia ganhar mais dinheiro fazendo qualquer outra coisa. Scott já tinha perdido as contas de quantas vezes havia explicado a ela que ser curador não era algo que se fazia pelo dinheiro.

Quando Scott abrira as caixas que tinha levado para seu escritório no museu, havia encontrado uma foto dele e de Alice na primeira viagem que fizeram para ver a aurora boreal na Noruega, anos antes. Os dois pareciam felizes na foto; já não sentia mais a mesma mágoa quando olhava para o rosto dela.

Ainda tinha raiva, e continuaria a ter por algum tempo, mas o sentimento tinha ficado entorpecido. Por outro lado, qualquer amor que Scott pudesse ter sentido por Alice havia sumido durante os anos dele no exterior, e não retornara com a sua volta para Londres. Com certeza o fato de Alice ter ido morar com outro cara nos Estados Unidos tinha contribuído para isso. Pelo menos Scott não precisava se preocupar em esbarrar com ela em algum dos lugares que costumavam frequentar juntos.

Sem pensar duas vezes, ele amassou a foto e jogou no lixo. Já ia tarde.

$\mathcal{S}$cott checou a hora e se deu conta de que estava devaneando há mais tempo do que imaginava, já estava no horário de encontrar Eric. Ele guardou na mochila o notebook, algumas barras de cereais (Eric costumava ficar irritado com fome) e um livro sobre a mitologia e as tradições do Norte da África pré-islâmico — uma leitura leve para o trajeto de trem.

Scott trancou a porta do escritório com uma grande chave de ferro que parecia pertencer a um mosteiro medieval.

O celular dele apitou com uma notificação de Eric: Te vejo na marina, se prepara pra ficar na rabeira.

A gente vai remar em dupla hoje, espertão, respondeu Scott.

Scott atravessou o salão principal correndo, e pela visão periférica reparou que algumas mulheres tentavam, de forma nada discreta, tirar uma foto dele. Era possível que o tivessem reconhecido da página de setembro do calendário de nus de "Curadores contra o câncer" que ele havia feito no ano anterior, embora, felizmente, os calendários tivessem esgotado rapidamente e ele não precisasse mais ficar vermelho de vergonha toda vez que passava pela loja de suvenires do museu.

Aquilo deixou Scott um pouco desconfortável, mas ele tentou não levar a sério. Sempre tinha sido avesso à atenção, desde criança. É claro que a sensação tinha uma origem diferente naquela época. Havia muitas perguntas do tipo "De onde você é de verdade?" quando ele estava na escola, tanto da parte dos professores quanto dos outros alunos. Era aquele "de verdade" que o irritava. Em parte porque sempre o tratavam como alguém "diferente", mas também porque não sabia a resposta.

Scott havia sido adotado quando tinha dez anos. Antes disso, passava temporadas curtas com famílias adotivas e, nos intervalos entre uma e outra, ficava no abrigo. Suas memórias daquela época, antes de ele ir morar com suas incríveis mães, eram um pouco confusas. Não, mentira. Ele se lembrava de tudo; só que às vezes era mais fácil esquecer.

Uma vez, Scott tinha pensado em fazer um daqueles testes de ancestralidade do tipo "cuspir e mandar pelo correio", mas então Eric, que trabalhava para uma empresa de tecnologia com muito dinheiro, tinha balançado a cabeça em reprovação e dito que as informações de Scott poderiam ser usadas para coisas que ele não necessariamente aprovaria, fazendo-o abandonar a ideia.

Scott deu tchau para o pessoal que trabalhava na bilheteria do museu, enquanto seguia pelo lado leste do Grande Átrio; a clarabóia deixava a luz do sol da tarde entrar, banhando o átrio com um brilho dourado.

— Ah, dr. Mason, exatamente quem eu esperava encontrar.

Era a dra. MacDougall, a curadora-chefe do museu. Negra, baixa, corpulenta e de cabelos grisalhos, ela sempre parecia saber combinar um terninho elegante e despretensioso com um colar pesado.

— Dra. MacDougall — falou Scott, com um sorriso.

— Você parece estar com pressa.

— Ah, sim, desculpe. Estou indo pra marina.

— Bem, não vou te prender, mas tenho boas notícias. Sabe a sua proposta para uma passagem global da exposição *Símbolos de Proteção*? A mesa adorou.

O sangue começou a latejar nos ouvidos de Scott. Ele teve vontade de pular, mas também de se esconder em um armário. Aquilo era muito importante — capaz de mudar sua carreira.

— Jura? Você tá falando sério?

— Seríssimo. — Ela riu e deu uma palmadinha no braço dele. — Mas a gente pode comemorar daqui a algumas semanas, no lançamento interno.

— Concordo. Aí eu te pago um martíni.

— Vai ser open bar, Scott, mas vou te cobrar esse drinque depois. Sei que é uma reviravolta e tanto, mas como você disse na apresentação da sua proposta a maior parte dos artefatos para essa exposição já está há muito tempo no nosso acervo, intocada. Está na hora de verem a luz. — Ela abriu um sorriso largo para Scott e deu mais uma palmadinha carinhosa em seu braço antes de se despedir.

Ele não conseguia acreditar. Queriam que a sua exposição visitasse o mundo todo. Quando a dra. MacDougall contratara Scott como curador, quase um ano antes, ele tinha ficado empolgadíssimo em trabalhar ali. Então, lhe mandaram a lista completa dos artefatos no acervo.

Foi quando viu o pingente da cruz troll medieval norueguesa e, alguns minutos depois, um *cornicello* datado de 1500 feito de âmbar puro, que Scott percebeu que tinha algo notável em suas mãos. Todos aqueles objetos, a maioria deles roubados pelo Museu Britânico ao longo dos últimos séculos, tinham sido armazenados em condições quase perfeitas, ignorados por conta da sua aparente falta de valor. Não eram itens caros ou muito raros, mas sim amuletos e ervas secas vitrificadas em resina e pequenas estátuas de deuses e deusas que as próprias pessoas teriam esculpido e mantido em suas casas. Para Scott aquelas pequenas bugigangas da sorte eram a sua tábua de salvação.

Ele sempre quis acreditar em magia. Sempre quis acreditar em um universo onde, caso a pessoa desejasse muito e realizasse todos os rituais na ordem e hora certas, as coisas aconteceriam do jeito que se esperava. Quando ainda morava no abrigo, Scott tinha encontrado um livro sobre a mitologia do mundo antigo na biblioteca da escola — ele ainda conseguia visualizar cada página, mesmo passado tanto tempo.

No livro, havia um capítulo inteiro sobre amuletos da sorte do mundo todo. Scott leu que se a pessoa mantivesse uma noz de carvalho no bolso — desde que tivesse sido encontrada no chão e não colhida diretamente de uma árvore —, aquilo lhe garantiria boa sorte. Assim, ele guardou uma noz de carvalho no bolso semanas a fio, e a esfregava entre os dedos com tanta frequência que acabou deixando a casca brilhando. Quando descobriu que seria adotado pela família Marini, achou que aquilo era a prova de que sua sorte realmente havia mudado. E tudo por causa da noz de carvalho.

Mas a família Marini não quis continuar com ele, então Scott voltou para o abrigo. Ele tinha voltado a tentar: com o símbolo Ankh (a chave da vida), com bagas de zimbro, com um osso da sorte, um trevo, uma ferradura, um pingente de jade e uma moeda de cobre. Nada funcionou. Ninguém o queria. Só anos mais tarde, quando Scott já havia desistido totalmente dos amuletos da sorte, é que acabou sendo adotado pelas suas mães. No caminho para casa com elas, depois de terem parado para tomar um sorvete no parque, Scott notou uma joaninha pousada no seu dedo e se perguntou por um momento se amuletos da sorte funcionavam, afinal.

Depois de tantos anos, Scott tinha encontrado centenas daqueles amuletos, feitiços e talismãs escondidos no acervo do museu, e queria compartilhá-los com o mundo. A exposição *Símbolos de Proteção* começaria a sua viagem no Museu Britânico e depois, se tudo desse certo, percorreria o mundo. E a parte mais incrível era que, ao longo da viagem, os amuletos e talismãs seriam deixados pelo caminho e trocados por outros, conforme fossem sendo devolvidos aos seus países de origem para serem guardados e exibidos em seus próprios museus. Era uma nova era para o Museu Britânico, que estava tentando — mesmo que minimamente — se desculpar pelo seu passado. E Scott faria parte daquilo, a exposição dele faria parte daquilo. Mal podia esperar para contar a Eric.

Scott se viu atrás de um grande grupo de turistas e demorou mais do que o esperado para sair. Ia se atrasar, e Eric ia tentar empurrá-lo no rio como punição.

Ele acelerou o passo, ziguezagueando entre turistas que caminhavam lentamente — Scott não conseguia suportar quando eles desciam da escada rolante em passo de tartaruga — e chegou a Waterloo, onde pegou o metrô para Barnes Bridge. Já podia ver Eric carregando um par de remos pela margem enquanto seguia pelo pontilhão até a marina.

Eric levantou a cabeça e, quando o viu, apoiou os remos na parede e mostrou o dedo do meio para o amigo. Scott checou o relógio. Vinte e cinco minutos de atraso. Não era imperdoável.

— Eu te pago uma cerveja depois — foi a primeira coisa que disse a Eric. Ao que parecia, aquele era o dia de ele se oferecer para pagar bebidas para todo mundo.

— Você me deve pelo menos duas cervejas e algumas batatas fritas. Tive que tirar os cavaletes do armário dos fundos, aquele infestado de aranha, e você sabe o quanto detesto aquele lugar.

— Duas cervejas, batatas fritas e eu fico responsável pelos cavaletes pelo resto do mês.

Eric fingiu considerar o acordo.

— Feito. Vá se trocar. Vamos ter que resolver algumas coisas de última hora para o casamento, então não posso ficar muito tempo.

— Posso ajudar de algum jeito?

Como padrinho do futuro casamento de Eric, Scott queria ser o mais prestativo possível. E aquilo era muito mais fácil agora que estava morando no mesmo país e na mesma cidade que o amigo em vez de perambulando pelo mundo em outros museus.

Scott e Eric tinham se conhecido quando estavam hospedados no mesmo hotel na Islândia, os dois tirando cada um seu ano sabático. Alguém tinha ligado para todos os quartos às duas da manhã para avisar que dava para ver a aurora boreal, mas só Scott e Eric se dispuseram a descer. Na pressa de ver as luzes, nenhum deles se preocupou em vestir todas as camadas de roupa necessárias.

Os dois ficaram do lado de fora, no frio congelante, ambos atordoados e sem palavras com a beleza etérea de tudo aquilo — e sentindo-se completamente em paz. Depois, foram para o bar do hotel beber cidra quente a fim de se aquecer e, antes que Scott se desse conta, já eram melhores amigos há mais de uma década.

Ao longo dos últimos dois anos, desde o rompimento com Alice, a amizade dos dois tinha enfrentado dificuldades, e Scott sabia que a culpa era dele. Quando surgiu uma vaga para trabalhar em uma coleção de artefatos de Petra, na Jordânia, Scott aproveitara a oportunidade para fugir. Tinha deixado toda a sua vida em Londres, incluindo suas mães e Eric. Era como se só o que importasse fosse ficar o mais longe possível dos próprios sentimentos.

Mas agora estava de volta, com o coração razoavelmente curado, e Eric estava prestes a se casar. Scott só conheceu Immy depois que voltou para Londres, menos de um ano antes, mas desde que pousara os olhos nela tivera certeza de que era a pessoa perfeita para Eric.

O amigo acenou com a mão, interrompendo seus pensamentos.

— Você tá bem?

— Eu te conto no barco.

Eles tinham a marina só para eles nas noites de quarta-feira. Os outros frequentadores costumavam ser moradores locais, que saíam de barco na hora do almoço, e as escolas que utilizavam o lugar para treinos normalmente terminavam as atividades às quatro da tarde.

Scott e Eric ergueram o barco para dois remadores acima da cabeça e o carregaram até a margem do rio. A água que os atingiu quando baixaram o barco estava gelada — Scott agradeceu a Deus por ter se lembrado de pôr um par extra de meias de lã grossas junto às galochas de cano alto.

Eles se entregaram à rotina que ambos estabeleceram para partir com tranquilidade: passaram os remos pelos toletes, Scott segurou o barco com firmeza enquanto Eric subia no assento da proa, e Eric fez o mesmo por Scott na posição de popa.

Scott tirou as galochas com relutância e as deixou dobradas no pequeno porão do barco, então enfiou os pés nos calçados antiderrapantes, nada satisfeito com o frio que sentia mesmo com as meias.

O sol baixo do fim da tarde banhou suas costas, aquecendo-as, enquanto eles saíam da margem do rio e seguiam sob a sombra da Barnes Bridge. Um trem passou sacolejando e gotas de água da ponte úmida caíram em cima deles.

Scott já havia remado por ali centenas de vezes, mas cada uma delas era uma experiência diferente. A menor mudança no tempo podia ser sentida na água; a cidade ao seu redor mudava constantemente. Ele adorava como seus músculos encontravam o ritmo a cada braçada e como sua respiração se sincronizava com a de Eric enquanto eles mergulhavam cada remo na água, cortando a corrente. Não havia espaço para seu cérebro se preocupar — mal houve tempo para deixar a mente vagar de volta para a mulher do café e seus lindos olhos castanhos.

O rio marulhava ao redor deles, e prontamente os dois passaram pelas outras marinas, por todos os prédios e mansões vitorianas elegantes que margeavam o rio. Logo, só restavam árvores já assumindo os tons alaranjados e rosados do outono, e o pôr do sol refletido na água.

— Você está estranhamente quieto — comentou Eric depois de algum tempo.

— Desculpe, só estou distraído.

— Coisas de trabalho?

— Acho que sim. Recebi boas notícias hoje. A minha exposição deve fazer aquela viagem pelo mundo que eu havia comentado com você. Ainda tem muito a ser feito para deixar tudo pronto a tempo para o lançamento de inverno aqui, mas nada que eu não possa resolver.

— Então não é isso que tá te preocupando?
— Sinceramente? — admitiu Scott. — Eu conheci alguém hoje de manhã.
Eric soltou um assovio longo.
— Achei que você tivesse desistido de namorar, não?
— Esse era o plano. Mas então entrei em um café perto do museu hoje cedo, e tinha uma mulher lá... e, bem, não consigo tirar ela da cabeça — disse Scott enquanto eles paravam para descansar, deixando o impulso levá-los adiante.
— Você pegou o número dela?
— Não, mas ainda assim acho que fui com muita sede ao pote.
— Acho difícil acreditar nisso — retrucou Eric. — O que você fez, pediu a mão dela em casamento cinco minutos depois de conhecê-la?
— Nada tão ruim assim. Só comecei a falar sobre como os amuletos de Nazar são legais e fiquei um pouco empolgado demais. Ela também parecia interessada, estava até usando um... mas aí fui embora antes mesmo de saber o nome dela.
Eric riu.
— Se ela estava gostando da conversa, então você provavelmente não pareceu um "professor aloprado". Não vejo a hora dos próximos capítulos! Você só precisa voltar lá e tentar de novo. Quem sabe fazer uma brincadeirinha, então pedir uma xícara do chá mais estranho e infestado de flores que venderem lá. Estou te dizendo, as mulheres adoram chás com flores, não me pergunte por quê. Isso com certeza vai conquistar ela.
— Vou tentar na semana que vem e te conto como foi.
Eles tinham um longo fim de semana pela frente, já que o casamento de Eric e Immy seria no domingo.
Enquanto davam a volta com o barco, Eric estendeu a mão e apertou o ombro de Scott.
— Fico feliz por você finalmente se sentir pronto pra conhecer pessoas novas. Fiquei preocupado por algum tempo depois da... você sabe...
— Você pode falar o nome dela — disse Scott.
— Bem, depois da Alice. É bom ver que você recuperou o seu *mojo*.
— Pago cinquenta libras para você nunca mais pronunciar a palavra "mojo".
— Feito. Vamos fazer alguns trechos mais acelerados, para aquecer?
Scott murmurou. Eric adorava torturá-lo com aquelas aceleradas.
Quando chegou em casa, cerca de uma hora depois, Scott ligou para as mães para avisar que chegaria à casa delas antes das sete da noite do dia seguinte, já em preparação para o casamento de Eric. Já fazia muito tempo

que ele não ia lá e podia ouvir a cachorrinha delas, Juniper, latindo animadamente do outro lado da linha toda vez que diziam o nome dele.

Ele pendurou as chaves em um gancho na porta e tirou os sapatos, que cheiravam a água do rio.

Os passos de Scott ecoaram pelo apartamento com mezanino — o chão era muito polido e liso. Todo o apartamento ainda parecia novo e estranho. Ele já o alugara mobiliado, mas era uma mobília monótona e genérica, que lhe dava a sensação de estar hospedado em um hotel.

Aquele não tinha sido o principal motivo de ele ter voltado para Londres — para fugir daquela sensação de "hotel"? Scott tinha ficado muito disperso após o rompimento. A dor de ser traído o dominara, e ele só conseguia pensar: *Vai embora*. Tinha construído um lar com Alice, ou pelo menos achava que tinha, então, de repente, se sentira desancorado de novo. Scott havia trabalhado em museus do mundo todo, tinha estudado com os professores e curadores mais incríveis, mas todas as noites voltava para qualquer hotel ou apartamento de aluguel de curto prazo em que estivesse só para esperar a noite passar e poder voltar a trabalhar no dia seguinte. Durante anos, ele se dedicou às viagens e aos estudos, mas depois de um tempo a saudade de casa se tornou insuportável. Precisava estar perto dos amigos e da família. Queria... queria amar alguém de novo.

Aquele apartamento serviria por ora, mas depois do casamento de Eric ele começaria a procurar algo com mais personalidade. Talvez em algum lugar um pouco mais próximo das mães, para que pudesse visitá-las com mais frequência agora que estava de volta ao Reino Unido. Sentia falta delas.

No mínimo, precisava comprar alguns tapetes — qualquer coisa seria melhor do que aquele piso de cerâmica cinzento e cintilante. Talvez fosse bom também escolher alguns quadros para as paredes e ter um animal de estimação. Um cachorro seria ideal — ele sempre gostara mais de cachorros, e quem sabe pudesse convencer o museu a deixá-lo levar o bicho para o trabalho.

Scott tinha ocupado as estantes vazias com todos os seus livros, o que dera um pouco de vida à sala — cada livro daqueles era um pouco dele mesmo. Ele tinha inclusive acrescentado às estantes dois dos seus livros preferidos da infância, sobre a Roma e o Egito antigos. Eram dois dos primeiros livros que as mães tinham lhe dado quando Scott fora viver com elas — dois dos primeiros livros que eram realmente *dele* e que não precisou devolver à biblioteca — e ele os devorara. Aliás, agora que estava pensando, aqueles livros provavelmente tinham sido em parte responsáveis por toda a sua escolha de carreira.

Scott saiu por um instante para a varanda e viu que todo o pão que tinha deixado para o par de tordos que vira dois dias antes fora comido. Ele colocou mais algumas migalhas para eles em uma tigela e resolveu comprar um comedouro de pássaros.

Depois de engolir o jantar e ficar no chuveiro o tempo necessário para aliviar os músculos doloridos, Scott caiu na cama. Seus sonhos foram preenchidos pelo rosto da mulher do café e pelo aroma de Earl Grey.

Capítulo 3

O amuleto caído no chão foi só o começo de tudo. Conforme a manhã se transformava em tarde, Dina se viu cercada por maus presságios.

Teve cliente abrindo o guarda-chuva ainda dentro da loja e a própria Dina derrubando sal sem querer enquanto limpava uma mesa. Somados à quebra do amuleto, já eram três presságios em um dia. A última vez que alguma coisa parecida acontecera, ela havia sido reprovada na autoescola. Embora aquilo provavelmente tivesse tido mais a ver com o fato de grandes máquinas e seres mágicos tenderem a não combinar muito bem.

O rosto do visitante daquela manhã continuava surgindo em sua mente, de forma quase espontânea. O sorriso meio de lado dele, a forma como seus olhos cintilaram ao encontrar os dela quando ele perguntou sobre o amuleto. Estava claro que o tom de flerte estava só na cabeça de Dina, já que provavelmente o homem não passava de um daqueles professores nerds e gostosos que faziam as mulheres desmaiarem por onde quer que passassem. Mas ela não estava desmaiando, certo?

Dina balançou a cabeça, e se deu conta de que precisava tirar aquele homem da cabeça e tomar alguma providência em relação a toda aquela energia mágica esquisita que dominava o café naquela tarde. Ela mandou uma mensagem para a mãe — que respondeu quase instantaneamente, como se tivesse previsto a mensagem da filha, o que provavelmente acontecera, já que Nour era uma bruxa vidente. Os feitiços de limpeza eram uma parte importante das atividades de adivinhação da mãe, por isso Dina sempre pedia dicas a ela quando se tratava daquele tipo de coisa. Na verdade, Dina pedia dicas de bruxaria à mãe sobre tudo... bem, quase tudo.

Nour orientou a filha a queimar um pouco de sálvia. Como não queria disparar o alarme de incêndio, Dina decidiu adicionar um pouco do óleo de sálvia que havia feito no outono anterior ao spray de limpeza que usou, o que acabou deixando todo o café com o perfume de um jardim de ervas.

Dina aproveitou a clientela pacífica de leitores da tarde — que tomavam silenciosamente seus sagrados chocolates quentes (os marshmallows tinham o formato de pequenas abóboras-fantasmas), enquanto se refugiavam na história de um bom livro —, para sair para o ar fresco e adicionar alguns itens novos ao cardápio na lousa da calçada.

Ela sacou um pedaço de giz lilás e acrescentou "*briouats* apaixonados" à lista, seguido de "*ghriba* enrubescidos". Os *briouats* — feitos de uma massa filo que derrete na boca, recheada com mel e amêndoas — eram divinos, mesmo sem o feitiço que fazia a pessoa ter a sensação de ter recebido um beijo na testa de um ente querido. Os *ghriba* — biscoitos de açúcar maravilhosamente macios com essência de água de rosas e raspas de limão — eram enriquecidos com um feitiço para aquecer os dedos das mãos e dos pés.

Cerca de uma hora antes de o café fechar, Immy e Rosemary — as amigas mais próximas de Dina e o mais próximo que tinha de irmãs — chegaram, cada uma carregando várias sacolas cheias de livros, da livraria da esquina.

Immy tinha cortado recentemente o cabelo loiro em um corte chanel, um desafio proposital à futura sogra, que sugerira que uma noiva sempre ficava melhor com cabelo comprido. Rosemary, por outro lado, era como uma pintura pré-rafaelita ambulante — os cabelos ruivos brilhantes em uma trança que descia pelas costas e um vestido verde esvoaçante. Se não fossem os óculos-gatinho vintage empoleirados na ponta do nariz, não haveria como saber que ela era desse século.

Tinham aparências totalmente diferentes, mas compartilhavam o gosto por escrever histórias de terror. Immy escrevia ficção científica mesclada com terror — livros repletos de alienígenas com tentáculos e estranhas naves espaciais sencientes —, enquanto as obras de Rosemary eram mais do tipo casa gótica mal-assombrada.

Para ser sincera, Dina sempre teve medo de ler os livros de Rosemary. Pelo menos na escrita de Immy havia um elemento de distanciamento, já que ela nunca seria a única astronauta restante lutando contra uma espécie alienígena; o horror de Rosemary, por outro lado, era do tipo que a faria lançar proteções ao seu redor antes de ir para a cama.

Dina, Immy e Rosemary se conheciam desde que tinham vinte e poucos anos. Na época, Rosemary estava passando um semestre na Inglaterra, como parte do seu curso de literatura em Princeton, Immy estava no mesmo curso e Dina fazia escola de panificação e confeitaria.

Elas se conheceram certa noite no Prince Charles Cinema, para assistir ao filme *Família Addams* — uma sessão à fantasia — e as três tinham decido ir vestidas de Primo Coisa, com direito a cartola e óculos escuros. A escolha do figurino tornou difícil conseguirem assistir ao filme, então elas fugiram e acabaram andando pelo centro de Londres até pararem para se embebedar com vinho no pub Ye Olde Cheshire Cheese. Dina se lembrava de ter sentido, na mesma hora, que havia conhecido o grupo de pessoas a que sempre pertenceria. Desde então, as três tinham se tornado inseparáveis. Embora Rosemary tivesse precisado voltar para os Estados Unidos, as três conversavam constantemente e se visitavam sempre que podiam.

Immy e Rosemary foram as primeiras pessoas a quem Dina revelou a sua magia. Uma noite, as três estavam sentadas no chão da cozinha de Dina, comendo uma torta de merengue de limão que ela havia feito, quando a sua intuição de bruxa sinalizou que aquele talvez fosse um bom momento. Depois de contar seu segredo às amigas, Dina tinha levitado xícaras de chocolate quente para elas, para o caso de acharem que havia enlouquecido.

Tinha sido uma noite cheia de revelações, porque logo depois que Dina revelou que era uma bruxa, Rosemary contou que às vezes via fantasmas. Immy não conseguiu acreditar que era a única pessoa não mágica entre as três.

Quando Eric pediu Immy em casamento, ela havia pedido permissão a Dina para revelar a bruxaria a ele. A princípio, Dina ficou insegura — aquela era uma parte de si importante demais para confiar à outra pessoa. Mas depois de jogar cartas para Eric e ler suas folhas de chá às escondidas, ela soube que ele era confiável. Além disso, Dina gostava da companhia dele — Eric tinha um senso de humor espirituoso e só faltava beijar o chão que Immy pisava.

Dina fez um espetáculo na revelação: ela preparou para o casal um bolo de "feliz noivado", que soltou pequenos fogos de artifício pela sala quando cortaram a primeira fatia.

Immy puxa Dina para um abraço por cima do balcão, envolvendo a amiga em seu perfume de roupa limpa.

— Senti saudade — murmurou Immy junto ao cabelo de Dina.

— Também senti a sua falta, apesar de ter visto você ontem.

Immy sorriu.

— Eu estava falando com aqueles croissants de chocolate, mas sim, também senti saudade de você.

Dina se virou para Rosemary, que tinha dado a volta por trás do balcão, e elas abriram um sorriso largo uma para a outra, e se abraçaram. Para uma mulher tão baixinha, Rosemary tinha um abraço muito poderoso.

— Queria morar aqui — falou Rosemary com um gemido enquanto abraçava Dina com força. — Até o ar tem gosto de bolo.

Dina sorriu.

— Espero que vocês duas estejam com fome, porque estamos prestes a comer uma quantidade absurda de doce.

— Estou em jejum desde hoje de manhã — declarou Immy, solene.

Ao lado dela, Rosemary revirou os olhos e informou silenciosamente a Dina, apenas com o movimento dos lábios: *Acabamos de comer pizza*.

Immy e Rosemary foram para a cozinha enquanto Dina limpava o balcão. Ela ficou feliz por ter a distração daquelas duas amigas barulhentas e gloriosas. Elas provavelmente eram as únicas pessoas capazes de tirar da cabeça dela a conversa com o visitante de manhã.

— Você se importa de servir os últimos clientes para que eu possa começar a preparar os doces? — perguntou Dina a Robin.

— Não me importo, desde que você prometa guardar um pouco de creme de confeiteiro pra mim — respondeu Robin com uma piscadela.

A correria da hora do almoço havia passado e agora restavam apenas alguns clientes regulares por ali, uma hora antes de o café fechar. Havia um casal de idosos fazendo palavras cruzadas juntos; eles às vezes pediam ajuda aos dois estudantes debruçados sobre seus livros ao lado deles quando não conseguiam decifrar alguma das pistas. Outros clientes estavam sentados perto das janelas, tomando suas bebidas e olhando para fora, para o tempo ventoso de outono. Ali dentro, ao menos, estava aconchegante.

Havia também um casal que Dina se lembrava de ter visto antes, embora da última vez fossem duas pessoas estranhas sentadas em mesas diferentes. Se Dina se recordava bem, ambas tinham feito o mesmo pedido: um mocha com chocolate extra por cima e um donut com açúcar granulado ao lado. Aquecia o coração dela ver que só o que foi necessário para unir aquelas duas pessoas foi fazerem o mesmo pedido, ali, no Café Dedo do Destino.

Dina costumava ter tardes tranquilas, trabalhando nas receitas do mês seguinte. Gostava de combinar seus doces com as estações e às vezes precisava treinar certas receitas mais complicadas. Por mais que fosse uma bruxa cozinheira, até Dina sabia que a prática leva à perfeição, ainda mais quando se trata de confeitaria.

Para a primavera e o verão, Dina tinha preparado doces delicados e leves perfumados com água de rosas, bolo marroquino de laranja (*meskouta*) e delicados macarons de framboesa. Quando chegou a época dos morangos, no início de junho, ela fez *fraisier*, um bolo delicado de morangos. Para o outono e o inverno, Dina trabalhava com ingredientes mais pesados: chocolate denso e amargo, canela, cardamomo, bolo de gengibre e abóbora. Conforme os dias ficavam mais frios e a noite chegava mais cedo, as pessoas começavam a desejar aquela sensação de calor e conforto. E Dina dava isso a elas, mesmo que por pouco tempo. O doce especial para aquela temporada foi um bolo de gengibre e caqui — amarelado com fios do açafrão que ela havia comprado em sua última viagem ao Marrocos —, e bagas de baunilha fresca; seu aroma doce era tão potente que ficou pairando por todo o café.

Aquilo se somava a todos os doces e bolos normais que Dina já tinha para oferecer, receitas que a mãe lhe ensinara a fazer. O bolo preparado com mel escuro das montanhas do Atlas era um dos mais pedidos de todos os tempos. Dina o embebia em um feitiço muito específico, que fazia com que os clientes voltassem para comprar mais. Ela o criara a partir de uma lembrança da infância, de uma vez que provavelmente adormecera no caminho de carro para casa e, embora fosse um pouco grande demais para ser levada no colo, lembrava-se do pai levantando-a nos braços, enquanto a mãe fechava a porta do carro o mais silenciosamente possível para não acordá-la, então carregando-a escada acima e deitando-a na cama.

Quando estava elaborando aquele feitiço, ocorrera a Dina que um dia os pais colocam os filhos no chão e nunca mais tornam a pegá-los no colo, então ela fez o bolo de mel para recriar aquela sensação de conforto infantil. Aquela sensação de alguém cuidando ao máximo de você, te abraçando bem junto ao corpo — algo que muitos na agitada Londres não experimentavam com frequência.

Às vezes ela se perguntava se seu ramo de trabalho era realmente ser proprietária de um café ou se era mais uma fada madrinha disfarçada. Inegavelmente, os doces mágicos eram ótimos em fazer os clientes voltarem para mais, o que era um bônus para o lado da mulher de negócios.

Mas, naquele dia, ela não ia preparar suas receitas de inverno. Naquele dia, o foco eram os doces do casamento de Immy. Em vez de optar por um bolo, como qualquer pessoa normal e sã faria, Immy tinha decidido — Eric não teve voz no assunto — que queria torta de maçã ou pãezinhos de canela. Só não tinha certeza de qual dos dois.

Assim, como era a melhor madrinha do mundo, Dina prometeu que prepararia os dois para que Immy pudesse escolher. As duas amigas tinham praticamente implorado para ajudá-la a preparar as duas receitas. O casamento seria naquele fim de semana — Dina estava planejando levar todos os ingredientes necessários para a antiga mansão onde aconteceria a cerimônia.

Dina foi para a cozinha, onde Immy e Rosemary estavam se servindo de chocolates quentes com chantilly. Immy estava contando a Rosemary suas expectativas para a lua de mel na Austrália, animada com as enormes aranhas e cobras que esperava ver. O coração de Dina ficou aquecido quando ela viu as duas amigas se sentindo em casa na sua cozinha.

A cozinha nos fundos do Café Dedo do Destino não era assim tão espaçosa, mas entre as prateleiras cheias de potes e latas coloridas e os antigos fornos industriais, havia um calor convidativo que Dina amava. Aquele era um dos seus lugares favoritos no mundo.

— Muito bem — disse Dina, enquanto colocava as tigelas em cima do balcão de mármore —, acho melhor vocês duas colocarem um avental.

Ela fez um aceno com a cabeça na direção do cabideiro na parede onde estavam pendurados aventais em tons pastéis de rosa e verde, e, com um estalar de dedos, os dois aventais voaram pela sala e pousaram nas mãos de Rosemary e Immy.

— Finalmente, vou conseguir testemunhar o processo mágico da Dina quando cozinha — declarou Rosemary com um sorriso, enquanto arregaçava as mangas e exibia os antebraços cobertos de tatuagens.

— Espero que corresponda às expectativas — falou Dina, sorrindo de volta. Ela olhou para Immy. — Tem certeza de que não quer só um bolo de casamento simples, com cobertura de baunilha, Immy?

— Nem pensar. Acho bom você se lembrar — retrucou Immy, estreitando os olhos — que fez um juramento de sangue, e prometeu que faria o que eu quisesse quando te chamei para ser a minha madrinha.

— Tá certo, seu monstro em forma de noiva — falou Rosemary.

Elas vestiram os aventais e Dina foi até a despensa buscar todos os ingredientes de que precisariam.

— Então, qual é o seu processo? — perguntou Rosemary, já pronta, ao lado de Immy, diante da bancada da cozinha.

— Primeiro, nós separamos todos os ingredientes — disse Dina.

Ela pegou o número de tigelas necessárias, e também manteiga fresca sem sal, farinha, canela, fermento, favas de baunilha e açúcar. Dina já havia descascado, retirado o caroço e cortado as maçãs; assim, para a torta de maçã, bastava juntar a manteiga, o açúcar mascavo e as maçãs em uma panela no fogo enquanto preparavam a massa.

— E agora... vocês vão me obedecer pelas próximas duas horas.

Elas fofocavam enquanto punham a mão na massa, e Dina interveio para acrescentar uma pitada de canela e anis-estrelado à mistura doce de maçã que Rosemary estava encarregada de mexer.

— Quem vai te ajudar a fazer isso no fim de semana? — perguntou Rosemary, reparando que Dina estava com as mãos tão ocupadas que havia encantado uma tangerina para que se descascasse sozinha no ar.

— Ah, ela vai ter ajuda — murmurou Immy, com um brilho estranhamente intenso nos olhos.

— O que é que você quer dizer com isso? — perguntou Dina. — Você contratou ajudantes? Falando sério, Imms, não preciso de ajuda, e vai ser mais fácil se eu fizer tudo sozinha, assim não vou ter que esconder a minha magia.

A futura noiva respondeu apenas com um sorrisinho malicioso.

— Não contratei ninguém, não se preocupa com isso.

Dina *estava* preocupada com aquilo, mas sabia que qualquer que fosse a carta que Immy tinha na manga, não estava disposta a revelar. Dina lançou um olhar para Rosemary como que perguntando, *Você sabe alguma coisa sobre isso?*, mas a amiga balançou a cabeça, negando.

A torta de maçã ficou pronta primeiro, porque a massa dos pães de canela precisava crescer e o forno de convecção de Dina estava de mau humor. Aparelhos elétricos e magia muitas vezes não viam as coisas da mesma forma. Elas ficaram de pé ao redor da torta, a crosta perfeitamente dourada, e cada uma pegou um garfo.

— Cacete — disse Rosemary, depois de comer uma garfada. — Tá melhor que a do meu pai. Não conta pra ele que eu disse isso.

— Está absurdamente gostosa... — começou a dizer Immy.

— Mas? Sinto um "mas". — Dina esperou.

— Mas acho que não é perfeito para o casamento. E o Eric e eu comemos pãezinhos de canela no nosso segundo encontro.

— Está decidido, então... vão ser pãezinhos de canela! — Dina bateu palmas e fez voar farinha de trigo para todo lado.

Ela desejou poder passar todos os dias cozinhando com as amigas — era uma alegria diferente de qualquer outra. Dina cantarolava baixinho enquanto abria e começava a sovar a massa já crescida para os pães de canela. Normalmente, era naquele momento que lançava um feitiço no doce. Para algo como um pão de canela ou um muffin, ela talvez acrescentasse aquela sensação que a gente tem quando se enrola em uma manta macia de lã. A magia na confeitaria funcionava melhor quando acontecia aos poucos, ao longo de todo o processo.

Naquele dia foi diferente.

— Immy, me conta sobre o momento em que você se deu conta de que amava o Eric.

Dina já tinha ouvido aquela história inúmeras vezes, mas precisava que Immy contasse novamente naquele momento, para que pudesse deixar a história fluir — transformando-a em um feitiço, em uma sensação que pudesse ser acrescentada aos doces.

— Foi no nosso terceiro encontro. A gente tinha combinado de se encontrar perto da entrada de Hampstead Heath para dar um passeio, e estava muito frio. Eu me lembro de esperar um pouco, porque cheguei muito cedo e, quando Eric apareceu, me viu tremendo e soprou as minhas mãos até elas esquentarem, e também me comprou um chá. No nosso encontro seguinte, ele levou luvas pra mim, pra que as minhas mãos não ficassem frias. Aí eu soube que estava apaixonada por ele.

— Nossa, isso faz eu me sentir tão solteira... Quando é que os homens vão aprender que as mulheres não querem grandes gestos, mas sim alguém que se preocupe com elas e mantenha as suas mãos aquecidas? — resmungou Rosemary.

Enquanto Immy falava, Dina pegou aquela lembrança — a sensação de Immy de que Eric se importava com ela, a sensação de mãos frias esquentando — e a transformou em um feitiço, misturando-a na massa. Enquanto continuavam a preparar os pãezinhos de canela, Dina incentivou Immy a contar outras coisas que amava em Eric, a compartilhar outras lembranças preciosas, e também acrescentou tudo isso à massa. Qualquer pessoa que comesse um daqueles pães se sentiria cheia de uma profunda sensação de amor ao seu redor. Aquilo não era um feitiço de amor, porque feitiços de amor simplesmente não existiam — a magia podia criar apenas uma sensação de amor, nunca o sentimento verdadeiro. Dina tinha aprendido aquilo da maneira mais difícil. Não, aquele feitiço faria apenas as pessoas olharem para Immy e Eric e pensarem: *Uau, eles realmente se amam.*

Ao lado dela, Immy e Rosemary trabalhavam juntas para fazer a pasta de canela e açúcar que rechearia os pães.

— Precisa colocar mais canela? — perguntou Immy, olhando com o cenho franzido para a tigela.

Dina passou o dedo pela mistura e o pôs na boca. Que delícia a manteiga batida com açúcar, e o suave toque terroso da canela.

— Não, tá perfeito.

Depois que tudo estava no forno, as três se sentaram para tomar mais chocolate quente e conversar sobre o livro de terror de Rosemary que em breve seria adaptado para filme. A cozinha logo foi dominada pelo delicioso aroma de pãezinhos assados, temperados com canela e cravo.

Dina tinha feito uma fornada extra. Nenhuma delas esperou os pães esfriarem para comerem.

Os olhos de Immy começaram a lacrimejar quando ela deu uma mordida.

— Dina, esses... A sua magia.... Como você... É como se tivesse colocado o Eric e eu neles. Não entendo.

Dina se aproximou e deu um abraço coberto de farinha na amiga.

— Que bom que você gostou, meu bem.

— Cacete, que gostoso — murmurou Rosemary do outro lado da bancada, com a boca cheia.

Dina também comeu um pãozinho, mas o que estava gostando mesmo era de observar a magia tomar conta das amigas enquanto elas comiam, as rugas de expressão desaparecendo da testa delas, o jeito como suspiravam de contentamento.

— Você é uma bruxa natural muito boa, Dina. Pode começar a mandar isso pra mim pelo correio uma vez por semana, por favor? — implorou Rosemary.

Elas continuaram a comer até não conseguirem dar mais nem uma mordida. Dina entregou um saco cheio de doces e bolos para cada uma levar para casa, porque sabia que Eric ia reclamar se Immy voltasse do café sem alguns agrados.

Dina puxou cada uma delas para um abraço apertado na porta da frente do café.

— Muito obrigada por serem minhas cobaias — disse com um sorriso.

Pelo menos não teria que esperar muito para ver as duas — o casamento de Immy seria dali a alguns dias.

— Você pode me fazer um favor? — pediu Immy, aproximando-se um pouco mais.

— O que você quiser.

— Pode checar, hum... as folhas de chá ou as cartas ou o que quer que você costuma consultar, pra ver se vai dar tudo certo no dia do casamento?

Dina entendia a amiga. Era muito estressante organizar um casamento, e só o que Immy estava pedindo era um pouco de paz de espírito. De qualquer maneira, já era hora de voltar a ler as cartas.

— É claro. — Dina sorriu. — Eu te mando uma mensagem com o que sair.

— Tudo bem, mas se sair que vai haver alguma situação no estilo do "Casamento vermelho" de *Game of Thrones*, então prefiro não saber.

— Observação devidamente anotada.

Fechar a loja sozinha era um ritual noturno. Não que Dina não confiasse em Robin para fazer aquilo, mas era muito mais fácil — e mais eficiente para as pessoas envolvidas — se ela tivesse tranquilidade para concentrar a mente em vários feitiços de limpeza ao mesmo tempo.

Robin se encarregaria do café durante os próximos dias, enquanto Dina estivesse em Little Hathering, a cidadezinha ao norte de Londres, perto de onde aconteceria o casamento de Immy. Ajudava o fato de ser a mesma cidade onde moravam os pais de Dina.

Ela apertou mais o casaco junto ao corpo depois de sair e fechar a porta do café, e inspirou profundamente o ar fresco da noite. Então, sussurrou um feitiço de proteção enquanto girava a chave na fechadura. Às vezes Dina lançava os feitiços em inglês, outras vezes optava pelo darija ou pelo francês, o que lhe parecesse certo no momento. E aquele não era um feitiço maligno — Dina não fazia uso deles. Era só um feitiço que afastaria possíveis ladrões do café, fazendo com que o lugar parecesse totalmente desinteressante, nem de perto o tipo de lugar onde dinheiro ficava guardado durante a noite.

O sol já havia se posto e as folhas rodopiavam com a brisa de outono enquanto Dina se dirigia para a estação. Felizmente, o trajeto de volta para casa foi de modo geral tranquilo, embora Dina tenha usado um feitiço de coceira para fazer um homem desocupar o lugar prioritário que uma mulher grávida foi educada demais para reclamar. Dina desceu do metrô em Putney Bridge e seguiu caminhando pela margem do rio para aproveitar o que restava do sol.

Havia alguns barcos no rio, e os remos formavam pequenos círculos na água ao redor deles. Dina sempre era mais sensível à magia da cidade quando estava à beira do rio. Era como se Londres inteira existisse na elevação de cada pequena onda.

Ou talvez fosse o rio em si. A forma como ele serpenteava pela cidade, sempre fluindo. Estava lá desde antes de Londres ser nada mais do que algumas casinhas de barro construídas em terrenos pantanosos, e Dina não tinha dúvidas de que permaneceria ali quando a cidade não existisse mais. Aquele era exatamente o tipo de pensamento melodramático que ela costumava ter quando estava cansada e voltando para casa. Tudo por causa da água — que trazia à tona sua tendência reflexiva e melancólica.

Como sempre, Meia-Lua estava esperando por Dina, miando de forma irritadiça no momento em que ela passou pela porta.

— Senti sua falta, sua pestinha — disse Dina, embalando a gata roliça nos braços como um bebê, uma posição que Meia-Lua suportava de mau humor, e apenas por causa da garantia tácita de que ganharia guloseimas mais tarde.

A intenção de Dina quando fora ao abrigo de gatos alguns anos antes era pegar um gato preto — ela adorava como eles pareciam pequenas bolinhas de sombra. Mas então ela ouviu um uivo mal-humorado vindo de uma gaiola perto dos seus pés.

— Essa aí acabou de chegar, o veterinário acha que é brava. Não tem microchip — tinha explicado o funcionário.

Dina havia se agachado e encontrado os olhos da gata, que era quase toda preta, exceto por uma mancha dourada no topo da cabeça que lembrava uma lua crescente, e a barriga branquinha e macia. Meia-Lua, que ainda nem tinha nome naquele momento, esfregou a cabeça no dedo estendido de Dina — ela sentiu o calor da carinha da gata e soube na mesma hora que havia encontrado a sua "familiar".

Se já havia sido selvagem antes, Meia-Lua era o oposto agora, e adorava comer pedacinhos de queijo das mãos de Dina, as duas sentadas no chão da cozinha. Dina invocou um feitiço entre os dedos e todas as lâmpadas do apartamento se acenderam — o brilho rosado e quente a ajudava a descansar melhor.

Na verdade, ela ainda não podia descansar de fato. Tinha prometido uma leitura a Immy. Dina pensou que poderia muito bem fazer logo duas: uma para o casamento de Immy e Eric e outro para si mesma. Mesmo depois da degustação do doce mágico, os presságios do início do dia ainda a incomodavam, como um cinto apertado demais.

Só havia uma coisa a fazer: adivinhação. Aquele era o tipo de magia natural da mãe, mas Dina tinha o seu jeito especial de fazer. Ela ligou a chaleira elétrica e ficou observando o vapor se formar. Então, vestiu o pijama e preparou duas xícaras de chá de verbena com limão, doce e reconfortante — aquele era o seu chá de ervas favorito. Em darija se chamava *louiza*, e a mãe dela jurava que era capaz de curar mentes ansiosas. Naquela noite, teria outro propósito.

Dina precisava ler as folhas, precisava entender o significado dos presságios que presenciara naquele dia. Ela se acomodou no sofá de veludo verde, enquanto Meia-Lua se ocupava em dar banho em si mesma em uma almofada ao lado dela.

Dina apagou a maior parte das lâmpadas com outro movimento dos dedos e acendeu uma vela branca na mesa à sua frente. A feitiçaria sempre era mais bem realizada à luz de velas.

Para a leitura de Immy, Dina tomou alguns goles de chá, e manteve a mente concentrada na melhor amiga e no noivo, enquanto visualizava o casamento que estava por vir. Quando ela olhou para as folhas, tudo pareceu como era de se esperar. Duas linhas fortes de chá unidas, com um círculo menor na parte inferior. O casamento iria bem; a conexão de Immy e Eric era forte. Ela mandou uma mensagem para Immy, tranquilizando-a.

Então, Dina se acomodou para fazer a leitura para si mesma, e respirou fundo algumas vezes para tentar desanuviar a mente.

Enquanto bebia o chá, ela se concentrou no dia que acabava. O amuleto caído, o sal, o guarda-chuva, tudo se repetiu em sua mente, mas seus pensamentos continuavam voltando ao visitante desconhecido. O braço que ele apoiara no balcão, a leve fratura na ponta do nariz que não havia cicatrizado direito. O castanho dourado e profundo dos seus olhos. E sentiu uma onda de calor percorrê-la quando se lembrou do toque das mãos ásperas dele. Ele tinha conseguido acender um fogo dentro dela que Dina não queria investigar mais profundamente.

Ela tomou um gole do chá e colocou a xícara sobre a mesa. Tasseomancia, a arte de ler folhas de chá, era uma das magias mais fortes de Dina — ela muitas vezes precisava se conter para não ler a sorte dos clientes quando eles saíam da loja.

Cada bruxa tinha poderes mágicos diferentes. Os de Dina sempre haviam sido o preparo de pães e doces e o de infusões — qualquer coisa que envolvesse misturar especiarias e ervas na cozinha. Se a magia dela pudesse ser descrita por um aroma, seria o de brownie recém-assado.

A mãe de Dina era uma vidente mais completa — lia folhas de chá, lia a sorte, às vezes até conseguia ler as estrelas no céu. E tinha uma forma toda especial de prever quais seriam os números da loteria, embora nunca tivesse achado adequado lucrar com aquilo.

Dina inclinou o corpo para a frente até estar olhando para as folhas de chá diretamente de cima. Aquela era uma parte importante da leitura. Era preciso ler de um ponto de vista aéreo, porque o centro da xícara representava o "agora", enquanto as bordas curvas ao redor representavam o "futuro próximo" e o "futuro distante". Se a sua visão das folhas fosse de um ângulo distorcido, toda a leitura poderia dar errado.

Uma vez, Dina tinha visto o formato de uma varinha nas folhas de chá de Rosemary antes de um encontro romântico que a amiga havia marcado. A varinha significava um recomeço emocionante, e Rosemary tinha chegado ao encontro com a certeza de que terminaria bem. Mas voltara uma hora depois, o rosto marcado por lágrimas, ranho e rímel borrado, dizendo que o homem com quem tinha marcado a vira no café, dera meia-volta e fora embora. Dina na verdade não tinha visto uma varinha, mas uma adaga. Depois daquilo, ela se sentira extremamente tentada a ferir com uma adaga o imbecil que tinha dado o bolo em Rosemary, mas depois de uma noite tomando sorvete e assistindo a antigos musicais de Hollywood, havia deixado de lado a sua intenção assassina.

Agora, Dina esticou o pescoço para ler as folhas encharcadas no fundo da xícara.

Três folhas no centro, com a raiz do caule compartilhado se ramificando para a esquerda em forma de asa. Duas outras folhas curvadas juntas no que poderia ser a metade inferior de um coração ou a forma de um V. Então, no topo, uma única folha enrolada em uma espiral quase perfeita.

Dina não gostou do que viu. Ela soube instintivamente o que as folhas lhe diziam, mas não queria acreditar. Por isso, foi até uma das muitas estantes que adornavam as paredes do seu pequeno apartamento e pegou o já desgastado dicionário de tasseomancia; folheou-o com o coração batendo um pouco rápido demais, procurando outras interpretações, outros sinais que apontassem para um futuro diferente.

— Por que eles sempre têm que ser tão dramáticos? — murmurou Dina enquanto lia o presságio definido em seu dicionário: *O amor está no horizonte; e só há como terminar em desastre.*

Sinceramente, era como se aqueles dicionários se destinassem mais a imperadores romanos em risco de serem apunhalados pelas costas do que a donas de cafés.

Dina fechou o livro com força e voltou a guardá-lo na estante. Ela se recostou no sofá e afastou a xícara para não precisar mais olhar para ela. Meia-Lua, percebendo o humor de Dina, subiu no colo dela e a encarou com uma expressão preocupada nos olhos.

— O amor está no horizonte... — murmurou Dina em voz alta, acariciando atrás das orelhas da gata. — Será que vou conhecer alguém no casamento?

Mas as palavras ainda não tinham nem saído de sua boca e sua mente já voltava para o visitante desconhecido. Não, esqueça aquele homem. Ele era apenas um cliente de passagem, que ela provavelmente nunca mais veria. Além disso, não estava aberta a namorar sério. E mesmo que estivesse, era *muito* mais provável que preferisse uma mulher a um homem.

A segunda parte da leitura, infelizmente, foi muito fácil de entender.

Chame de sexto sentido, clarividência, ou só mesmo de intuição profunda — Dina já sabia que os maus presságios daquele dia apontavam todos em uma direção: a maldição.

A maldição estava voltando insidiosamente à sua vida, trazendo em seu rastro a infelicidade.

Capítulo 4

A maldição tinha sido o pior erro da vida de Dina. Ela ainda lembrava de quando tinha apenas treze anos e sentiu as primeiras vibrações do amor. E de outra coisa que não era exatamente amor, mas que a deixara ruborizada e com um formigamento em lugares novos e estranhos.

Seu corpo havia despertado pela primeira vez naquele verão, seus sentidos estavam ansiosos para explorar as possibilidades. Sua magia também desabrochou de vez. Ah, sim, ela já era capaz de fazer feitiços antes — pequenos, como acender e apagar uma luz e fazer levitar uma pena ou uma caneta no ar. Mas aquela magia era mais forte, mais indomável.

Chegou com a primeira menstruação e a abalou como se ela fosse uma nadadora solitária em mar aberto, entregue à correnteza. A mãe a ajudara a encontrar seu rumo, lhe ensinando as diferentes formas de bruxaria, e permitindo que Dina descobrisse quais eram mais adequadas para ela. A mãe lhe explicara que a magia mudaria a cada mês junto com seu ciclo, e que Dina estaria no auge do seu poder alguns dias antes de menstruar. Algo na dor das cólicas pré-menstruais aumentava a potência da magia de uma bruxa.

Dina conseguiu realizar magia de uma forma que, a princípio, a havia surpreendido. Ela invocara um espírito de sorte um dia antes dos exames escolares anuais, só porque podia — era uma adolescente temerária e sua paixão por Luke Montgomery só piorava as coisas. Luke era o cara de que toda garota gostava.

No começo Dina não tinha sido uma daquelas garotas. Ela ficava na dela, só apreciando o contorno da nuca de Luke na aula de matemática e admirando a pele marrom de seus braços na educação física. Mas então Luke lhe pediu uma caneta emprestada e ela deixou de lado qualquer tranquilidade que restava, transformando-se em um caos balbuciante.

Naquela noite, Dina fez algo que realmente não devia ter feito. Ela esperou até os pais estarem dormindo e foi até a sala, onde a mãe guardava seus livros de feitiços. Dina sabia que não podia lançar um feitiço de amor — todos os livros sobre bruxaria que já havia lido deixavam bem claro que aquilo era impossível. Mas e um feitiço de destino? Um feitiço para unir seu destino ao de Luke até que, em algum momento, ele *tivesse* que se apaixonar por ela. Naquela época, Dina era ingênua demais para se manter em segurança.

O feitiço tinha muitos ingredientes. Uma pétala de rosa vermelha colhida durante a lua cheia; uma vela branca, deixada ao ar livre a noite toda para absorver o brilho do luar; um pedaço de papel com o nome de Luke; e uma colher de mel, que seria derramada sobre a vela para unir Luke e Dina. Levaria tempo para preparar e, felizmente, as férias de verão já estavam quase batendo à porta.

Dina passou a maior parte das férias se preparando em segredo para o feitiço. Quando a primeira semana do novo ano letivo chegou, já estava pronta. No entanto, quando viu Luke novamente, ele passara a ter um bigode ralo e não parava de falar sobre seu recorde de mortes em jogos de video game. Qualquer gota de paixão que tivesse sentido por ele durante o verão se dissipara quase na mesma hora.

Dina se lembrava de ter escondido a vela e a pétala de rosa na gaveta e de não pensar mais nelas — pelo menos até conhecer Rory.

Se Luke havia sido só uma paixonite adolescente, Rory foi o primeiro amor verdadeiro da vida de Dina e quem a fizera se dar conta de que ela também desejava mulheres.

Dina conheceu Rory quando ambas tinham dezenove anos, recém-saídas do ensino médio e já na escola de panificação e confeitaria. Dina sabia que queria abrir um café e, embora já demonstrasse talento no preparo de pães e bolos, mesmo sem ajuda da magia, tinha certeza de que havia muito mais a aprender. Rory queria ser chef confeiteira e sonhava em se mudar para Paris. Seu cabelo era preto curto, um pouco enrolado nas pontas, e tinha olhos tão verdes que pareciam musgo depois da primeira chuva de primavera. Dina desconfiava que havia alguma bruxa na linhagem familiar de Rory, porque de vez em quando um jorro de magia a envolvia rapidamente, antes de crepitar e desaparecer.

Dina se lembrou da pele marrom dos braços de Rory enquanto ela sovava a massa ao seu lado na cozinha da escola, de como sentia o desejo borbulhando dentro dela. Elas haviam começado a namorar e Dina se apaixonara perdidamente por Rory em apenas duas semanas. Ela era jovem, as defesas e expectativas ainda baixas — só sabia que amava Rory e queria estar com ela. E foi um pouco tola.

Como muitas vezes acontece em um relacionamento entre duas mulheres, as coisas ficaram sérias bem rápido. Dina passava muitas noites por semana no apartamento de Rory, cozinhando e transando até o nascer do sol.

Rory foi a primeira pessoa fora da família e dos amigos próximos para quem Dina contou sobre a sua magia. Uma noite, elas estavam sozinhas na biblioteca, lendo sobre a história colonial do chocolate, quando Dina usou sua magia para aquecer os copos de papel onde o chá já havia esfriado. Quanto mais exibia a sua magia para Rory, mais Dina confundia a expressão no rosto da namorada com fascínio — quando, na verdade, não passava de choque.

Quando Dina conseguiu uma nota alta pela sua receita de *tarte tatin*, Rory disse em tom de deboche que a namorada só tinha conseguido aquele feito porque trapaceara com magia. Nas semanas que se seguiram, Rory passou a culpar Dina por cada nota baixa que tirava, por cada vez que algo dava errado em uma receita.

Dina deveria ter percebido o que estava acontecendo. Seu instinto de bruxa tinha lhe enviado sinais de alerta de que contar a Rory sobre a sua magia não era uma boa ideia, mas ela os ignorara com determinação. Deveria ter parado enquanto seu coração estava apenas machucado, e não esperado que ele se partisse.

As duas tinham concordado em dar um tempo durante as férias de Natal, para ver se conseguiam salvar o relacionamento no ano que começaria. Dina estava esperançosa — elas ainda conversavam todos os dias. Dina foi para a casa dos pais; e Rory para Dorset, onde a sua família morava.

Dina chegou até a contar aos pais que estava namorando uma pessoa chamada Rory.

— Ah, eu sabia! Olha só pra você, está cintilando — tinha dito a mãe, beliscando as bochechas de Dina. — É bom que tenha um homem na sua vida, *habiba*. Gosto de como soa, Rory. Um bom nome.

Dina estava prestes a contar que na verdade estava namorando uma mulher quando a mãe acrescentou:

— Quem sabe um dia eu não seja avó.

Ela falou com tanta esperança nos olhos que Dina se deu conta de que, se assumisse sua bissexualidade naquele momento e contasse aos pais que Rory era uma mulher, abalaria aquela esperança. Assim, permaneceu calada. A mãe não era uma pessoa tradicional ao extremo — afinal, era uma bruxa —, mas tinha sido criada no Marrocos dos anos 1960, que estava longe de ser um lugar com uma comunidade queer em expansão. Um comentário aqui e ali da mãe já havia sugerido a Dina que ela aceitava muito bem que *outras* pessoas fossem queer, não a própria filha.

Conforme o recesso de fim de ano avançava, o fluxo de mensagens de texto de Rory foi diminuindo, até que uma noite Dina acordou com uma mensagem que dizia: Não sei se quero continuar.

Dina não conseguiria suportar aquilo. Precisava de Rory. Uma lembrança de anos antes ressurgiu, e ela revirou as gavetas da infância até encontrar. A pétala de rosa, agora seca entre as páginas de um livro, a vela carregada com a força do luar. O pedaço de papel.

Sentada no chão do quarto, Dina rabiscou o nome de Rory no papel, acendeu a vela e fez o encantamento. Nada aconteceu imediatamente, embora Dina sentisse o feitiço fazer efeito. Foi como se, de repente, ela conseguisse sentir Rory no fundo de sua mente, como se um fio invisível as conectasse. O feitiço do destino tinha funcionado. Rory enviou uma nova mensagem: Estou voltando, amor, senti sua falta. Chego daqui a pouco, de carro.

Uma hora mais tarde, Dina sentiu um puxão estranho naquele "fio invisível" e seu coração pareceu prestes a sair pela garganta, como se de repente ela estivesse dentro de um elevador em queda.

Um instante depois, Dina recebeu uma ligação do celular de Rory.

— É Dina falando? — perguntou uma voz masculina do outro lado da linha.

— Isso. Tá tudo bem? Cadê a Rory?

— A Rory tá bem, mas sofreu um acidente na estrada. Estamos levando ela para o hospital.

— Ah, não. Que merda. Posso falar com ela?

— Sinto muito, mas ela está inconsciente no momento.

O paramédico informou a Dina o endereço do hospital para onde estavam levando Rory, e ela correu para o carro na mesma hora. No futuro, não se lembraria muito do trajeto até o hospital, ou do momento em que tinha chegado lá — tudo se transformou em um grande borrão de estresse. Ela só pensava que não conseguia mais sentir aquele fio que a ligava a Rory — o estado da namorada era grave?

Era de manhã bem cedo quando Dina finalmente teve permissão para ver Rory. Ela parecia tão pequena naquela cama, e as luzes do quarto de hospital deixavam a sua pele ainda mais pálida do que o normal. Um lado do rosto de Rory estava machucado e o lábio, rachado. Os médicos explicaram que Rory estava em alta velocidade na rodovia e que o carro tinha derrapado no gelo. *Ela estava correndo para chegar mais rápido até mim*, era só o que Dina conseguia pensar, sentindo a culpa dominá-la. O que havia feito?

Dina se sentou ao lado da cama de Rory e lançou um leve feitiço de cura nela. Era o mínimo que podia fazer. Quando Rory acordou, não sorriu para Dina, apenas a encarou com uma expressão amarga, de acusação, nos olhos.

— Você fez alguma coisa comigo, não foi? — falou ela. — Com a sua magia.

Dina quis negar.

— Foi um feitiço pequeno, bobo. Pra... pra gente se reaproximar.

— Como você se *atreve*? Pelo amor de Deus, Dina. Era como se eu fosse uma marionete, como se eu me visse mandando mensagens pra você e te chamando de "amor" de novo, e depois correndo pra entrar naquele carro. Eu não queria fazer aquilo. Tentei parar, mas não estava no controle do meu corpo, era *você* que estava.

— Desculpa — falou Dina, em lágrimas. — Não era pra ser assim.

— Ah, é? E como era pra ser? Eu podia ter morrido! Tudo isso porque você não conseguiu me deixar ir. Já tava tudo acabado entre a gente. Seja lá o que tenha sido isso — Rory gesticulou de uma para a outra — já terminou há meses, e você simplesmente não conseguia entender. Eu estava tentando te dizer do jeito mais gentil possível.

— Eu nunca quis te fazer mal. É só que te amo demais.

— Forçar as pessoas a fazer o que você quer não é amor — retrucou Rory, furiosa.

Dina podia sentir que algo havia se libertado dentro dela, como uma vibração baixa crescendo. Fosse qual fosse a magia que estava adormecida em Rory, agora começava a se agitar. E estava com raiva.

— Quer saber de uma coisa, Dina? Espero que um dia isso aconteça com você, para que você entenda o que fez comigo. Todo mundo que te amar vai se machucar, tá me ouvindo? Todo mundo que te amar vai sair machucado, assim como eu saí.

Naquele momento, Dina sentiu a maldição envolver seus ombros como uma mortalha gelada. Rory não tivera aquela intenção, mas sua magia bruta e destreinada se combinou com a raiva que ela sentia formando uma força inabalável. Um feitiço tinha se atado à alma de Dina e permanecera lá desde então.

Quando ela finalmente voltou para casa na manhã seguinte, a mãe tentou perguntar o que tinha acontecido. Dina murmurou alguma coisa sobre um rompimento e pediu que os pais a deixassem em paz. Ela queria desesperadamente contar à mãe o que tinha acontecido. Queria dizer: *Conserta isso, mãe, conserta a besteira que eu fiz.* Mas cada vez que estava prestes a falar, Dina se lembrava que não havia como contar apenas parte da verdade. Nour precisaria saber tudo sobre o relacionamento da filha, inclusive que Rory definitivamente não era um homem. Dina tinha acabado de perder a namorada... não podia perder a mãe também.

Tantos anos depois, e a sombra pegajosa da maldição ainda estava grudada em Dina. E não mostrava sinais de enfraquecimento. Toda vez que ela sentia que um relacionamento estava indo bem, a maldição encontrava uma forma de estragar tudo, de machucar as pessoas ao seu redor.

Uma vez, Dina estava namorando um cara havia alguns meses — um chef de cozinha de um restaurante londrino. Na mesma noite em que ele disse a ela que queria apresentá-la aos pais, sua luva de forno pegou fogo — uma luva que *Dina* tinha comprado para ele — provocando queimaduras na mão do rapaz.

Outra vez, Dina estava saindo com uma mulher chamada Eliza. Ela era uma daquelas pessoas incríveis que nunca ficavam sem energia, e até arrastava Dina para fazer caminhadas todo fim de semana. As duas estavam subindo Box Hill quando Eliza confessou que talvez estivesse se apaixonando por Dina. Um segundo depois, Eliza tropeçou e bateu com a cabeça em uma pedra escondida sob a grama. A ironia sombria daquilo não passou despercebida para Dina.

O lado perverso da maldição era que, quanto mais Dina gostava de alguém, mais o feitiço tentava machucar a pessoa. Ela já havia tentado de tudo para tentar reverter aquilo. Feitiços de limpeza em si mesma, desatamento. Não importava o que fizesse, todos os seus relacionamentos românticos estavam fadados ao fracasso.

Dina praticamente parou de namorar, e se permitia apenas encontros de uma única noite aqui e ali, para não acabar virando uma freira. Nunca mais poderia voltar a se apaixonar... era perigoso demais. Mas ali estavam as folhas de chá, e a mensagem era clara: *O amor está no horizonte.*

Bem, talvez estivesse tudo bem. Amor *também* podia significar atração, não é mesmo? E seria mesmo tão ruim assim nunca mais se permitir ficar próxima o bastante de alguém a ponto de amar de novo?

Dina se fazia muito essa pergunta ultimamente. Às vezes, se olhava no espelho e via aquela mesma jovem que se apaixonara por Rory olhando para ela, com o cabelo encaracolado e a voluptuosidade que ameaçava transbordar de qualquer roupa que estivesse vestindo. Certos dias, demorava muito para encontrar maneiras de se amar novamente.

Dina adormeceu naquela noite pensando na previsão das folhas de chá. Passou o dia seguinte em casa, se preparando e arrumando as malas para o fim de semana, jogando todo tipo de roupa na mala, para escolher o que vestir conforme o seu humor.

Dina procurou no guarda-roupa o vestido de madrinha que Immy havia comprado para ela alguns meses antes. Um vestido de veludo escovado verde-escuro que se moldava às curvas de Dina — o que lhe faltava no departamento de seios ela compensava no traseiro. Dina Whitlock tinha passado duas vezes na fila da bunda.

Ela precisava ir para a estação. Dina reuniu as malas, forrou com uma manta macia a caixa de transporte de Meia-Lua, e acrescentou a abóbora de brinquedo cheia de erva-de-gato, que teoricamente deveria manter a gata calma durante a viagem.

Lançou um feitiço para que suas plantas permanecessem úmidas enquanto ela estivesse fora — Dina tinha muitas plantas, por isso o feitiço levou algum tempo para se fixar nas folhas, cobrindo-as com um orvalho cintilante que permaneceria ali até ela voltar.

Jogou algumas velas mágicas e sacos de ervas na bolsa, embora a mãe sem dúvida tivesse o suficiente para as duas — era mais pela sensação de ter aquelas coisas com ela. Meia-Lua já havia se enrodilhado dentro da caixa de transporte; estava amassando a abóbora com as patinhas, e logo estaria dormindo. Depois de preparar um chocolate quente rápido e colocá-lo em uma garrafa para viagem, com uma centelha adicional de magia de conforto para sustentá-la até voltar para casa, Dina trancou o apartamento.

Capítulo 5

A estação de King's Cross St. Pancras ficava agradavelmente silenciosa à noite, depois que toda a aglomeração da hora do rush havia passado. As decorações de Halloween e as primeiras luzes de Natal iluminaram o caminho de Dina pela estação, e ela amou ouvir a música que um adolescente tocava no piano gratuito no corredor. O modo como os dedos dele se moviam sobre as teclas, a música ecoando, era um tipo próprio de magia.

Dina se sentou em um espaço de quatro lugares, colocou a caixa de transporte de Meia-Lua ao seu lado e se ajeitou. Levaria pouco menos de uma hora para chegar a Little Hathering. O casamento de Immy aconteceria em uma antiga mansão de campo nos arredores da cidade.

Aos poucos, o trem começou a encher e Dina deixou o som dos outros passageiros envolvê-la. Já estava prestes a abrir um livro de terror — uma das recomendações de Immy — quando ouviu um clique. Um clique muito familiar, seguido de um arranhar.

Quando olhou para baixo, já era tarde demais. Meia-Lua, por algum poder sobrenatural que só os gatos possuem, tinha conseguido destrancar a caixa de transporte e disparou pelo vagão.

— Merda — Dina gemeu e se levantou para ir atrás da gata.

Aquilo não era típico de Meia-Lua; ela nunca tinha tentado fugir da caixa de transporte. Dina ficou surpresa simplesmente por a gata saber como fazer aquilo... bem, não tão surpresa. Afinal, Meia-Lua era uma "familiar".

— Com licença, desculpa, com licença — murmurava Dina enquanto driblava outros viajantes que tentavam encontrar seus assentos.

A cada poucos segundos ela avistava a cauda preta de Meia-Lua, balançando em torno do calcanhar dos passageiros.

Então, perdeu a gata de vista. O coração de Dina estava disparado de ansiedade. Poderia obrigar Meia-Lua a voltar para perto dela com magia, mas se a gata fugiu talvez não reagisse ao feitiço. E também não queria ser pega fazendo magia em público. Além disso, quando se tratava de animais, a magia de Dina nunca funcionava como ela pretendia.

A última vez que tentara enfeitiçar Meia-Lua, a gata acabara falando com uma voz estridente de bebê, exigindo constantemente guloseimas, atum ou um bichinho. Felizmente, aquele feitiço durou apenas algumas noites.

Então, ouvindo um miado familiar, Dina passou por uma família de quatro pessoas e encontrou Meia-Lua lambendo as patas satisfeita e descansando nos braços de um homem alto de cabelos escuros, concentrado em fazer cócegas em seu queixo.

— Meia-Lua, o que você está... — começou a dizer Dina, mas seus pensamentos se embaralharam quando o homem ergueu os olhos.

Era o visitante do café, com o nariz protuberante e o sorriso de lado. O homem com quem ela engatara uma conversa fácil. O homem que a deixara sem fôlego.

Ele arregalou os olhos quando a reconheceu.

— Oi de novo — falou, com aquela voz suave como mel. — Esse gato é seu?

O ronronar de Meia-Lua estava no volume máximo — ela claramente gostava daquele cara. A gata geralmente não era fã de homens, portanto, aquilo dizia alguma coisa.

— Na verdade, é *gata*. Eu nem sei como... Meia-Lua, vem cá — disse Dina, em parte sem fôlego e em parte tão chocada que se viu sem palavras.

De todos os trens de Londres, aquele homem estava ali, com Meia-Lua no colo. Não chegava a ser um mau presságio, mas ela com certeza não sabia como interpretar aquilo.

Dina estendeu a mão para pegar Meia-Lua, mas a gata chiou e cravou as unhas no belo pulôver do homem desconhecido.

— Hum. Dá para ver que você causou uma boa impressão — disse ela.

Ele encolheu os ombros.

— Na verdade, costumo ser mais fã de cachorros, mas dessa gata eu gosto. Ela é toda redondinha.

— Espero que você não esteja chamando minha gata de gorda! — Dina ergueu uma sobrancelha.

— Eu nem sonharia com isso. Escuta, quer que eu leve ela de volta pra onde você está sentada? De qualquer jeito, meu lugar não é marcado.

Dina teve que concordar que aquilo fazia todo o sentido, mas não conseguiu afastar da mente o brilho astuto nos olhos de Meia-Lua enquanto o homem a carregava de volta até o assento de Dina. Como se tudo aquilo fizesse parte do seu plano.

Dina também não deixou de reparar novamente na altura do homem enquanto ele segurava Meia-Lua com uma mão e levava a mala na outra. Seu peito era tão largo que ocupava todo o corredor, e ele precisou se curvar um pouco para não bater com a cabeça no bagageiro quando se acomodou em um assento.

Dina reparou em todos aqueles detalhes com total indiferença, é claro, e aquilo obviamente não lhe causou um frio na barriga.

Só quando o homem já estava sentado em frente à Dina é que Meia-Lua se dignou a voltar para sua caixa, e adormeceu quase imediatamente.

— Então, você prefere cachorros, não é? — perguntou Dina, estreitando os olhos para ele. — Isso é bem suspeito. Todo mundo sabe que gateiros são as melhores pessoas.

— Se você está dizendo...

Ele sorriu. E aquilo fez a pulsação de Dina disparar.

Agora, sentada de frente para ele, ela conseguia examinar melhor as suas feições e estava se esforçando muito, muito mesmo, para ignorar o fato de que ele era simplesmente lindo. A sobrancelha cheia, aqueles olhos que ela não aguentava encarar por muito tempo, o nariz perfeitamente torto, o sorriso de lado e um queixo tão anguloso que parecia capaz de cortar vidro, isso para não falar da barba bem-feita.

Ele tinha algumas linhas de expressão na testa, que remetiam a dias passados ao sol sem protetor solar, e devia ter uns trinta e poucos anos. Não estava de óculos naquele momento, mas Dina chegou à conclusão de que aquele era o tipo de rosto que ficava bem com ou sem óculos.

— Não cheguei a perguntar seu nome, lá no café — disse ele, como se Dina precisasse ser lembrada da interação entre eles na véspera.

Ela cruzou cuidadosamente as mãos por baixo da mesa, para o caso de a hena resolver voltar à ação.

— É Dina — falou, sentindo a boca seca. — E o seu é...?

— Scott. Scott Mason.

Ele estendeu a mão por cima da mesa e Dina fez o mesmo. Enquanto trocavam um aperto de mão, ela reparou que a mão de Scott envolveu a dela inteiramente, e aquilo lhe provocou um arrepio delicioso que percorreu todo o seu corpo. Quem diria que um aperto de mãos podia ser tão sexy?

Era divertido fingir flertar com um estranho. Porque ela estava só fingindo, disse Dina a si mesma. Então se lembrou do que as folhas de chá tinham dito. *O amor está no horizonte.* E logo reprimiu o pensamento.

Do lado de fora do trem, os subúrbios de Londres passavam como um borrão. Os prédios se transformaram em casas; as casas, em chalés rodeados por gramados verdes; então a paisagem passou a se estender ao redor, enchendo as janelas com vistas de campos cobertos de urze, bosques e ovelhas adormecidas.

— Então, o que fez você abrir um café, Dina? — perguntou Scott.

— Como você sabe que sou a dona? — retrucou ela.

— Não é? Tudo lá... se parece com você. Se é que isso faz sentido.

De alguma forma, fazia.

— Na verdade, eu abri o café para deixar as pessoas felizes. Queria um lugar que parecesse um oásis para as pessoas da cidade... você sabe como é, quando a gente está na rua e teve um longo dia, e só precisa de um lugar para sentar, respirar fundo e passar um tempo relaxando, com uma boa xícara de chá nas mãos. E você trabalha no museu, não é, Scott? — Dina não conseguiu se conter... gostava do som do nome dele em seus lábios.

— O que me denunciou? As cotoveleiras? — Ele soltou uma risada profunda e estrondosa.

— Infelizmente, sim; elas te entregaram.

— Ah, bem, é o único uniforme que eles permitem que os curadores usem, espero que se acostume com isso.

Scott olhou para ela com aqueles cílios escuros e Dina sentiu uma onda de calor subir pela sua coluna. *Espero que se acostume com isso.*

— É isso que você faz, então?

— É, sou curador. Trabalho lá faz pouco tempo. E estou tentando levar um pouco mais de modernidade para o museu.

— Em que sentido?

— Um tablet interativo aqui, uma exposição focada na arte islâmica antiga ali. Mas meu foco é tentar entender como o Museu Britânico lida com artefatos que roubaram, não tão secretamente assim, do Oriente Médio durante a Segunda Guerra Mundial. Quero, quero muito, devolver o que for possível. Ou pelo menos criar uma exposição que percorra de forma permanente os museus do norte da África e do Oriente Médio.

— Isso é muito impressionante — comentou Dina, e sorriu tímida. — Você é tipo um Indiana Jones ao contrário.

— Vou contar à minha chefe que você disse isso na próxima vez que ela achar que pareço velho demais pra minha idade.

Scott se ajeitou no assento e a perna dele roçou a de Dina por um instante embaixo da mesa. O calor voltou a disparar pelo corpo dela com o toque. Não devia permitir que aquele homem — aquele estranho — a deixasse tão agitada. *Continue a falar, Dina, e pare de olhar nos olhos dele.*

— O que você fazia antes de ser curador? — perguntou ela, se forçando para não olhar nos olhos sonhadores dele.

— Eu estava fora do país, trabalhando para diferentes museus ao redor do mundo. Eu... — Scott passou a mão pelo cabelo escuro. — Já fazia um tempo que eu não voltava para a Inglaterra.

— Mas agora que voltou, está planejando ficar por aqui?

Ele deu um sorrisinho que pareceu um pouco forçado.

— Acho que sim.

O trem parou em uma estação já na área rural e Dina se deu conta de que os dois já estavam conversando havia quase meia hora. Ela estava ficando sem tempo para tomar o chocolate quente que levara, portanto, poderia muito bem compartilhá-lo com o homem à sua frente, junto com o pedaço do bolo de gengibre e caqui que tinha levado também.

Dina tirou a xícara presa no topo da garrafa térmica e abriu a tampa. O ar foi tomado pelo vapor com aroma de chocolate.

— Isso tem um cheiro tão gostoso... — disse Scott, fechando um pouco os olhos.

O chocolate quente muitas vezes a fazia sentir do mesmo jeito. Como se ela estivesse enrolada em uma manta aconchegante com aroma de chocolate. No momento, Dina precisava da magia calmante que havia ali, porque cada olhar de Scott fazia uma descarga de energia disparar por todo o seu corpo.

— Aceita? — perguntou.

— Se você tiver uma xícara sobrando, eu não vou recusar.

Dina não tinha, mas era para casos como aqueles que servia a magia. Ela enfiou a mão na bolsa, que não era bem uma bolsa de Mary Poppins, mas era podia fazer surgir praticamente tudo que o momento pedisse, se Dina se concentrasse bem em seu desejo. Logo, sentiu com o dedo a alça de uma xícara. Ela a colocou sobre a mesa e percebeu, horrorizada, que a xícara tinha os dizeres "A melhor mãe de gata do mundo" na lateral, ilustrada com um conjunto de pegadas.

— Que modesta — brincou Scott.

Dina o ignorou, porque não era possível que aquele homem fosse bem-humorado *e* bonito, e serviu o chocolate quente nas duas xícaras. Estava ligeiramente espumante por cima, como ela gostava. Mas nenhum chocolate quente estava completo sem marshmallows. Dina enfiou a mão de volta na bolsa, e pegou um punhado considerável de minimarshmallows brancos e cor-de-rosa.

Quando Dina entregou uma das xícaras a Scott, seus dedos se tocaram. A hena em seu pulso ganhou vida e Dina afastou rapidamente a mão. *Lembrete para mim mesma: nada de hena mágica perto de Scott.*

Sem se dar conta da agitação que dominava Dina, Scott se recostou na cadeira e tomou um gole do chocolate quente.

— Você fez isso? — perguntou em um tom suave.

— Ahã. É uma receita secreta, vou levar ela para o túmulo.

Dina também deu um gole e flagrou Scott observando-a atentamente enquanto ela lambia um pouco de marshmallow derretido do lábio superior.

— Você não conseguiu limpar tudo — avisou ele. — Posso?

Dina assentiu.

Scott estendeu a mão e acariciou o lábio superior de Dina o polegar, os olhos fixos nos dela o tempo todo. Ela manteve a respiração presa durante todo o tempo em que a mão dele se moveu suavemente pelo seu rosto. É claro que não inalou o perfume de bergamota e cedro dele. E quando Scott afastou a mão e lambeu o marshmallow do polegar, ela definitivamente não ficou vermelha que nem um tomate. O problema era que estava quente ali dentro.

Infelizmente, o trem escolheu aquele momento para anunciar que em breve chegariam à estação Little Hathering. Dina não queria que aquela viagem terminasse.

Ela guardou as xícaras vazias e começou a arrumar tudo para sair. Scott fez o mesmo — ele se levantou e enrolou um cachecol no pescoço. Ao que parecia, Dina era capaz de sentir inveja de um cachecol.

— Você vai descer aqui também? — perguntou ela.

— Vou, vou visitar as minhas mães.

— Você se importa? — pediu Dina, e apontou para a sua mala no bagageiro alto. Como estava segurando a caixa de Meia-Lua, que agora choramingava, perturbada pelo movimento, ela estava com as mãos ocupadas.

Quando Scott esticou a mão, a parte superior da camisa dele subiu um pouco e ela viu de relance um rastro de pelos escuros e músculos destacados e fortes. E logo desviou o olhar, enrubescendo um pouco mais. Ele sem dúvida conseguiria levantá-la do chão como se ela pesasse menos que uma pena.

Os dois desceram juntos do trem e pararam na plataforma atingida pelo vento. O frio havia aumentado e a respiração de Dina formava nuvens no ar. Estava em casa.

— Sabe, já que nós dois vamos passar o fim de semana aqui, quem sabe...

Mas Scott não conseguiu terminar o que estava prestes a dizer, porque uma mulher mais velha começou a chamar seu nome na saída da estação. Ele sorriu.

— Aquela é uma das minhas mães.

Dina olhou para Scott — era difícil não fazer aquilo, já que ele se elevava acima dela, ocupando a maior parte do seu campo de visão. Será que devia dar o seu número a ele? Mas então a conversa da véspera voltou à sua mente. Os maus presságios no café. O amuleto que caiu quando ele entrou. As folhas de chá. Aquilo terminaria em desastre — aquela era a previsão.

Dina podia até ver como tudo iria acontecer: o namoro, o sexo — que seria fenomenal, ela não tinha a menor dúvida disso —, então ela se apaixonaria perdidamente, porque era isso que sempre acontecia, e a maldição machucaria Scott, assim como havia acontecido com todos e todas antes dele.

Ela abaixou os olhos para si mesma, se deu conta do cabelo cheio que esvoaçava em todas as direções, do jeans mal ajustado, da blusa com uma mancha de café na parte de baixo. Não havia como aquele homem estar flertando com ela. Não quando estava com aquela aparência... provavelmente tinha interpretado mal os sinais.

Se desse o seu número para ele, só estaria fazendo papel de tola. Não estava pronta para mais um constrangimento nem, com certeza, para outra decepção amorosa.

— Foi bom te ver. Tchau — falou Dina, com o tom mais frio de que foi capaz.

Então se afastou, com Meia-Lua berrando o tempo todo na caixa de transporte. Depois, saiu correndo da estação e desceu a colina até o centro da cidadezinha. E só olhou para trás uma vez.

Capítulo 6

Bem, pessoal, o prêmio de grande tolo vai para Scott Mason pela segunda vez em vinte e quatro horas. Como... como ele tinha sido capaz de estragar tudo de novo? Scott ficou na plataforma, vendo Dina *literalmente* fugir dele e se perguntando o que é que tinha feito de errado.

Achou que eles estavam se dando bem. Dina era absurdamente divertida, e tinha se mostrado mais calorosa depois que ele elogiou a gata. Bem, Meia-Lua era uma anjinha peluda, portanto ele não mentira. E Scott tinha reparado em como Dina o olhara com aqueles cílios longos e escuros. A mente dele voltou ao momento em que ela havia lambido um pouco de marshmallow do lábio. Só de lembrar da língua de Dina separando os lábios, lambendo-os com firmeza, só de pensar no roçar do polegar dele na sua boca, já estava lhe provocando uma ereção. Talvez ele tivesse ido com muita sede ao pote.

Ou talvez ela simplesmente não esteja a fim de você, sugeriu sua mente traidora. Afinal, ele estava enferrujado naquele jogo de flertes. De qualquer modo, agora não teria como saber. Dina já havia sumido de vista havia muito, embora Scott pudesse jurar que seu perfume de laranja e especiarias ainda permanecia no ar, envolvendo-o.

Scott estava prestes a perguntar se ela queria sair para tomar um drinque com ele, já que os dois estariam em Little Hathering naquele fim de semana. Afinal, quais eram as chances de eles se encontrarem duas vezes em dois dias? Um Scott mais jovem e ingênuo teria acreditado que era apenas um acaso, sorte ou que tivesse um pouquinho do dedo do destino.

Dina obviamente tinha percebido que ele estava prestes a convidá-la para sair, já que tinha ido embora antes mesmo que ele terminasse de fazer o convite.

Ah, que fosse. De qualquer modo, o foco daquele fim de semana não era ele, mas sim o casamento de Eric e Immy, a visita às mães dele e passeios por paisagens livres, que não eram escondidas por arranha-céus. Scott não teve muito tempo para ficar ruminando sobre Dina, porque sua mãe estava esperando por ele no estacionamento da estação, ao lado do seu fusca de um amarelo forte.

— Scott! Querido! — gritou Helene, acenando acima da pequena aglomeração de pessoas que haviam desembarcado em Little Hathering, o cabelo loiro-avermelhado preso com um lenço, de um jeito elaborado.

Scott riu e se inclinou para dar um abraço na mãe. Lembrou da infância, de quando a abraçava e só chegava até a cintura dela. Agora, cada abraço era como um abraço de urso, envolvendo-a totalmente. Mas, quando a envolveu nos braços naquela noite, Scott não pôde deixar de reparar que a mãe parecia menor, mais frágil.

— É bom ter você em casa — sussurrou ela, acariciando os cabelos dele.
— Agora, você vai me contar quem era aquela bela moça com quem estava conversando na plataforma? — Os lábios de Helene se curvaram em um sorrisinho malicioso e ela deu uma palmadinha no braço dele enquanto o puxava na direção do carro.

— Ninguém especial. Eu só sentei ao lado dela no trem.

Scott nunca tinha sido bom em mentir para a mãe, mesmo que, tecnicamente, aquilo fosse mesmo uma sombra da verdade.

— Ahã, claro.

Helene deu uma piscadela, antes de começar a atualizá-lo sobre o que elas andavam fazendo. O que havia de mais fantástico em Helene, era que, quando Scott não estava com muita vontade de conversar, ela conseguia conduzir a conversa pelos dois.

— A Alex está pintando o galpão do jardim de um azul chamado Majorelle. Impressionante! E o vizinho andou reclamando de novo da nossa meditação ao nascer do sol, mas sinceramente, se ele não quiser ver as minhas partes íntimas, pode só não espiar pelas cortinas às cinco da manhã.

Scott ficou ouvindo a mãe tagarelar enquanto ela seguia acelerando pelas curvas da cidade, contando tudo sobre as melhorias que estavam fazendo na casa e as diferentes espécies de pássaros que tinha observado no comedouro. A aposentadoria lhe caía bem.

As duas mães dele tinham sido legistas, mas quem as conhecesse jamais imaginaria. Embora fossem mulheres radiantes e alegres, elas adoravam presentear as pessoas com a história de como tinham se conhecido, dos bisturis se tocando enquanto ambas faziam uma incisão na sala de dissecação da faculdade.

Scott olhou pela janela, vendo Little Hathering passar por eles. Conseguia entender perfeitamente por que as mães adoravam aquele lugar. Era deliciosamente pitoresco, e cada loja na rua principal tinha vidraças curvas e luminárias pendentes. Como estava muito perto do Halloween, a maior parte das vitrines estava decorada com abóboras, vassouras de canela e recortes de papelão no formato de bruxas verdes gargalhando enquanto mexiam seus caldeirões.

Little Hathering era o tipo de lugar onde se encontrava bandeirolas o ano todo, e o que os americanos imaginariam se tivessem que descrever um vilarejo inglês. A cidadezinha parecia saída de uma comédia romântica — daquelas que as mães dele adoravam e o faziam assistir sempre que estava passando algum tempo com elas. Mas enquanto eles passavam pelas ruas, Scott não conseguiu evitar procurar por Dina ou por Meia-Lua fugindo novamente.

Quando pararam em frente à casa das mães dele, Scott percebeu que o Audi prateado de Eric estava estacionado do lado de fora.

— O Eric tá aqui?

— Ah, sim, eu não falei? Ele trouxe o seu terno pro casamento.

O cheiro de bolo de maçã recém-assado invadiu as narinas de Scott assim que ele entrou na casa, e Juniper disparou em sua direção com as patinhas curtas.

— Oi, minha linda! — Scott pegou a corgi absolutamente roliça nos braços, e coçou entre as suas orelhas enquanto ela babava furiosamente todo o rosto dele.

Scott reparou que os pelos ao redor do focinho de Juniper estavam um pouco mais claros do que em sua última visita, e sentiu uma onda de culpa invadi-lo.

— Passei o dia todo dizendo a ela que você estava vindo para casa. E ela está animadíssima — falou Alex, e puxou Scott para um longo abraço no momento em que ele colocou a cachorrinha no chão.

— Oi, mamãe — cumprimentou Scott, e enfiou o rosto nos cachos grisalhos de Alex.

— Você parece faminto, já comeu?

Ela o puxou pelo corredor estreito, com fotos de família nas paredes — muitas delas da adolescência desajeitada de Scott —, e o levou até a cozinha. Eric estava tomando chá em uma enorme caneca de barro e acenou para o amigo.

Scott sorriu.

— Não estou aqui por sua causa, só pelo bolo.

— Eu não esperaria menos da sua parte — respondeu Scott, enquanto cortava uma generosa fatia.

O bolo de maçã de Helene tinha a quantidade perfeita de canela e noz-moscada. Pensou em pedir a receita para a mãe — talvez pudesse fazer para Dina. Se a visse novamente algum dia.

— Olha só vocês dois, comendo bolo na cozinha. Senti falta disso. — Helene sorriu ao entrar, e deu um beijo na testa de Alex enquanto se servia de uma xícara de chá.

Scott tinha sentido falta daquilo quando estava viajando a trabalho. Da alegria simples de estar com as mães e com o melhor amigo naquela cozinha agradável e aconchegante. Alice não gostava muito de visitar as mães dele — ela dizia que as cores vivas que Alex e Helene tinham escolhido para pintar a casa lhe davam dor de cabeça. Às vezes era como estar dentro de uma caixa de lápis de cor, mas Scott adorava. Aquela foi a primeira casa de verdade que teve. As mães também não gostavam de Alice, ele tinha percebido, embora não tivessem sido muito contundentes em relação àquilo, porque acreditavam que Scott estava feliz. Desejou ter dado mais atenção ao que as duas tinham a dizer a respeito.

Scott olhou para a geladeira, abarrotada de uma variedade aleatória de ímãs em formato de frutas, cada um segurando um cartão-postal que ele havia enviado. Ouarzazate, Lima, Hamilton (Nova Zelândia), e vários outros lugares. Tinha passado mesmo tanto tempo fora? Na época, ele só precisava escapar da Inglaterra — não queria ver as mães, não queria admitir que o tempo todo elas estavam certas sobre Alice. Mas agora Scott percebia que tinha deixado a dor do rompimento se infiltrar naquela parte da sua vida também, afetando seu relacionamento com as pessoas que ele mais amava. Mas torcia para ainda poder consertar as coisas. Com certeza ia tentar.

— Queria ficar mais tempo — falou Eric, trazendo Scott de volta da sua viagem pela autopiedade. — Mas a Immy me encarregou de arrumar as flores antes de a gente sair mais tarde. O que me lembra... — Eric cutucou Scott. — Vamos ao Roebuck mais tarde? Umas amigas da Immy vão estar lá, meio que para quebrar o gelo antes do casamento.

— É claro, gosto da ideia.

— E olha só... — disse Eric, puxando Scott para a privacidade do corredor —, talvez uma pessoa que eu gostaria que você conhecesse vá. A madrinha da Immy. Ela é... vamos só dizer que acho que vocês dois vão se dar bem, só isso.

Scott não gostou do brilho travesso nos olhos de Eric.

— É melhor você não estar pretendendo bancar o cupido — alertou.

Eric ergueu as mãos.

— Sinceramente, cara, acho que você só precisa transar. — Ele deu um tapinha nas costas do amigo.

— Entendo. Você só quer fazer o meio de campo. Te vejo mais tarde, então — disse Scott, e puxou Eric para um abraço rápido antes de o amigo ir embora.

Depois disso, a noite passou voando. As mães tinham um monte de tarefas no estilo "faça você mesmo" para as quais precisavam da ajuda do filho — principalmente montar prateleiras e desmontar móveis antigos. Scott voltou a sentir que havia perdido um tempo precioso não visitando as duas com frequência enquanto esteve com Alice. As mães estavam envelhecendo, e cada refeição, cada noite juntos, parecia mais preciosa para ele do que nunca. O mesmo valia para Juniper. Não só o pelo ao redor do focinho dela estava mais branco, como dormia mais do que antes. Scott a levou para passear no parque local — ela sempre ficava superempolgada nos primeiros minutos, farejando avidamente cada canto da rua, seu território, com o entusiasmo de um cão de caça. Os dois passaram alguns minutos ao lado do "arbusto da torta mágica", um arbustinho onde Juniper uma vez tinha encontrado uma torta inteira, e desde então voltava ali a cada caminhada para ver se surgia mais algum petisco delicioso para ela.

Depois, Scott ficou no jardim, eliminando as aranhas do galpão — elas eram inimigas mortais das mães —, e por fim decidiu ir até o mercado para encher a geladeira.

— Tem certeza? — perguntou Helene quando o viu pegar a lista de compras presa na geladeira. — Você não devia ir ao pub para conhecer os amigos do Eric e da Immy?

— Devia, só que estou me sentindo exausto. Sabe como é, um longo dia de trabalho e etc.

— Bem, pelo menos lembra de se agasalhar.

Ela sorriu e se aconchegou ao lado de Alex no velho sofá para assistirem à novela de toda noite.

Scott saiu caminhando pelas ruas tranquilas da cidadezinha, pensando em como as mães faziam parecer fácil estar apaixonado.

As duas sempre foram assim, desde que ele era menino, e, ao contrário de muitos pais e mães dos amigos de Scott, elas não haviam perdido o interesse uma na outra conforme os anos foram passando — na verdade, pareciam ainda mais apaixonadas agora. As duas ainda compravam flores uma para a outra e, na maioria das vezes, escolhiam exatamente o mesmo buquê. Scott perdeu a conta das vezes que tinha ido em casa para visitá-las e as encontrara dançando ao som do rádio na cozinha.

Ele queria um amor igual àquele.

Talvez devesse ter ido ao pub naquela noite para conhecer a madrinha de Immy. Talvez Eric estivesse certo e ele só precisasse de uma boa transa. Mas sua mente continuava se esgueirando lentamente de volta para Dina — para a sua risada gostosa e a preocupação que ele tinha visto em seus olhos quando ela pensou que Meia-Lua havia fugido do trem, seguida rapidamente de alívio quando encontrou a gata nos braços dele. Scott queria ver aquele alívio nos olhos dela de novo, aquela felicidade. Queria poder provocar aquilo.

Ele não queria conhecer outra mulher, pelo menos não naquela noite, quando só conseguia pensar em Dina. Da próxima vez, não estragaria tudo. Diria todas as coisas certas. Droga, queria tanto vê-la de novo...

Capítulo 7

A casa sabia que ela estava chegando. A nuca de Dina se arrepiou com aquela consciência mágica quando ela entrou na Cypress Street, bufando sob o peso das malas e da caixa de transporte da Meia-Lua.

— Preciso parar de te dar tanto queijo — murmurou Dina para a gata.

Mas, conforme se aproximavam da casa, o peso da bagagem aos poucos foi se tornando mais leve — a casa tinha o hábito de fazer aquilo, de estender a sua magia pela rua, como uma mãe passarinho protegendo os filhotes no ninho.

A casa soube quando Dina caminhou até a porta da frente. A aldrava de latão, em forma de amuleto contra mau-olhado, abriu e fechou o olho para ela — ou foi mais uma piscadela? — e a porta se abriu.

— Oi, Casa — disse Dina, dando palmadinhas carinhosas na porta ao entrar.

As tábuas do piso rangeram alegremente. A casa estava feliz — uma das suas moradoras estava ali.

Do lado de fora, o número 2 da Cypress Street parecia qualquer outra casa vitoriana com varanda. Mas no instante em que se entrava ali — e se a casa chegasse à conclusão de que conhecia bem a pessoa, ou confiava nela —, ela deixava qualquer glamour de lado, como se fosse um casaco surrado, e se revelava.

Dina tirou os sapatos e calçou um par de chinelos. A casa era muito exigente em relação a ninguém sujar o chão.

Ela não tinha sido construída usando a magia da família de Dina. A mãe desconfiava que ali morava um espírito que ficara preso à terra e, com o tempo, tinha se unido lentamente à casa até se tornarem uma coisa só. Se alguém tratasse mal a casa, poderia muito bem acabar diante de uma situação séria, envolvendo uma assombração nada acolhedora. Mas a casa amava Dina e sua família, e amava a magia deles.

— Mãe! *Baba!* Cheguei! — gritou Dina.

— Estou indo, *habiba!* — Ela ouviu a voz abafada da mãe vindo do andar de cima.

Dina se abaixou e destrancou a caixa da Meia-Lua, deixando a gata sair e se espreguiçar toda antes de sair correndo para comer da tigela de comida que a casa já havia preparado para ela. A casa sempre mimava Meia-Lua com atum fresco, não importava quantas vezes Dina lhe pedisse para não fazer aquilo.

Dina deixou a bagagem na entrada e, quando olhou para trás, ela já havia desaparecido — provavelmente já estava tudo em seu quarto, com as roupas cuidadosamente dobradas dentro da velha cômoda.

A sala da frente passava uma sensação de aconchego, como uma cabana, com a lareira acesa mantendo o ambiente agradavelmente aquecido; e as poltronas gastas, deliciosas para deixar o corpo afundar. Quando se abria as cortinas, em vez de ver a Cypress Street, a pessoa se via diante do vale verdejante no País de Gales onde o pai de Dina havia crescido, inclusive com vacas pastando. Aquele era o cômodo favorito do pai.

Enquanto Dina descia o corredor, as tábuas do piso se transformaram naturalmente em azulejos azuis e brancos sob seus pés. Ela se viu no coração da casa: um *riad*, a casa tradicional marroquina, com uma fonte de mosaico gorgolejante, trepadeiras serpenteando pelas paredes e, acima dela, brincos-de-princesa desabrochando em vasos de argila e tamareiras em miniatura enroladas nos pilares. Na verdade, era mais um jardim do que um cômodo. O teto era aberto para o céu noturno, e estrelas cintilavam na escuridão profunda.

Aquele céu obviamente não era real, mas a magia da casa era poderosa. Dina podia ouvir até o cricrilar dos grilos ao longe e sentir o cheiro de canela da terra em Khemisset, onde a mãe havia crescido. Dina soltou o ar lentamente, deixando a sensação de estar em casa penetrar seus ossos.

Seguiu para a cozinha, onde as panelas de cobre continuavam penduradas no teto, e os vasos de manjericão fresco alinhados no parapeito da janela — algo que a mãe fazia desde criança, porque mantinha as aranhas e os mosquitos longe.

No fogão, uma panela de *harira* borbulhava, e uma colher de pau mexia a sopa, sustentada pela mão invisível da casa. Dina provou uma colherada — absolutamente deliciosa, o cordeiro derretia na boca. Aquele era o tipo de comida que ia direto para a alma. A casa se envaideceu de satisfação quando ela provou uma segunda vez.

Uma tartaruga se aproximou lenta e pesadamente de Dina, e ela se abaixou e deu uma palmadinha gentil em seu casco. Sua mão passou direto por ela e encostou no chão, porque a tartaruga não estava lá — era um fantasma. Mesmo assim, era um fantasma muito do afetuoso e gostava de seguir Dina quando ela voltava para casa de visita.

— Mãe, onde você tá? — gritou Dina.

— Calma! Já vou, já vou — gritou a voz incorpórea da mãe, vinda de um dos quartos do andar acima do pátio.

Dina subiu a escada em espiral que ficava em um canto do *riad* e encontrou a mãe no banheiro, tirando apressadamente o creme clareador do buço (agora muito loiro).

— Mãe, o que você tá fazendo? — perguntou Dina, parando na porta com as mãos na cintura.

A mãe se sobressaltou.

— Céus, pensei que você estivesse lá embaixo! Não me assusta assim, ou vou acabar colocando essa coisa no meu olho — resmungou ela, já puxando a filha para um abraço apertado com o braço livre.

— Você sabe que tenho um feitiço pra isso. Não precisa usar essas coisas, é tóxico.

— Ah, esqueci. E da última vez que tentei eu mesma fazer um feitiço pra isso, acabei com MAIS pelos, por isso prefiro o descolorante.

Ela lavou o rosto na pia e o secou com a toalha que Dina lhe entregou.

— Muito bem, agora me deixa olhar pra você — falou a mãe, segurando o rosto de Dina entre as mãos. — Ahã. Um pouco de estresse, sim... mas você está cintilando! O que aconteceu?

— Mãe, você tá lendo a minha aura de novo? — perguntou Dina com um suspiro.

— Que foi? Uma mãe não pode saber como a filha está se sentindo? *Ainda mais* quando a filha em questão nem liga mais para dizer um oi? — Com vocês, Nour Whitlock, a primeira rainha do drama, mãe de todas as outras rainhas do drama.

— Eu liguei pra você duas vezes na semana passada — respondeu Dina.

A mãe fungou, fingindo estar magoada. Nour tinha uma propensão para o drama, um senso de humor perversamente feroz e uma habilidade para observar as pessoas que causaria inveja a qualquer agente do Serviço de Inteligência Britânico. Era um feixe de caos concentrado em um metro e cinquenta e oito de altura, com o cabelo ruivo curto e olhos cinza penetrantes. Dina tinha herdado os olhos cor de mogno do pai.

— Você vai passar a semana aqui? Não vamos conseguir colocar a conversa em dia direito no fim de semana, já que vamos ter o casamento — disse Nour, enquanto entregava a Dina um pote de cera de abelha caseira e o removedor de maquiagem de camomila que ela mesma tinha feito.

Tirar a maquiagem e fazer a rotina de cuidados com a pele juntas era um hábito antigo entre Dina e a mãe, desde que Dina mostrara interesse pelo assunto, quando era mais nova. Era um tipo de magia muito especial, aquele ritual entre mãe e filha.

— Vou ficar até terça de manhã, depois preciso voltar para o café. Robin não consegue resolver nada com magia, por isso preciso estar lá.

Nour fez uma careta.

— Você nunca se dá uma folga do trabalho. Mas me enche de orgulho, *habiba* — disse ela, e deu uma palmadinha carinhosa na mão da filha. — Vai me deixar aplicar um pouco de hena em você hoje, não é? Estou trabalhando em um feitiço que vai te deixar com o cabelo maravilhoso e a pele viçosa, e achei que você poderia querer isso para o casamento.

— É sempre um prazer ser cobaia das suas magias, mãe — falou Dina com um sorriso, sentindo a calma se instalar em seu corpo do jeito que só acontecia quando estava em casa.

Ela e a mãe passaram os minutos seguintes em parte conversando e em parte implicando uma com a outra, daquele jeito que só mães e filhas conseguiam, até que o som da porta da frente se abrindo desviou a atenção de Dina.

— Dina, você está em casa? — gritou o pai.

— Estou aqui, *baba*. Só um instante!

Ela esfregou o resto do hidratante nas mãos e desceu para dizer oi ao pai.

Robert Whitlock estava na cozinha, guardando garrafas de suco de laranja, enquanto a casa levitava as sacolas de compras usadas até pendurá-las no gancho acima da pia.

— Aqui está a minha menina — disse o pai, dando um abraço apertado em Dina. — Você parece bem, *hayati*.

Era sempre agradável ouvir o pai falar darija. Com seu sotaque galês, Robert não conseguia pronunciar perfeitamente as palavras, mas aquilo nunca o impedia de tentar. Quando Dina era pequena, tinha dito ao pai que era a sua *hayati*, a sua vida, e ele a chamava assim desde então.

— Esbarrei com a futura noiva voltando do mercado. Ela pediu para você ir até o Roebuck quando estiver pronta. Eles vão tomar uns drinques lá — avisou ele, enrugando os cantos dos olhos.

O cabelo dele tinha mais fios grisalhos do que da última vez que Dina o vira.

— Ótimo. Mas acho que é melhor eu comer alguma coisa primeiro.

Como se aproveitando a deixa, um cronômetro tocou na cozinha, o que era o jeito de a casa avisar que o jantar estava pronto.

Os três — quatro, contando com a tartaruga fantasma — se sentaram à mesa, que a casa tinha decidido que agora seria de um tom verde-floresta. O pai de Dina serviu a *harira*, enquanto a mãe colocava pratinhos com *zaalouk*, *shlada* e *khobz* na mesa. A mãe levantou a cesta de pães e murmurou um feitiço. Quando Dina partiu o *khobz*, ele estava quente, fumegante e com um cheiro de dar água na boca.

Eles lhe fizeram todas as perguntas de sempre: como estava indo o café, se ela já estava cansada da vida londrina, e onde estava Meia-Lua? A gata provavelmente tinha encontrado uma cama qualquer na casa e estava enfiada embaixo do edredom, sem dúvida já no décimo terceiro sono.

O pai de Dina segurou a mão da mãe sobre a mesa, e sorriu para a esposa enquanto ela conversava. Dina reparou que ele evitava fazer perguntas sobre a vida amorosa da filha, embora a mãe claramente não tivesse o mesmo escrúpulo.

— Você teve algum encontro ultimamente? Conheceu algum rapaz bonito que queira nos apresentar?

Dina amava a mãe, mas às vezes achava que era mais fácil amar Nour em doses homeopáticas.

— Nada de homens bonitos, lamento dizer — disse Dina —, mas se eu conhecer algum, você vai ser a primeira a saber.

Dina era relativamente aberta com os pais no que dizia respeito à sua vida amorosa, mas com algumas ressalvas. Ela costumava contar a eles sobre os primeiros encontros com homens, especialmente os que davam errado, mas falar sobre Rory ou qualquer outra mulher com quem pudesse estar se relacionando estava fora de cogitação.

Quando a sobremesa foi servida — um doce de maçã tipicamente galês chamado *pwdin eva*, com montes e montes de creme, que o pai havia preparado naquela tarde —, Dina percebeu que seus pensamentos tinham se voltado para Scott Mason. Para o queixo anguloso com a barba bem-feita, para a risada grave e estrondosa. Para o jeito como ele tinha segurado Meia-Lua nos braços. Talvez eles devessem ter trocado telefone. Talvez um drinque não fosse nada de mais.

Dina olhou para as mãos e viu a hena se retorcendo em uma videira espinhosa diante dos seus olhos, se sufocando. Era a maldição, sem dúvida se certificando de que a sua presença fosse conhecida. Ela se repreendeu.

Dina Whitlock faria uma pausa nos relacionamentos pelos próximos anos. Ou até que aparecesse alguém que fosse seguro para uma aventura rápida. Scott Mason não seria só uma aventura.

Depois de comer, Dina vestiu a roupa clássica de ir ao pub numa sexta à noite: jeans e uma blusa bonita. Encontrou Meia-Lua dormindo em cima de uma pilha de lençóis recém-lavados e secos, agora cobertos de pelo de gato, e deu um beijo no focinho gelado da gata ronronante antes de sair.

Capítulo 8

Era aquele tipo de noite perfeita de outubro, com uma lua crescente e cintilante e um frio que fazia as pessoas andarem um pouco mais rápido para se manterem aquecidas, enquanto a respiração formava nuvens no ar. Conforme se aproximava, Dina viu luzes piscando nas janelas do pub.

O Roebuck evocava muitas lembranças embaraçosas da adolescência dela, principalmente porque era o único pub que servia menores de idade, desde que não pedissem nada mais forte do que cidra de frutas ou vinho quente.

O interior parecia ter sido pensado para ser o mais confortável e aconchegante possível. Arandelas de latão nas paredes banhavam o salão com um brilho dourado, e o fogo crepitava na ampla lareira. O lugar cheirava a couro gasto, cerveja e cedro.

Não era o tipo de pub que tinha banquetas desconfortáveis diante do balcão do bar, onde a pessoa se via obrigada a passar a noite inteira se remexendo para tentar encontrar uma boa posição — o Roebuck era o tipo de pub que queria que o cliente se demorasse. Cada assento era uma poltrona, gasta e confortável. Os proprietários eram um casal que devia ter por volta de sessenta anos — os Holland, se ela não estava enganada. Os dois a receberam com um sorriso simpático de detrás do balcão quando ela entrou.

Dina localizou as amigas nos sofazinhos perto da lareira e foi até lá. Immy estava sentada no colo de Eric e acenou de lá. Rosemary, por sua vez, assim que viu Dina, se levantou em um pulo e correu até ela, soltando um grito alto o bastante para assustar os locais na mesa ao lado.

Um café e um feitiço para viagem 67

— É melhor você me salvar deles, aqueles dois estão apaixonados demais. — Rosemary sorriu e envolveu Dina em um abraço maravilhosamente agressivo.

— Que chocante, é quase como se eles fossem se casar daqui alguns dias. Rosemary fingiu uma expressão séria.

— Eu sei, é repugnante. Vamos encher a cara. Você acredita que eu nunca experimentei vinho quente?

Dina arquejou, fingindo horror.

— Precisamos dar um jeito nisso já.

Elas foram até o bar, enquanto Rosemary dava todas as informações necessárias a Dina sobre o resto dos amigos de Eric e Immy que estavam perto da lareira. Alguns ela já conhecia, mas não reconheceu muitos colegas de trabalho de Eric.

— Disseram que o padrinho do Eric também vinha, mas aí ele mandou uma mensagem dizendo que ainda estava resolvendo algumas coisas em casa e talvez não conseguisse chegar. — Rosemary tomou um gole de vinho quente e revirou os olhos de prazer.

— Quem resolve pendências às nove da noite de uma quinta-feira? — comentou Dina.

— Tem razão — falou Immy, se aproximando das duas.

Ela estava usando uma das suas camisetas clássicas de terror — a que mostrava em belos detalhes a cena da cavidade torácica engolindo a mão em *O enigma de outro mundo*.

Por um breve período durante a fase de planejamento do casamento, Immy se convenceu de que queria que a celebração tivesse filmes de terror como tema. Felizmente, Eric tinha pedido que Dina e Rosemary interviessem, e elas conseguiram dissuadir a amiga. Agora, Immy e Eric iriam se casar na Honeywell House no dia seguinte ao Halloween, com uma densa floresta como pano de fundo. Era maravilhosamente fantasmagórico e Dina mal podia esperar.

— Você está com seu vestido de madrinha, né? Chegou direitinho pelo correio?

— Chegou, e a bainha já foi ajustada. Como os seus pais estão se comportando?

O sr. e a sra. Partridge eram um casal reconhecidamente tradicional e estavam tendo dificuldade em aceitar a ideia de a filha ter um casamento moderno, que não seria realizado na igreja.

— Você quer dizer depois de todas as ameaças de que eu vou pro inferno e de que o meu casamento não vai ser abençoado por Deus? Ah, eles estão ótimos. -- Immy fez uma careta.

— Bem, se você quiser, é só pedir que eu tenho um feitiço sujeitador que posso usar neles durante a cerimônia. Eles vão ficar tranquilos e felizes, e o mais importante, não emitirão qualquer opinião.

— Espera, isso é sério? — perguntou Rosemary. Ela parecia prestes a pegar uma caneta para anotar.

— É, mas eu não usaria esse feitiço levianamente.

— Como assim? — quis saber Rosemary.

— Se eu fizer o feitiço e ele for potente demais, eles vão simplesmente ficar dias dormindo.

— Pode deixar que, qualquer coisa, eu te falo. Espero que a gente não precise disso — disse Immy.

Elas foram até o grupo perto da lareira e o calor logo deixou o rosto de Dina com um rosado bonito. Eric a recebeu com um abraço apertado e um sorriso de orelha a orelha.

— Você está parecendo um lenhador com essa barba — comentou Dina, apontando para a barba ruiva de Eric.

— A culpa não é minha. Você precisa dizer a Immy para controlar as fantasias dela com lenhadores.

Dina sorriu, muito feliz por a melhor amiga ter encontrado alguém como Eric.

Ver os dois juntos e presenciar o jeito como Eric olhava para Immy quando ela conta o enredo de uma nova ideia para uma história de terror que havia tido era o suficiente para fazer um cético acreditar no amor verdadeiro.

No entanto, quando o relacionamento entre Eric e Immy começou a ficar sério, Dina fez questão de deixar bem claro que ele pagaria caro se algum dia magoasse a amiga. Felizmente, parecia que as coisas não estavam tomando esse rumo.

Dina nem viu a hora passar; ficou conversando com as amigas e bebendo mais vinho quente, e sentiu os contornos do pub começarem a parecer alegremente borrados.

De vez em quando, a porta do pub se abria e uma rajada de ar frio varria as folhas sobre os paralelepípedos. Eric então olhava para fora, esperando ver seu misterioso padrinho chegar. Mas quem quer que fosse aquele homem, ele nunca apareceu.

O tempo passou voando, como sempre acontecia quando Dina, Rosemary e Immy estavam juntas; assim, quando ela checou a hora no celular, ficou espantada ao descobrir que já era quase meia-noite.

— É melhor eu ir. A minha mãe disse que queria praticar um novo feitiço de hena em mim — sussurrou Dina para Immy e Rosemary.

— Que tipo de feitiço?

— Para cabelo sedoso e pele viçosa, eu acho.

— Aaah, eu aceitaria um pouco disso! — exclamou Immy enquanto se despedia de Dina com um abraço. — Até amanhã! Diz pra sua mãe que ela não pode dormir até tarde!

Rosemary e Immy tinham passado tantas noites na casa da família de Dina quando ainda estudavam que era como se Nour tivesse três filhas.

Dina se despediu do resto do grupo, bateu o punho no de Eric e saiu cambaleando do pub.

Tá certo, ela estava um pouco mais bêbada do que tinha imaginado. Virar dois copos de vinho quente e um *spritzer* de vinho branco quando não se bebe com muita frequência pode tornar bastante difícil andar em linha reta.

Dina decidiu fazer um caminho diferente na volta, principalmente porque queria passar por uma casa que sempre tinha as mais fantásticas decorações de Halloween.

Os moradores se superavam a cada ano. Daquela vez, Dina viu o halo de luz verde no céu duas ruas antes. Quando ela finalmente chegou perto da casa, teve que parar e ficar olhando, encantada, encostada em um poste gelado. Era tão quieto ali — Dina estava tão acostumada com o burburinho de Londres que só se dava conta da sua existência quando ele estava ausente.

Naquele ano, em vez de exibirem uma grande variedade de decorações menores e assustadoras, os moradores tinham optado por dois esqueletos gigantes de três metros de altura, que Dina teve certeza de terem vindo dos Estados Unidos. O povo britânico não costumava se esforçar tanto para o Halloween. Os britânicos em geral se limitavam a um par de abóboras esculpidas, com velas de plástico dentro, colocadas na soleira da porta.

Dina nunca comprava doces para "gostosuras ou travessuras", em parte porque morava no terceiro andar do prédio dela, e em parte porque passava todo Halloween dançando nua ao redor de uma fogueira com Immy e Rosemary, uma tradição que as três amigas haviam começado alguns anos antes.

Os dois esqueletos tinham sido posicionados para parecer que estavam fazendo jardinagem — um deles atrás de um grande cortador de grama de papel machê, o outro podando uma macieira com uma tesoura gigante de papelão. Duas luzes verdes os iluminavam por baixo, que banhavam toda a casa com um brilho sombrio verde-limão.

Um sino de igreja ecoou ao longe, arrancando Dina de seus devaneios alcoólicos. Ela provavelmente já estava admirando aquela casa fazia muito tempo (teve sorte de ninguém da vigilância do bairro ter chamado a polícia), por isso deu as costas e retomou o caminho para casa.

Infelizmente, quando virou o corpo, seu salto prendeu em um trecho irregular da calçada e ela voou pelo ar. Dina caiu no chão com tanta força que perdeu o fôlego. Tentou se mover, e sentiu na mesma hora um hematoma surgindo em seu cotovelo e uma mancha de sangue no queixo. Ainda não estava doendo, mas ela sabia que em breve doeria. Onde estava a sua maldita intuição de bruxa quando precisava dela?

Dina tentou ficar de pé, virando o tornozelo desconfortavelmente sob o corpo, e tateou, zonza, em busca de um ponto de apoio para se levantar.

— Aqui, segura a minha mão. Você tá bem? — uma voz disse acima dela.

Dina levantou a cabeça, mas seus olhos pareciam estar lhe pregando uma peça, porque parecia haver dois Scott Mason parados na frente dela.

— Você tem um irmão gêmeo? — perguntou ela, mas sua voz saiu arrastada.

Em resposta, os dois Scott Mason passaram um braço ao redor da cintura dela e a levantaram. Dina estava vagamente consciente de como era bom ter os braços dele ao seu redor, quentes e sólidos.

— Tem cheiro de pinho — murmurou.

— Eu cheiro a pinho?

Dina o ouviu rir.

— Pinho, sabonete e cachorro.

— Ah, bem, isso sem dúvida é por causa da Juniper, que precisou de uma caminhada a mais, tarde da noite, e agora está sendo uma menina muito boazinha — disse Scott.

Dina inclinou a cabeça e só então reparou, ainda tonta, em um pequeno corgi roliço, o pelo ruivo e branco, que esperava pacientemente aos seus pés, a língua pendurada para fora da boca.

— Oi, Juniper — disse Dina.

Então, ela sentiu o toque quente da mão de Scott, a palma áspera segurando a sua nuca, inclinando seu rosto na direção do dele.

— Dina, olha pra mim. Você tá machucada? Tem um pouco de sangue no seu queixo.

Ele parecia preocupado, os olhos castanhos fixos nos dela, mas Dina queria dizer que estava bem, a não ser pelo frio em sua barriga. Maldito vinho quente.

— Você *é* mesmo um cara que prefere cachorros! — foi só o que ela conseguiu dizer, e Scott soltou uma gargalhada em resposta.

— É, eu amo cachorros. Dina, escuta, acho melhor chamar uma ambulância, você pode ter sofrido uma concussão.

A ideia de uma concussão a deixou subitamente sóbria, embora seus membros ainda parecessem um pouco leves demais.

— Acho que isso pode ser verdade. — Ela gemeu. — Mas não preciso de uma ambulância. Você pode só me levar pra casa? A minha mãe me ajuda.

Dina respirou fundo, inalando o perfume quente de Scott, e de repente sentiu a cabeça tão pesada que precisou encostá-la no peito dele.

— Você é muito quente. E grande — balbuciou ela, vagamente consciente de que estava dizendo algo que provavelmente deveria guardar para si mesma.

— É mesmo?

— Não costumo ser abraçada por homens, só por mulheres. E faz muito tempo que ninguém me abraça.

Scott ficou em silêncio por um momento, e Dina sentiu ele ficar ligeiramente tenso.

— Não sabia que você era...

— Sou bi — acrescentou Dina.

Por que ela disse aquilo? Ele provavelmente nem ia perguntar nada. Não era como se Scott precisasse saber por quem ela se sentia atraída. Então por que ela queria que ele soubesse?

Sua mente parecia pipocar de pensamentos e o inchaço em seu queixo começava a doer. Tudo o que Dina queria era descansar a cabeça no peito de Scott e tirar um cochilo. Um cochilo rápido. Soltou um longo suspiro.

— Não dorme, Dina. Você pode me dizer onde mora? — falou Scott, o hálito junto ao rosto e ao cabelo dela.

O que aconteceria se ela se inclinasse e desse um beijo nos lábios dele?

— Fique acordada, meu bem. Me diz pra onde te levar — pediu Scott, passando um braço sob as pernas de Dina e erguendo-a nos braços.

Ele a acomodou no colo como se ela não pesasse nada. Dina mal conseguiu murmurar o endereço dos pais antes de mergulhar na inconsciência.

Capítulo 9

Assim que acomodou Dina nos braços, Scott enrolou a guia de Juniper no pulso e apalpou a cabeça de Dina em busca de algum calombo ou inchaços, mas viu que ela parecia estar bem, apenas atordoada. Seu hálito cheirava fortemente a vinho, o que Scott suspeitava ter sido a causa da tontura, e não uma concussão. Ele ficou surpreso com o alívio que sentiu por ela não estar gravemente ferida. Ao que parecia, tinha sido apenas um arranhão no queixo e uma pancada no cotovelo.

Para ser sincero, Dina parecia encantadora em seus braços. E ela se encaixava perfeitamente, como se estivesse destinada a estar ali. Dina tinha enfiado a cabeça na gola dele e estava com o rosto encostado no pescoço de Scott. Daquele ângulo, ele tinha uma visão fantástica do decote dela, mas como era um cavalheiro estava se esforçando muito para não espiar o que não deveria. Ele desconfiava que Dina ficaria mortificada ao saber que ele teve que carregá-la até em casa. E que ela havia dito que ele cheirava a pinho, sabonete e cachorro.

Juniper trotava alegremente ao lado dele na calçada, as patinhas pisoteando as folhas secas pelo caminho. Ele tinha decidido levar a cachorrinha ao pub também, para usá-la como desculpa caso quisesse sair mais cedo. E estava a caminho de lá quando trombou com Dina.

Scott havia passado pela Cypress Street mais cedo em sua caminhada e, felizmente, Dina ao menos tinha conseguido explicar que a casa dela era a última à direita antes de apagar.

Do lado de fora, a casa da família de Dina parecia surpreendentemente normal. O *que você esperava?*, se perguntou ele. Ele bateu à porta usando a aldrava com a mão de Fátima. A família dela também devia gostar de amuletos.

Scott ouviu o som de pés se arrastando, então a porta foi aberta e ele se viu diante de uma mulher que parecia uma versão mais velha de Dina, embora um pouco mais baixa e roliça, com um xale de seda em volta da cabeça.

— A Dina caiu. Mas acho que ela está bem — apressou-se em dizer Scott, ao ver o rosto da mulher, provavelmente a mãe de Dina, empalidecer.

Então ela olhou para Scott apenas pelo tempo necessário para ele começar a se sentir desconfortável.

— Então é você — murmurou ela, e logo fez sinal para que entrassem. — Traga o cachorro também! — gritou para trás enquanto guiava Scott até uma salinha onde o fogo crepitava na lareira. — Coloca ela aqui, vou buscar meu estojo de primeiros socorros. A propósito, meu nome é Nour — disse, indicando um sofá cheio de almofadas fofas.

Scott deitou Dina o mais delicadamente possível, certificando-se de apoiar a cabeça dela em uma das almofadas. Seus braços pareceram estranhamente vazios sem ela.

Naquele meio-tempo, Juniper tinha conseguido se desvencilhar da coleira, o que não deveria ter sido possível sem que Scott percebesse, e agora roncava baixinho, já acomodada em uma cama de cachorro no canto da sala. Era estranho, a caminha parecia semelhante à dela.

A mãe de Dina voltou, com o passo apressado e preocupado, e se agachou ao lado da filha. Ela havia trazido uma sacolinha, provavelmente o "estojo de primeiros socorros" que tinha ido buscar. Nour pegou uma lata pequena e esfregou um pouco de pomada nos cortes e hematomas no queixo e no cotovelo de Dina. Então, abriu um pequeno frasco cheio de um líquido âmbar e despejou o conteúdo na boca da filha. Aquilo não se parecia com nenhum tipo de primeiros socorros que Scott já tivesse visto.

Um instante depois, Dina abriu os olhos, piscando lentamente.

— Parece que alguém pisou na minha cabeça com botas de aço — falou ela com um gemido.

— É isso que se ganha por beber demais — retrucou a mãe, mas seu tom era carinhoso. — Você teve sorte de esse jovem e o cachorro dele terem te trazido pra casa em segurança — acrescentou ela, afastando uma mecha de cabelo do rosto da filha.

Dina então levantou os olhos para Scott, seus olhos escuros se focando, absorvendo-o.

— Scott? — falou, já soando muito mais como ela mesma, a fala não mais arrastada.

— Oi. A Juniper está dormindo na cama do seu cachorro. Espero que não tenha problema.

— Não temos cachorro — falou a mãe de Dina com uma risadinha. — Aceita uma xícara de chá? Parece que vocês dois estão precisando.

— Uma xícara de chá cairia muito bem — disse Scott, enquanto se perguntava por que havia uma cama de cachorro ali, mas nenhum cachorro.

Então os dois se viram ali, sozinhos.

— Tinha que ser você, não é? Meu cavaleiro de armadura brilhante.

Dina sorriu e deu palmadinhas no sofá ao lado dela. Scott se sentou próximo o bastante para que tivesse plena consciência de que seria muito fácil puxá-la para o seu colo, pondo as pernas dela uma em cada lado seu.

— Como você está se sentindo? — perguntou ele.

— Com dor. Pode me passar aquela bolsa de gelo? — pediu Dina, apontando para a mesa de centro.

Scott lhe passou a bolsa de gelo, se perguntando por um instante de onde teria vindo aquilo.

Dina gemeu de alívio enquanto segurava o gelo contra a cabeça, e sua expressão amuada se suavizou. Scott só conseguia pensar no quanto desejava ouvi-la gemer daquele jeito de novo. *Se controla, rapaz*, repreendeu-se.

— Então. Você de novo — disse Dina, com um sorrisinho malicioso.

— Eu de novo.

— Você tá me seguindo ou alguma coisa parecida?

— Pelo que sei, eu te *salvei* quando você caiu em uma rua escura à noite e agora você tá me chamando de pervertido?

— Até parece. Eu teria ficado bem — respondeu Dina, não parecendo muito convencida. — Em relação ao trem hoje, eu...

— O chá está pronto — avisou a mãe de Dina pouco antes de entrar na sala carregando uma bandeja e um prato com uma pilha alta de todos os tipos de biscoito.

Dina revirou os olhos para Scott.

— Ah, você já está com uma aparência muito melhor! — disse a mãe a Dina. — Mas mesmo assim tome um pouco disso.

Ela serviu três xícaras de chá — camomila e mel, imaginou Scott. Ele pegou um biscoito do prato que Nour lhe estendeu.

— Nunca vi um assim.

— Nunca viu um biscoito? — Dina sorriu. — O nome desse é cornos de gazela. Leva basicamente amêndoas e sementes de gergelim.

Scott deu uma mordida.

— Você não está dando a esse biscoito o valor que ele tem... esse negócio tem um gosto divino — falou ele, e comeu o biscoito inteiro em duas mordidas.

— São os favoritos da Dina — comentou Nour, seu olhar perscrutando Scott. — Então, como você conheceu a minha filha, Scott?

Dina e Scott falaram exatamente ao mesmo tempo.

— Nos conhecemos no trem.

— Fui ao café dela.

— Ah, é? Não me diga — falou a mãe de Dina, erguendo uma sobrancelha.

— O que o Scott quis dizer é que ontem ele teve a audácia de derrubar o meu amuleto contra mau-olhado da parede do café — falou Dina.

Nour fingiu estar horrorizada com aquilo.

— Então nos esbarramos de novo no trem pra cá — continuou Dina.

— Então era por isso que você estava tão agitada quando chegou em casa — comentou Nour.

— Eu *não* estava agitada — retrucou Dina, com um tom frio.

— Então vocês se esbarraram de novo. Três vezes em tão pouco tempo, que coincidência — falou Nour, como se não achasse coincidência coisa nenhuma. — Bem, Scott, eu estava quase indo para a cama quando você bateu na porta, então vou me despedir. Precisamos do nosso sono de beleza para o fim de semana.

— Boa noite — disse Scott.

A mãe de Dina sorriu para os dois com uma expressão conspiratória e saiu.

Agora que estavam sozinhos novamente, Scott voltou a sentir a tensão no ar. Cristo, o jeito que Dina estava olhando com aqueles cílios cheios não estava ajudando.

— Então, o que vai acontecer nesse fim de semana? — perguntou ele, a voz soando mais rouca e grave do que pretendera.

Algo no modo como Dina estava sentada, segurando a xícara de chá com as duas mãos, as pernas cruzadas, fez com que as mãos dele ansiassem por tocá-la de novo.

— Um casamento — respondeu Dina, quase em um sussurro.

— Não diga. — Ele riu. Quais eram as chances?

— Que cara é essa?

— Bem, acontece que eu também tenho um casamento esse fim de semana.

— Não.
— Sim.
— Você é o padrinho do Eric, não é?
— E você, pelo jeito, a madrinha da Immy?
Dina pôs a xícara na mesinha com um baque.
— Cacete.
— Pois é.
— Como a gente nunca se viu? — perguntou ela.
— Eu estava fora. Outros museus, outros países... — Ele se interrompeu. Não queria ser o tipo de cara que fica falando trinta minutos sobre si mesmo, sobre as viagens que tinha feito, como se tivesse tido uma espécie de ano sabático prolongado.

— E você devia ter ido ao pub hoje, não é? Mas estava resolvendo algumas coisas em casa. — Dina indicou Juniper com um aceno de cabeça.

A cachorrinha continuava a cochilar, agora com a companhia de Meia-Lua. A gata normalmente odiava cachorros, mas havia se enrodilhado amistosamente ao lado de Juniper e agora lambia entre as orelhas dela.

— Eu só... não estava com vontade de sair — admitiu Scott.

— Depois que eu fugi de você na estação de trem — sussurrou Dina em resposta.

— Pode ter tido alguma coisa a ver com isso, sim.

— Deixa eu explicar, eu...

— Você não me deve nenhuma explicação, Dina. De verdade. Eu não... esperava nada de você. — Scott pousou a xícara vazia na bandeja. — Acho melhor eu ir.

— Scott, por favor...

Ele pegou Juniper no colo — que fungou no sono, como o bebê grande e peludo que era — e se encaminhou para a porta.

— Por favor, agradeça à sua mãe pelo chá e pelos biscoitos; estavam deliciosos. Sinto muito se eu te deixei desconfortável... não era minha intenção.

Eles teriam que passar o fim de semana inteiro juntos, no mínimo, por isso Scott achou melhor desanuviar o ambiente. E, pela forma como Dina tinha fugido dele antes, já ficara claro que ela não estava interessada, certo? As coisas teriam mudado desde então? Naquele momento, cercado por uma casa que se parecia tanto com Dina, aquilo o deixava meio triste. Precisava sair dali.

— Scott, espera um segundo, por favor. — Dina se colocou na frente dele, que já se aproximava da porta. O cabelo dela estava uma bagunça, o rímel manchado, e Scott nunca a tinha visto tão linda. — Eu fugi de você porque eu estava, bem, não estou procurando nenhum relacionamento nesse momento. E não tenho nada sério com ninguém já faz... um tempo.

— Você mencionou isso quando eu estava te carregando pra cá.

Ela empalideceu.

— Ah, Deus, espero não ter dito mais nada muito embaraçoso.

— Só que eu cheirava a pinho. E que sou quente e grande. — Ele sorriu enquanto Dina gemia.

— Por favor, tenta esquecer tudo o que eu disse — pediu ela. — A culpa é do vinho.

Como se ele pudesse esquecer um segundo daquilo.

— Dina, tá tudo bem — garantiu Scott. — Podemos ser só amigos... amigos pelo resto do fim de semana.

Ela sorriu e o coração dele disparou.

— Amigos seria bom. Boa noite, Scott.

Ela ficou na ponta dos pés e deu um beijo no rosto dele. Os lábios dela eram macios e quentes, e tudo o que Scott mais queria era virar o rosto e colar os lábios dele nos dela.

— Boa noite, Dina — falou ele, e fechou a porta suavemente depois de sair.

Aquele seria um longo fim de semana...

Capítulo 10

Pôr Dina e a mãe dentro de um carro era uma experiência difícil para todos os envolvidos. Nour havia perdido as irmãs em um acidente automobilístico quando era mais nova e tinha passado os últimos quarenta e cinco minutos lançando um feitiço de proteção atrás do outro em cada centímetro do carro. Dina, um pouco mais pragmática do que Nour, havia passado a manhã toda desfazendo a magia de hena da mãe.

Ela acordara a casa aos gritos às seis da manhã, quando descobriu que o feitiço de Nour havia mudado a cor do seu cabelo para um azul-sereia durante a noite. Depois do choque inicial, Dina até passara a gostar do cabelo, mas não estava convencida de que seria o melhor visual para o casamento, por isso começou o meticuloso processo de reverter o feitiço para voltar ao castanho-berinjela original, com toques de roxo.

Elas finalmente se acomodaram no carro e seguiram para a Honeywell House, onde passariam o fim de semana. O casamento de Immy e Eric seria um evento relativamente pequeno, com cerca de trinta convidados.

A Honeywell House era uma propriedade do National Trust, que ficava bem no interior da área rural gentrificada de Hertfordshire. Os pais de Eric tinham se casado lá e, a princípio, Immy se opusera veementemente a seguir a tradição, mas se apaixonara depois de visitar o lugar. As frases "com certeza é assombrado" e "cabana na floresta" tinham sido decisivas para isso.

Conforme avançavam pelas estradas rurais sinuosas, Dina ficava cada vez mais apreensiva. A forma como as coisas tinham acontecido com Scott na noite anterior — a centelha de desejo que ela sentira pulsar em seu corpo quando deu um beijo no rosto dele... Era como se estivesse em perpétuo estado de frio na barriga. E que tipo de mulher adulta ficava assim? Pelo amor de Deus.

Eles passaram por um arco formado pelos galhos baixos das árvores; a luz do sol penetrava por ele e se espalhava pela estrada à frente. As folhas já estavam ficando de um tom laranja-sangue e, no mês seguinte, não estariam mais ali.

Nour, que estava no banco do passageiro, virou a cabeça para trás.

— Está animada pra ver aquele bonitão?

— Como você sabe que o Scott vai estar lá? Andou bisbilhotando, mãe?

— Não... e eu sabia que você tinha achado ele bonito!

— Mãe!

— Ah, para! Só tenho um pressentimento sobre esse fim de semana, só isso — falou Nour, os olhos com um brilho malicioso.

Na experiência de Dina, os "pressentimentos" da mãe sempre tinham uma forte tendência a se tornarem realidade. *O amor está no horizonte.*

— Quem é o tal bonitão? — perguntou Robert Whitlock, com os olhos fixos na estrada.

Dina suspirou.

— Scott Mason. Na verdade, ele é o padrinho do Eric.

— É mesmo, você já sabia? — perguntou o pai, com um tom bem-humorado.

— Não até ontem à noite..

— Bem, se a sua mãe gosta dele, eu também gosto — falou ele, e sorriu para Dina pelo retrovisor.

— Obrigado, *baba*. Mas não é nada disso.

— Ah, por favor! Robert, acredita no que estou dizendo, eles estão praticamente apaixonados — declarou Nour, o que fez a filha lhe dar um tapinha no braço.

Pelo amor de Deus, ela havia acabado de conhecer Scott... não estava apaixonada por ele!

— Mãe, você vai me contar o que previu?

Nour sorriu.

— E qual seria a graça?

A estrada de paralelepípedos fez uma curva abrupta para a direita, e a Honeywell House apareceu, cercada por colinas arborizadas e, atrás dela, uma floresta imponente. Embora fosse um dia claro de outubro, as nuvens pairavam baixas ao redor da mansão, projetando longas sombras que se moviam na direção das colinas.

— Bem, sem dúvida é... impressionante — disse o pai.

— Eu não me casaria nesse lugar — murmurou Nour baixinho.

— Vocês dois fugiram pra se casar, é claro que não se casariam em um lugar como esse — respondeu Dina.

A mãe olhou para o pai e Dina praticamente pôde ver coraçõezinhos nos olhos dos dois.

— E eu faria isso de novo em um piscar de olhos — afirmou Nour.

Robert estendeu a mão para pegar a da esposa e dar um beijo delicado nela.

— *Cariad* — sussurrou o pai de Dina, chamando a esposa de amor em galês.

Dina queria um amor como o dos pais: imperturbável, ileso ao tempo.

Eles seguiram de carro por uma longa entrada de cascalho ladeada por sempre-vivas estoicas e de aparência severa. A Honeywell House parecia formidável à primeira vista, como uma velha tirana determinada dominando a paisagem. Mas, conforme se aproximavam, Dina conseguiu entender por que Immy tinha se apaixonado por aquele lugar.

Hera se agarrava às ameias de arenito, e janelas góticas severas flanqueavam o arco medieval da porta da frente, que tinha até uma maçaneta de ferro forjado. Havia rostinhos esculpidos nas cornijas de pedra, e o rosto perverso de um homem verde sorria para eles acima da porta principal. Sem dúvida havia uma atmosfera de casa mal-assombrada ali, e Dina se perguntou se teria algum fantasma olhando para eles da janela do sótão.

Atrás da mansão, o terreno descia na direção de uma floresta densa, com altos pinheiros bloqueando qualquer luz de outono. Esplendorosamente assustador.

Immy e Eric provavelmente ouviram o carro chegando, porque a porta da frente se abriu com um rangido ameaçador e os dois apareceram, como o senhor e a senhora da mansão.

Immy correu até Dina.

— Esse lugar não é demais? — perguntou Immy, os olhos erguidos para os vitrais.

— É. As fotos do casamento vão ser épicas — gritou Dina, apertando a mão da amiga.

— Se a gente tiver sorte, talvez consiga até ver um fantasma ao fundo quando as fotos forem reveladas. Ou a Rosemary pode ver um fantasma de verdade! — disse Immy, e Dina sabia que a amiga estava falando cem por cento sério.

— Vamos cruzar os dedos.

Eric acenou para Dina enquanto ajudava os pais dela a levarem as malas para dentro. Immy passou o braço pelo de Dina e a puxou para uma sala lateral onde as paredes estavam cobertas de cabeças de veado empalhadas. Os olhares vítreos dos bichos seguiram as duas pela sala enquanto elas se acomodavam em um canto aconchegante.

— Cadê a Rosemary? — perguntou Dina.

— Saiu pra dar uma volta. Ela queria ver se todas as histórias de fantasmas sobre esse lugar eram reais.

— É claro que ela ia fazer isso.

— Enfim... fiquei sabendo que você se encontrou com o Scott ontem à noite — falou Immy, com uma piscadinha preocupante.

— Ah, então você já soube do tombo que eu levei, né?

— Soube... e que bom que você está bem, mas me conta. O Eric disse que vocês já tinham se conhecido antes, no trem, certo? Por que você não mencionou nada?

— Em primeiro lugar, eu não sabia que ele era o padrinho do Eric e, além disso, esse é o fim de semana do seu casamento. Não falei nada porque não aconteceu nada de interessante.

— Não aconteceu nada de interessante, né? Não foi o que ouvi. É bom você lembrar que eu sou a noiva e que você precisa seguir as minhas ordens. E exijo que me conte tudo.

Dina não tinha como contestar aquilo.

— É sério, não tem muito pra contar, não. O Scott foi no café quarta de manhã, o amuleto contra mau-olhado caiu no chão...

— Ah, Deus.

— É. Então a gente voltou a se encontrar no trem, e para ser sincera lá já não foi tão ruim, e depois ele me ajudou a chegar em casa quando eu caí.

Dina encolheu os ombros, tentando manter a calma. E falhou, porque a imagem do abdômen musculoso de Scott quando ele tinha pegado a mala dela no trem ficara gravada na mente dela.

— Hummm. Lembra do que você sempre me falou sobre o poder do número três na magia? Parece *muito interessante* que você tenha esbarrado com o Scott três vezes em dois dias, não acha?

Immy sorriu, com um brilho astuto nos olhos — Dina não sabia se gostava do rumo que aquela conversa estava tomando.

— Você acha que pode haver alguma coisa aí? — perguntou Immy.

— Não sei — respondeu Dina, sinceramente. — Mas você sabe que eu não posso namorar ninguém.

Immy e Rosemary sabiam do feitiço, embora às vezes Dina desconfiasse que Immy estava cansada de ouvi-la falar daquilo. Ela parecia acreditar que Dina devia simplesmente confessar à mãe o que tinha acontecido. Immy achava que os pais de Dina acolheriam bem a sexualidade da filha, mas Dina sabia que não era tão simples. A maldição era o único assunto no qual ela e Immy não conseguiam concordar. Um bom exemplo disso era que Immy claramente não acreditava o bastante nos perigos da maldição para parar de bancar o cupido entre Dina e Scott.

— Você não precisa sair com ele... só, tipo, aproveita esse fim de semana pra se divertir. Você precisa disso. E sabe o que dizem sobre o padrinho e a madrinha solteiros... — Immy ergueu e abaixou as sobrancelhas sugestivamente.

Dina não teve tempo de dar um cascudo na cabeça da futura noiva, porque naquele momento o pai de Immy, Tony, apareceu na porta para levar as duas ao Salão de Leitura, onde todos os convidados do casamento estavam se reunindo.

— Foi o coronel Mostarda, na biblioteca, com o castiçal — sussurrou Dina para Immy em um tom mórbido, enquanto caminhavam pelo corredor gótico, seus passos ecoando no piso de cerâmica preto e branco.

O Salão de Leitura era grande demais para ser chamado de aconchegante, mas de alguma forma conseguia aquela proeza. Fogo crepitava na lareira de pedra enegrecida e grossas cortinas verde-escuras emolduravam as janelas do chão ao teto, deixando entrar a luz cinzenta da tarde.

Cada espaço na parede era ocupado por estantes de livros. Dina poderia facilmente passar horas ali, só pegando um livro após o outro, se dividindo entre ler e cochilar em uma das grandes poltronas de couro. Ela se considerava a candidata perfeita para a vida de uma dama do período regencial britânico.

É claro que qualquer ideia de optar por uma vida celibatária em meio aos livros desapareceu no momento em que os olhos de Dina cruzaram com os de Scott, que estava sentado em uma das poltronas, o corpo relaxado de um jeito que deveria ser proibido. E — que Deus a ajudasse — ele estava usando uma camisa social com as mangas enroladas na altura do cotovelo, o que sem dúvida era a coisa mais sexy que um homem poderia fazer.

Dina respirou fundo, sentindo o desejo tomar todo o seu corpo. Scott sorriu, como se estivesse muito feliz em vê-la, e ela se sentiu corar.

Talvez fosse o cenário, ou a obsessão de Dina por Jane Austen, mas aquele momento parecia muito com aquela cena do filme *Orgulho e preconceito*, de

2005, quando Darcy e Lizzy dançavam juntos pela primeira vez, e todos os outros no salão desapareciam. Era como se estivessem só ela e Scott ali.

Dina piscou algumas vezes e desviou o olhar. Ela viu a mãe conversando com o pai de Immy, enquanto o pai admirava uma fileira de livros que pareciam conter antigos símbolos navais. Havia duas mulheres sentadas em um canto do salão e Juniper estava cochilando no sofá entre elas. Deviam ser as mães de Scott. Aquele seria um fim de semana complicado.

Agitada, Dina se adiantou até onde estavam os pais de Eric, um casal bastante severo, e cumprimentou os dois educadamente. A expressão no rosto do sr. e da sra. Hawthorn nunca revelava nada além de um leve desprazer. Para Dina, os dois pareciam manifestações físicas da fleuma inglesa.

— Mãe, sabia que a Dina tem um café perto do seu escritório? Você podia dar uma passada lá um dia desses — comentou Eric, se aproximando e dando uma palmadinha nas costas de Dina.

Ela lançou um olhar agradecido a ele — ninguém melhor do que Eric para saber que tipo de pessoa eram os pais dele.

— É mesmo? — respondeu a mãe de Eric, Patricia, tirando uns fiapinhos do blazer de tweed. Ela dava a impressão de que devia estar caçando raposas por esporte, pensou Dina.

Era mesmo um milagre que Eric tivesse se saído um cara tão pé no chão. Ele nunca nem pestanejara diante do sotaque nada refinado de Immy, ou da profissão de escritora dela, embora seus pais certamente não gostassem nada, nada daquilo.

Dina se lembrou de Immy ligando para ela aos prantos depois de ter sido apresentada aos sogros, de como os dois tinham censurado a carreira de escritora dela — tinham lhe dito que, a menos que ela mudasse o tom de seu texto e começasse a escrever romances dignos de vencer o Booker Prize, poderia desistir do sonho de viver da escrita. Quando Immy contara a eles que escrevia livros de terror, a reação fora ainda pior, e os dois deixaram escapar bobagens como "as mulheres não escrevem boas histórias de terror por causa dos hormônios femininos".

Dina não conseguia se lembrar do último livro vencedor do Booker Prize que havia lido, mas devorava todos os romances de Immy. E não só porque Immy era sua amiga, mas porque eram mesmo alguns dos romances mais assustadores que ela já tinha lido. Tanto que Immy criara um sistema de classificação de alerta para Dina, para que a amiga tivesse noção da probabilidade de cada livro tirar seu sono à noite.

A lembrança de como os pais de Eric tinham tratado a amiga fez com que Dina tivesse que se esforçar para não lançar uma maldição neles. Uma bem inofensiva... Mas ela resistiu mesmo assim, porque era uma bruxa boa.

— Ouvi dizer que você já conheceu meu padrinho. — Eric cutucou Dina, afastando-a dos pais.

— As notícias correm rápido.

Eles foram em direção à lareira, onde Scott estava abaixado pondo mais lenha. Pelos céus, como ela não tinha reparado nas tatuagens dele até aquele momento? As mangas enroladas exibiam linhas escuras e formas geométricas que iam do pulso até o cotovelo. *Ele parece um lenhador segurando toda essa lenha*, pensou Dina, enquanto seu cérebro entrava em curto-circuito. Estava tão agitada que nem se deu conta de que Eric havia deixado os dois sozinhos.

— Você parece melhor — falou Scott, jogando uma última lenha no fogo.

Dina não saberia dizer se era por causa do fogo, ou do calor que sentia entre as pernas, mas ficou sem palavras por um instante.

— Muito melhor, obrigada — conseguiu dizer finalmente.

Eles se entreolharam, e nenhum dos dois disse mais nada. Havia quase coisas demais para dizer. O beijo que Dina tinha dado no rosto dele pairava entre os dois, mesmo sem ser mencionado. Tinha sido apenas um beijo, disse ela a si mesma. Um beijo entre amigos.

— Então, já está com o discurso pronto para o jantar de ensaio? — perguntou Dina, forçando-se a quebrar o contato visual e desviando os olhos para uma das cabeças de veado na parede. O modo como Scott a fitava com aqueles olhos castanhos tornava difícil se concentrar em qualquer coisa. Uma conversa casual ajudaria. Com certeza.

— Ah, está pronto — respondeu Scott, com um sorriso atrevido. — Logo, logo todos vão saber mais sobre o diário de Eric, quando ele tinha catorze anos, em especial a parte em que detalhou as características da garota perfeita.

— Você tá brincando...

— Gostaria de estar. Mas não precisa se preocupar, o Eric me autorizou. Você vai ficar surpresa: ele basicamente descreve a Immy.

Dina olhou para o casal. Eric estava dando um beijo no nariz de Immy e logo sussurrou algo que a fez inclinar a cabeça para trás e soltar uma gargalhada.

— Na verdade, isso não me surpreende nem um pouco. — Ela sorriu.

Dina desconfiava que poderia conversar com Scott por horas sem jamais ficar entediada, mas não teve essa oportunidade, porque ele logo foi puxado para uma conversa com os outros padrinhos. Dina sentiu um arrepio de desejo ao ver como ele era mais alto que os outros. Ao que parecia, ela agora tinha uma queda por homens altos.

𝒫ouco tempo depois, Immy e Eric começaram a mostrar aos convidados os quartos em que cada um ficaria, com a ajuda de Martin, o super bem-disposto cerimonialista.

— Como madrinha, não era eu que devia estar fazendo isso, enquanto você relaxa antes do grande dia? — disse Dina a Immy à medida que elas saíam pela entrada principal da Honeywell House e viravam à direita.

— Na verdade, é mais um dia de pequeno pra médio se formos pensar bem. Além do mais, queria que as suas acomodações para o fim de semana fossem uma surpresa. — Immy agitou os dedos como uma vilã de filme.

— Por que tenho a sensação de estar caindo em uma armadilha? — murmurou Dina, enquanto Immy a guiava até perto da floresta.

— Não sei do que você tá falando — respondeu Immy.

Assim que entraram na floresta, Dina sentiu algo se agitando em sua magia. Normalmente, sua magia ficava adormecida dentro dela até ser necessária para um feitiço. Mas agora a sentia vibrando no sangue, reagindo àquele lugar. As árvores eram altas e densas, pouca luz solar chegava ao chão da floresta e, à frente delas, a trilha estreita de cascalho por onde andavam serpenteava até sumir de vista.

— Tem alguma coisa aqui — sussurrou Dina para Immy.

— Você tá falando de magia?

— Tô. Como... não sei como explicar... como se esse lugar fosse antigo e poderoso. Como se a própria terra estivesse respirando.

— Ah, vou colocar essa frase no meu próximo livro — declarou Immy, já sacando o celular do bolso.

Enquanto Immy diminuía o passo para tomar nota, Dina foi na frente, sentindo o poder daquela floresta antiga inundá-la. Era como se estivesse entrando na boca de uma grande deusa adormecida. Mas aquilo não a assustava, não tinha a intenção de assustá-la. Era apenas a natureza, mais antiga do que a história, mais antiga do que a formação dos ossos.

A trilha fazia uma curva para a esquerda, revelando uma pequena cabana sob a luz difusa, pequena em comparação aos carvalhos ao redor. As luzes estavam acesas lá dentro, iluminando as trepadeiras de hera e glicínias que se enroscavam nas paredes externas da cabana. As janelas de guilhotina tinham molduras de madeira verde-escura, e jardineiras cheias de margaridas na frente — margaridas que, Dina tinha certeza, não tinham a menor condição de crescer ali, com tão pouca incidência de luz; aquela floresta, no entanto, parecia seguir suas próprias regras.

— Essa é a cabana de caça da Honeywell — disse Immy, alcançando Dina.

— Parece uma cabana de conto de fadas — comentou Dina. — Eu amei.

Immy sorriu.

— Achei mesmo que você ia gostar. Agora, não fique brava comigo, mas a surpresa não termina aí.

Dina seguiu Immy em um passo cauteloso; a amiga destrancou a porta pitoresca de madeira com uma chave de ferro forjado de aparência quase medieval. *Eu realmente caí dentro de um conto de fadas*, pensou Dina.

O interior da cabana era exatamente como ela havia imaginado: uma cozinha pequena com armários de madeira clara, piso de cerâmica vermelha e vasos de ervas frescas perto da janela. Hortelã, alecrim e sálvia — tudo para boa sorte e proteção. Panelas e frigideiras de cobre pendiam de ganchos na parede acima de um fogão em um vermelho forte, que aquecia suavemente a cabana, protegida do frio da floresta.

— Que encanto... — comentou Dina.

— Espera só pra ver. Vem cá. — Immy apontou para o sofá creme em frente à lareira, apagada naquele momento.

Havia porta-retratos pendurados acima da lareira mostrando um rato e sua família na casa subterrânea deles — pequenas aquarelas encantadoras.

Do centro da casa saíam três portas, que Dina presumiu serem o quarto, o banheiro e... talvez um armário? Parecia o tipo de cabana do tamanho perfeito para uma pessoa só. E ideal para uma bruxa.

— Por que vocês não ficam aqui? — perguntou Dina. — Parece o ideal para uma noite de núpcias.

— Dina, por favor. — Immy revirou os olhos. — Isso é fofo demais pra mim. A nossa suíte tem uma cabeça de veado acima da cama e uma banheira de cobre enorme, onde aliás já fiz sexo duas vezes. Não troco aquilo por nada.

— Bem, não vou reclamar. Esse lugar é o paraíso.

— Eu sabia que você ia gostar. E esse é o seu quarto.

Immy abriu a porta de um quartinho lindo e aconchegante, com paredes rosa-claras e uma cama de casal alta de madeira, coberta por uma variedade de almofadas bordadas em ponto-cruz. Dina se jogou na cama, e soltou um gritinho ao cair em cima da pilha de travesseiros.

Ela ouviu um som vindo de fora, e foi olhar pela janela.

Sua boca ficou seca.

— Immy, por que o Scott está cortando lenha atrás da cabana?

— Então...

— Immy...

— Não me mata, eu vou me casar.

— O que você fez?

— Bem... tecnicamente, essa cabana não vai ser só sua. O Scott também vai ficar aqui.

— Pensando bem, te matar parece ser a resposta mais apropriada pra essa *tentativa descarada de bancar o cupido*!

— Não é... A gente não tá.... tá bom, vai, só um pouquinho. A verdade é que... e você sabe que eu te amo, então não fica brava... achei que o Scott pudesse ser uma boa distração pra você. Ele é exatamente o seu tipo, e achei que você podia querer alguma coisa pra relaxar totalmente a cabeça.

— E o que o Scott pensa de tudo isso?

Dina percebeu que estava tremendo. Não de raiva... talvez mais por conta da apreensão profunda de passar tempo tão perto de Scott. Por Deus, eles teriam que dividir um banheiro!

— Acho que estamos prestes a descobrir — disse Immy, indicando a porta com um aceno de cabeça.

Um instante depois, Scott entrou, com o cabelo bagunçado, carregando uma carga de lenha recém-cortada.

— Você — disse ele, os lábios logo se curvando em um sorriso. — O que você tá fazendo aqui?

Ele olhou para as malas de Dina.

Dina fuzilou Immy, que, por sua vez, ergueu as sobrancelhas desavergonhadamente para os dois. Aquela mulher não tinha um pingo de bom senso.

— Imagino que nós dois vamos ficar aqui — disse Scott, e deixou a lenha em um suporte de metal curvo perto da lareira.

— Parece que sim — falou Dina, fazendo o possível para agir com calma, apesar do nervosismo que sentia.

E se ele a ouvisse roncando? Aquelas paredes não pareciam grossas.

— Bem, se vamos ser companheiros de casa no fim de semana, quer me ajudar a acender o fogo? — sugeriu Scott.

Dina se virou para Immy, mas a amiga já estava do lado de fora.

— Vejo vocês dois no jantar de ensaio daqui a pouco! — falou Immy, então acenou em despedida e fechou a porta da cabana.

O silêncio entre os dois parecia ter vida própria. A maneira como Scott ficou ali parado, olhando para ela... Como se estivesse esperando ela dizer alguma coisa, dar o primeiro passo. E Dina queria aquilo. Mas se agisse e não desse certo, eles arruinariam o fim de semana do casamento. Ela era a madrinha da noiva, ele o padrinho do noivo... os dois teriam que estar sempre muito próximos.

— Acho melhor a gente estabelecer algumas regras básicas enquanto estamos aqui — falou Dina.

— Tá certo. O que você tem em mente?

— Nada de monopolizar o banheiro, a menos que um de nós queira tomar banho de banheira.

— Por mim, tudo bem. Nem me lembro da última vez que tomei um banho de banheira.

— O quê? — Dina se sentiu afrontada. — Você não toma banho de banheira? Como... como assim? — Ela não conseguia compreender aquilo.

— Não sei — respondeu Scott timidamente. — Nunca sei o que fazer quando estou dentro de uma banheira.

— Eu posso te mostrar... quer dizer, te dizer o que você pode fazer. Sais de banho. Espuma. Livros. Velas. — Dina sentiu o corpo todo quente... Será que Scott tinha ouvido o que ela quase havia dito?

— Vou acreditar na sua palavra, Dina. — Ah, não, como ela ia conseguir se concentrar depois de Scott dizer seu nome com aquela voz suave e profunda dele? — Qual é a regra número dois?

— Humm. Nada de roncar, as paredes são finas.

— Eu não ronco, mas como posso ter certeza que você também não ronca?

— Eu com certeza não ronco. Se me ouvir roncando, pode entrar no meu quarto e jogar um travesseiro na minha cabeça. Isso é pra você ver como tenho certeza de que não ronco.

— Certo, então regra número dois: Scott pode entrar no quarto de Dina à noite para jogar um travesseiro nela quando ela inevitavelmente roncar.

— Você está distorcendo as minhas palavras.

— Foi você que disse isso, não eu.

Que homenzinho insuportável. E mesmo assim ela não se cansava de estar perto dele...

— Do que você precisa para acender o fogo? — perguntou Dina.

— De fósforos, se você conseguir encontrar — respondeu Scott, com a voz rouca.

Ele estava mais próximo do que ela imaginava, o hálito quente chegando em seu rosto e seu pescoço e lhe provocando arrepios em lugares bem específicos.

Dina foi a primeira a se afastar; seguiu para a cozinha em busca de fósforos, de qualquer coisa que a impedisse de atravessar a sala correndo e se jogar nos braços musculosos e tatuados de Scott.

Não havia fósforos nas gavetas, mas ela encontrou uma pederneira e um riscador metálico no fundo da despensa. Ela poderia simplesmente acender o fogo com a própria magia, é claro, mas não estava disposta a revelá-la para Scott.

Dina voltou para perto da lareira, mas parou por um instante no caminho para admirar como os músculos das costas de Scott ondulavam sob a roupa enquanto ele espalhava a lenha.

Ela se agachou ao lado dele, inalando seu perfume amadeirado, o cheiro da floresta em suas roupas e na pele. Aquilo a deixou zonza. E a fez ter desejos perigosos.

— Pra falar a verdade, nunca acendi um fogo assim — admitiu Dina, erguendo a pederneira e o riscador.

Não era mentira — a lareira da casa dela era sempre acesa pela própria casa.

Os olhos de Scott encontraram os de Dina, e ela viu um lampejo de desejo ali.

— Deixa eu te mostrar como faz. — As mãos dele envolveram as dela.
— Só precisa fazer um pouco de pressão. Bem aqui.

Scott ficou segurando as mãos dela dentro das dele e riscou a pederneira, mantendo-a perto dos gravetos. Uma faísca voou e um pequeno brilho laranja apareceu na lareira.

— Agora tenta você — disse ele, soltando as mãos dela.

Dina podia sentir a respiração de Scott em seu ombro exposto, o calor do corpo dele envolvendo o dela.

Ela riscou a pederneira uma vez, duas, até que finalmente conseguiu lançar uma faísca em direção à lareira, atingindo a madeira seca.

— Boa meni... bom trabalho — elogiou Scott, a voz rouca em seu ouvido.

Só o que Dina precisava fazer era virar o rosto e colar os lábios nos dele... Não, inferno. O que tinha acontecido com "só amigos"?

Dina se levantou de repente, afastando-se de Scott e do calor do fogo.

— Você precisa do banheiro? Pensei em tomar uma ducha. Estou com cheiro de carro — disse ela, falando rápido demais.

— O banheiro é todo seu — respondeu ele com um sorrisinho.

Dina quase correu até o quarto dela e ficou encostada na porta fechada até ouvir Scott fechar a porta do próprio quarto. Ela podia ouvi-lo se movimentando pelo cômodo, mesmo com o banheiro entre os dois — as paredes eram realmente finas. Aquela foi por pouco.

Dina abriu o zíper da mala e praguejou. Ia dar uma bronca na casa quando voltasse. A casa tinha tendência a se intrometer em coisas que não compreendia — *porque era uma casa.*

Quando estava separando as roupas para o fim de semana, em seu apartamento em Londres, ela com certeza *só* tinha guardado seu pijama confortável — se lembrava de ter colocado a calça do pijama com estampa de pinguim e as meias felpudas em uma das malas, mas eles não estavam em lugar nenhum. Em vez disso, encontrou um pijama delicado, de seda creme, que havia deixado na casa dos pais anos antes. Dina jamais teria colocado aquilo na mala — nem em um milhão de anos.

O resto da bagagem eram seus itens habituais de viagem: potes vazios para coletar ervas, uma garrafa de mel antirressaca e pelo menos dois livros para ler, com um último acréscimo inesperado. Um livro de poemas de amor de Rumi. *Muito sutil, Casa, sutil pra cacete.*

Dina fez uma anotação mental para entortar um pouquinho cada porta-retrato quando voltasse. A casa ia odiar aquilo, e era o mínimo que merecia por ser tão intrometida.

Dina pegou a necessaire de banho, então se despiu e se enrolou em uma toalha, antes de checar se o caminho estava livre e se trancar no banheiro.

Encontrou uma banheira funda de porcelana e um chuveiro de cobre cintilante. Alguém havia pendurado um buquê de eucalipto e hortelã fresca no chuveiro, e o aroma fresco revigorou Dina.

Ela tirou o gel de banho caseiro da bolsa. Era uma mistura de óleo de argan, água de rosas, sálvia e geleia real que deixava a pele macia, suave.

Dina deixou a água quente escorrer pela nuca e pelas costas, sentindo os músculos relaxarem. Estava bastante consciente da presença de Scott no quarto ao lado. Sua mente se desviou para a imagem dos antebraços musculosos, cobertos de tatuagens. Ela queria traçar cada linha com os dedos. Lembrou também do sorriso malicioso dele quando fez aquela brincadeira sobre entrar no quarto dela à noite, e do aroma dele, que misturava madeira, musgo e suor. A mão de Dina foi descendo até o meio das pernas. Talvez só precisasse aliviar logo aquele desejo.

Dina apoiou a cabeça nos ladrilhos frios, imaginando como seria se Scott entrasse no banheiro naquele momento. Será que ele abriria a cortina e a veria nua?

Será que tiraria a própria roupa, revelando os músculos rígidos e bem-marcados? Ela sabia instintivamente que ele não teria o corpo depilado. O peito de Scott devia ser coberto por pelos grossos e castanho-escuros; e ela sentiu vontade de enfiar os dedos ali.

Ele tiraria os óculos e os pousaria com todo cuidado ao lado da pia. Então, entraria no chuveiro, deixando a água correr na pele. Os dedos de Dina desenharam círculos ao redor do próprio clitóris, encontrando um ritmo que deixou seu corpo quente. Ela reprimiu um gemido quando o prazer se intensificou.

O que Scott faria quando estivesse no chuveiro com ela? Dina sabia muito bem o que ela faria. Passaria as pernas ao redor dele. Scott a abriria e ela estaria pronta para ele. Muito pronta. Seu pênis estaria tão rígido que ele se apressaria em penetrá-la. Scott pressionaria a ponta primeiro, antes de entrar fundo.

A mão de Dina se moveu mais rápido e ela enfiou os dedos dentro do próprio corpo. Sua mente estava tomada por Scott. Em sua fantasia, ele estava dentro dela enquanto suas unhas arranhavam as costas dele. Penetrando-a cada vez mais fundo, Scott distribuía beijos ao longo do seu pescoço, sugando o lábio inferior.

O orgasmo a dominou, doce e delicioso. Dina não conseguiu evitar que um gemido escapasse de seus lábios quando gozou. E um suspiro profundo. Ela terminou o banho e passou um tempo penteando o cabelo ainda úmido, passando óleo de argan e mousse de cabelo nos cachos.

Faria a maquiagem no quarto, assim que seu corpo esfriasse e ela conseguisse pensar direito — sentia uma necessidade repentina de estar deslumbrante naquela noite, queria sentir os olhos de Scott sobre ela do outro lado da sala, despindo-a.

Dina saiu silenciosamente do banheiro e quase esbarrou em Scott. Ah, cacete. Ele estava sem camisa. Ela definitivamente não estava errada a respeito do corpo dele. Seu peito não era o de um homem que passava horas intermináveis na academia ou que fazia uma dieta rigorosa. Os músculos de Scott eram pesados e consistentes. Seus ombros largos e arredondados também eram musculosos. Ele parecia um herói de guerra escocês, um deus grego.

Dina estava encarando Scott, sem a menor vergonha. E também estava certa sobre ele não se depilar — uma massa de pelos castanho-escuros, quase pretos, cobria o peito dele e descia pelo abdômen até o V dos quadris. Scott estava usando uma calça social azul-marinho e mocassins, já meio vestido para o jantar de ensaio. Para ser honesta consigo mesma, a vontade de Dina era ficar de joelhos e engoli-lo. Ela nunca havia se sentido daquele jeito, e certamente jamais com um homem.

Dina sempre achara fácil amar o corpo de uma mulher, com suas curvas, suas covinhas e seus lugares macios feitos para beijar. Com os homens era sempre mais complicado — ela raramente gostava o bastante da personalidade de algum para vê-lo sem roupa. Mas Scott era diferente, mais vulnerável e atencioso, e Dina tinha um pressentimento de que ele iria saber exatamente o que fazer com o corpo dela, que conseguiria fazê-la gozar mais de uma vez. Estava óbvio que o orgasmo no chuveiro não servira de nada para aplacar a tensão que ela sentia entre eles.

— Desculpe, achei que você tivesse terminado. Deixei meu desodorante dentro do banheiro, mas posso pegar depois — falou Scott, os olhos ficando mais escuros enquanto observava Dina enrolada na toalha, a pele ainda úmida.

Ela havia acabado de ter uma fantasia sexual com ele, no chuveiro, e tinha certeza de que isso estava evidente em sua expressão.

— Não, não. Já terminei, o banheiro é todo seu.

Dina deu um sorriso tímido e foi pingando para o quarto — certa de que conseguia sentir os olhos de Scott acompanhando-a até lá.

Ela fechou a porta e caiu de costas na cama, sem se importar se iria molhar os lençóis.

Aquilo acabara mesmo de acontecer?

Parte dela, uma grande parte, queria abrir a porta e pular em cima de Scott naquele exato momento. Mas Dina tinha feito uma promessa a si mesma. Nada de romance. Nada de namoro. Não enquanto a maldição ainda estivesse em sua vida. Ela teria que dar um jeito de se comportar da melhor maneira possível perto de Scott. Afinal, qual seria a grande dificuldade de simplesmente não ir para a cama com alguém?

Capítulo 11

Scott estava se esforçando muito, muito mesmo, para não pensar em ir para a cama com Dina. E estava fracassando miseravelmente na tarefa. Ele tinha ido ao banheiro sem camisa de propósito? Bem, aquilo não vinha ao caso. A reação de Dina, a maneira como ela havia paralisado, os olhos mapeando o corpo dele, estudando-o. Aquilo lhe garantira uma ereção que relutara em ceder mesmo depois de uns quinze minutos.

O banheiro ainda cheirava ao sabonete dela, embora a janela estivesse aberta para deixar o vapor sair. Era um aroma fresco e doce, mas também terroso. Se Dina ainda estivesse ali, Scott talvez a tivesse puxado para junto de si. Tinha certeza de que, caso se inclinasse para afastar os cabelos da clavícula dela, sentiria aquele cheiro em sua pele.

Lá vou eu de novo, querendo farejar as clavículas dela, pensou. *Parabéns, Scott, agora você parece o Hannibal Lecter.*

Por mais que tentasse, ele ainda não tinha conseguido se recuperar da interação entre eles perto da lareira. A mão dela tão pequena e delicada na dele. Scott quase cometera um deslize, quase dissera "boa menina" para ela. Ele queria poder dizer coisas assim, de preferência com a boca entre as coxas dela. Scott só conseguia pensar em dizer, sussurrar aquelas palavras no ouvido de Dina enquanto a penetrava. Como ele ia aguentar aquilo a noite toda?

Mesmo que quisesse, não a convidaria para sair de novo. Os dois tinham concordado em ser apenas amigos ao longo do fim de semana. Apenas amigos. Amigos que queriam arrancar a roupa um do outro com os dentes.

Scott se olhou no espelho e pensou em aparar a barba, embora já tivesse feito isso de manhã. A abundância de pelos no corpo parecia estar em seus genes. Enquanto se vestia, ele se lembrou da expressão estática de Dina ao vê-lo sem camisa, das pupilas dilatadas. Ela não pareceu achar os pelos do peito dele repulsivos, como já acontecera com algumas outras mulheres com quem tinha ido para a cama. Scott imaginou Dina enfiando os dedos ali e sentiu o corpo ficar ainda mais quente.

Ele respirou fundo, se preparando para a noite que teria pela frente, e abriu a porta do banheiro.

— Você está usando colônia? — perguntou Dina da cozinha.

— Estou. Exagerei? — Talvez ela tivesse um nariz sensível.

Dina enfiou a cabeça no quarto.

— Não. Eu gosto do cheiro.

Ela sorriu, e Scott não pôde deixar de imaginar aqueles lábios vermelho-rubi ao redor do seu pênis. *Controle-se, Scott, você tem que passar a noite toda com ela.*

— O que você acha? — perguntou Dina, e rodopiou em frente à lareira. Provocando-o. Enlouquecendo-o.

Ela estava usando um vestido de veludo azul-marinho que se ajustava perfeitamente ao corpo, valorizando os quadris e o traseiro volumoso. O vestido tinha sido pensado para escorregar pelos ombros e as clavículas dela pareciam cintilar à luz do fogo.

Você está perfeita, Scott teve vontade de dizer. *Ninguém na história do mundo jamais ficou tão bem em um vestido. Por favor, tira a roupa.*

— Você tá linda, Dina — foi só o que disse, com a voz rouca.

Dina parou, observou-o com atenção, então se aproximou. Scott não conseguiu evitar e estendeu a mão para colocar um cacho solto atrás da orelha dela. Por um momento, Dina entreabriu os lábios e inclinou a cabeça em direção à dele, como se estivesse pensando em beijá-lo. Mas ela logo recuou, pondo alguma distância entre os dois.

— É melhor a gente ir, ou vamos chegar atrasados — falou Dina calmamente.

Scott assentiu e foi até a porta da frente, sentindo-se profundamente frustrado. Amigos não se beijam, lembrou a si mesmo. O ar ao redor deles parecia carregado, cheio de palavras não ditas e de toques não concretizados.

Capítulo 12

Martin, o mordomo para todas as ocasiões e cerimonialista do casamento, estava recepcionando os convidados durante o fim de semana. Ele encaminhou todos ao Salão Verde — muito apropriadamente batizado, por sinal —, onde seria servido o jantar. Dina buscou Scott com o olhar e o pegou observando-a com uma expressão cautelosa. O riso vindo do cômodo mais adiante desviou a atenção deles um do outro.

O Salão Verde tinha sido ricamente decorado para o jantar, e Dina se lembrou novamente de quão ricos eram Eric e a família. O enorme salão de teto abobadado estava inundado pelo brilho quente de dezenas, senão centenas, de velas — não havia nem uma única lâmpada acesa.

Castiçais de metal polido se enfileiravam no centro da longa mesa. Velas grossas e brancas brilhavam em arandelas de cobre nas paredes. Um candelabro de cristal cintilante lançava fachos de luz pela sala, como a luz refratada por um diamante.

Dina e Scott foram separados quase imediatamente, já que os pais de Dina queriam que ela os apresentasse a mais pessoas, e Scott se viu obrigado a ajudar a tia-avó de Eric a encontrar seu lugar à mesa.

— Então, como o seu *quarto* na cabana de caça recebeu você? — perguntou Immy, aproximando-se de Dina. — Ele já fez as coisas esquentarem?

— O *quarto* tem sido um perfeito cavalheiro — respondeu Dina com os dentes cerrados.

— Bem, *ele* não consegue tirar os olhos de você, isso é certo — acrescentou Rosemary, juntando-se às amigas. Ela estava usando um lindo vestido de bolinhas de busto justo e saia rodada.

Dina olhou para o outro lado da sala e seus olhos encontraram os de Scott, que naquele momento estava cercado por um bando de tias que batiam abaixo do ombro dele. Uma delas estendeu a mão para apertar os bíceps dele e Dina sentiu um aperto na boca do estômago.

— Somos só amigos — disse ela.

— Eu queria ter um amigo que olhasse pra mim como se quisesse arrancar as minhas roupas. — Rosemary sorriu.

Dina sentiu uma onda de desejo dominá-la, um desejo profundo de passar os braços em volta dos ombros largos de Scott. A voz dele quando a elogiara mais cedo, perto da lareira, quase a deixara louca. Ela queria aquele homem. Queria muito. Já se sentia úmida de desejo, mas continuava tentando tirar aquilo da mente, ao menos por aquela noite.

— Em relação a amanhã à noite... — começou Rosemary, inclinando o corpo em uma atitude conspiratória. — Que horas vamos começar?

Rosemary não participava de nenhum dos rituais de Halloween delas desde que se mudara da Inglaterra; ao longo dos anos Dina tinha acrescentado mais alguns componentes mágicos.

— Vamos sair de fininho pouco antes da meia-noite para pegar a lua ainda cheia. Immy, você disse que a minha mãe já combinou tudo com a Honeywell House. Vão acender uma fogueira pra nós?

— Vão, na parte de cima do terreno. Eu contei pro Martin que íamos dançar nuas e ele torceu o bico — comentou Immy com uma gargalhada.

Elas deram uma volta ao redor da sala, sorrindo para os convidados, como três protagonistas de um romance de Jane Austen. Muitos outros amigos de Immy e Eric apareceram no final da tarde, e o salão ficou animado e movimentado. Alguns escritores de terror, amigos de Immy e Rosemary, acenaram para elas.

— Precisamos da sua opinião sobre uma coisa — falou Ash, e deu um gole no drinque em sua mão. — Terror no fundo do mar. Qual é a coisa mais assustadora que você consegue imaginar?

Dina, que sofria de talassofobia — medo de águas profundas —, estremeceu diante da ideia.

— A Fossa das Marianas — disse Immy. — Aquelas bordas de penhasco dentro da água e o breu no fundo. Tem muuuito potencial.

— Concordo — disse Jeremy, editor de uma revista sobre cinema.

Um café e um feitiço para viagem 97

— Uma vez li sobre uma igreja completamente abandonada na Áustria que, ao longo dos anos, foi coberta pela água, e agora está no fundo de um lago. Dizem que só dá para encontrar a igreja se estiver procurando por ela — falou Dina.

— Nunca escutei falar disso. Tem certeza que é real? — perguntou Rosemary, já pegando o celular. — Ai, meu Deus, a Dina tá certa. O lugar é submerso. Pronto, a Dina ganhou, porque isso é a materialização do pior dos pesadelos.

— O que é a materialização do pior dos pesadelos? — perguntou Eric, passando os braços ao redor de Immy e lhe beijando a testa.

— A Dina está nos presenteando com histórias sobre igrejas submersas assustadoras — respondeu Immy, se encaixando melhor no abraço de Eric.

— Eu não esperaria nada menos. — Eric sorriu. — Mas o Martin, que pela cara dele está bem estressado, me avisou que todos precisamos nos sentar para jantar.

Dina checou os cartões dispostos sobre a mesa. Immy a havia colocado ao lado dela e de Rosemary, e bem na frente de Scott. Até ali, nenhuma surpresa. Eric estava sentado ao lado de Scott e em frente à futura esposa.

Dina estava prestes a se sentar quando ouviu uma voz profunda junto ao seu ouvido:

— Me permita, por favor.

Scott estava parado atrás dela, perto o bastante para Dina sentir o aroma de musgo e sal marinho e o hálito dele em sua nuca.

— Um perfeito cavalheiro — brincou ela. — Acho que o cavalheirismo não morreu.

Dina poderia jurar que as pupilas dele se dilataram quando ela se virou e levantou os olhos para encará-lo, sentindo o calor do corpo de Scott envolvê-la.

Ele afastou a cadeira e, quando Dina se sentou, aproximou-a novamente da mesa. E, nesse momento, se inclinou mais para perto dela.

— Esse vestido cai mesmo muito bem em você — falou, em um volume que só ela conseguisse ouvir.

Vindo dos lábios dele, o elogio pareceu positivamente indecente.

Scott se sentou e Dina sentiu seus olhos sobre ela, ávidos. O cabelo de Scott, encaracolado nas pontas, caía no rosto dele de uma forma extremamente lisonjeira. Dina sentiu vontade de passar os dedos pelos fios. Ela passou os dois primeiros pratos lançando olhares furtivos na direção dele.

— Em que você trabalha mesmo, Scott? — A mãe de Dina puxou assunto com a sutileza de um míssil nuclear.

Obviamente era a cara da mãe dela perguntar isso, só para se certificar de que ele era um bom partido. O pai de Dina encontrou os olhos da filha por cima da cabeça da esposa e deu um sorrisinho contrito.

— Sou curador do Museu Britânico.

— Curador do quê? — pressionou Nour.

Felizmente, Scott aceitou bem o interrogatório.

— Bem, no momento estou trabalhando em uma exposição sobre símbolos de proteção do mundo todo, usados por antigos místicos. Sabia que o visco era usado pelos antigos celtas para proteger o gado? Acho fascinante.

— É sempre útil se você também quiser beijar uma cabrita — falou Eric, rindo, se referindo ao hábito de pendurar um ramo de visco acima da porta na época de Natal, e quem para embaixo dele deve se beijar.

— Ah, a Nour sabe tudo sobre símbolos de proteção — disse o pai de Dina, enquanto Nour assentia com uma expressão perspicaz.

— É, eu reparei. Vocês têm uma mão de Fátima na porta da frente.

Nour sorriu.

— Ora, cuidado nunca é demais. A Dina também tem muitos amuletos no café dela, que por sinal é um estabelecimento de grande sucesso, como você deve saber — continuou ela, voltando propositalmente a conversa para a filha.

Era típico da mãe deixar, logo nos primeiros minutos, claro a todos os potenciais pretendentes de Dina como a filha era bem-sucedida.

Era aquilo que Scott era para ela, então — um potencial pretendente? Malditas folhas de chá e suas previsões precisas.

— Como vocês dois se conheceram, se não se importam que eu pergunte? — Scott se dirigiu ao pai e à mãe de Dina.

Scott estava lidando com a tentativa de Nour de bancar a casamenteira como um profissional e, por algum motivo, aquilo a fez gostar ainda mais dele.

— Nós morávamos no mesmo alojamento na faculdade, mas eu era tímido demais para falar com ela. — O pai de Dina olhou para a esposa. — Mas sempre que via a Nour por lá e conseguia criar coragem, eu sorria pra ela. Nunca conversávamos. Então, um dia, eu estava na biblioteca procurando um livro sobre arte impressionista, vasculhando as estantes atrás do último exemplar, até que finalmente encontrei onde ficava. Só que o livro não estava lá. Aí, olhei ao redor e vi Nour. — Robert pegou a mão da esposa e a beijou. — Ela estava sentada ali perto com... sim, isso mesmo, com o livro.

— Você falou com ela, então? — perguntou Scott.

— Tive que falar. Ela era tão mais fascinante de perto que eu provavelmente parecia um palhaço balbuciante.

— Foi muito bonitinho. — Nour sorriu, dando palmadinhas carinhosas na mão do marido.

— A gente começou a conversar e acabou passando horas lá.

— A bibliotecária teve que nos expulsar porque já estavam fechando — acrescentou Nour.

— Aí a gente se sentou em um banco do lado de fora, embora fosse novembro e estivesse frio. E a Nour me pediu para colocar as mãos nas dela.

— Isso é tão romântico, Nour — comentou Immy com um suspiro.

Dina sentiu seu olhar se desviar para Scott, que tinha abaixado os olhos, evitando cuidadosamente o contato visual. Como se ele estivesse se debatendo consigo mesmo por causa de alguma coisa.

A história de amor perfeita dos pais contrastava duramente com a vida amorosa de Dina. De repente, ela se sentiu sem ar. O salão pareceu abafado demais; era como se o ar passasse através de seus pulmões como cola, o calor das velas e das pessoas ao seu redor a sufocava.

— Com licença — murmurou Dina, afastando a cadeira.

Rosemary estendeu a mão para Dina, que já se levantava.

— Você está bem? — sussurrou.

— Sim. Só preciso de um minuto.

Assim que saiu do Salão Verde, as correntes de ar do corredor causaram arrepios em sua pele. Mas Dina precisava de mais. Ela precisava ver o céu. Precisava de ar fresco de verdade.

Seguiu pisando firme pelo corredor e espremeu o corpo para passar pelas pesadas portas da frente da Honeywell House. A entrada de carros e o campo aberto se desdobraram diante dela, que exalou profundamente.

O luar envolveu sua pele, refrescando-a. A lua parecia cheia, mas ainda não totalmente. A maior parte das pessoas teria dificuldade para perceber a diferença — com os olhos era quase imperceptível. Mas Dina conseguia sentir em seus ossos. Como se a magia dela fosse uma vibração e a lua um diapasão. O tom certo ainda não estava lá, mas estaria na noite seguinte. Para o Samhain, o ritual da lua cheia. Dina ansiava por aquilo, pela sensação de poder que a dominava.

Naquele momento, as lembranças da maldição surgiram espontaneamente. Rory no hospital, Eliza no hospital. Sempre pessoas de quem ela gostava. Todas tinham se machucado. Mas se fosse cuidadosa, Scott ficaria bem.

Mesmo que ela o beijasse, aquilo não significaria nada. Podia beijar alguém sem desenvolver qualquer sentimento romântico, certo? Uma aventurinha de fim de semana? Só para tirar aquilo da cabeça... e do corpo.

Mas Scott não parecia ser o tipo de homem chegado a aventuras ou casos de uma noite. A palavra *compromisso* estava escrita em sua testa. Costurada nas cotoveleiras de seus blazers e suéteres, no sorriso torto e no jeito como cuidara para que ela chegasse em casa em segurança quando havia levado aquele tombo na rua. Dina não conseguia evitar que seus pensamentos se voltassem novamente para a ideia de se atirar em cima dele.

Já fazia algum tempo que ela não ia para a cama com um homem. Na experiência de Dina, as mulheres eram muito melhores em proporcionar orgasmos e não eram tão vorazes ou competitivas em relação a isso.

Mas a verdade era que ela talvez tivesse escolhido o tipo errado de homem no passado. Dina se pegou pensando em Scott mais uma vez. As tatuagens que subiam por seus braços e pelo seu peito. O aroma fresco da colônia que ele usava. Ela ansiava por senti-lo dentro do seu corpo, penetrando fundo, arremetendo, pulsando. Aquela lufada de ar fresco não estava desanuviando a sua cabeça tanto quanto ela esperara.

— *Benti*, cadê você? — A mãe de Dina saiu pela porta da frente e se juntou a ela na escuridão. — Já estão recolhendo a sobremesa. — Ela fez uma pausa. — Fiquei preocupada com você.

— Estou bem, mãe.

Nour bufou.

— Eu te coloquei no mundo, você não pode mentir pra mim. — Nour sempre havia tido uma capacidade excepcional de adivinhar os pensamentos de Dina. — Qual é o problema?

— Você já se perguntou como teria sido a nossa vida se não fôssemos bruxas? Talvez tivesse sido mais simples, de certa forma. Seria mais difícil machucarmos as pessoas.

A mãe a encarou com uma expressão de curiosidade, deu a volta e parou atrás dela.

— Posso? — perguntou.

Dina assentiu. A mãe passou os braços ao redor dela e pôs as mãos sobre os olhos da filha, de modo que a ponta dos dedos médios tocassem o centro da testa dela. Dina fechou os olhos e sentiu a súbita alteração quando a magia da mãe ganhou vida ao seu redor.

Ela sentiu o sol aquecendo sua pele. Seus pés afundaram na terra fofa que ela sabia instintivamente que seria de um tom de laranja profundo. O som distante dos animais da fazenda era trazido pela brisa e, mais perto, o barulho suave do vento no caule das favas.

Dina sabia onde estava. Na fazenda da família da mãe, na zona rural de Khemisset, no Marrocos. Nour havia crescido lá... *ali* estavam as suas raízes. E as de Dina também.

— Temos a nossa magia desde que temos a nossa terra — falou a mãe. — Vai além de feitiços, encantos e evocações. É uma extensão das nossas almas. Não podemos nos imaginar sem ela, porque aí não seríamos nós.

O encanto se dissolveu à sua volta e, quando a mãe afastou as mãos de seus olhos, Dina inalou mais uma vez o aroma de relva do interior da Inglaterra.

— Eu já pensei como você — falou Nour, acariciando o rosto da filha. — Não seria melhor para todos se eu não pudesse cuspir uma maldição toda vez que estivesse com raiva? Ou se eu não assustasse os homens quando eles vissem o que eu era capaz de fazer? Somos mulheres fortes, *benti*, e também bruxas. E isso vai assustar algumas pessoas, é claro, mas as pessoas que são importantes para nós, as que mais amamos, vão amar todas as nossas facetas... A magia não vai assustá-las.

Naquele momento, Dina quis muito contar à mãe sobre a maldição. Ela sentiu a boca se abrindo, as palavras prontas para se derramarem, mas então a porta da frente se abriu. Era Martin.

— Me pediram para avisar vocês duas que o grupo vai passar para o Salão Oeste — falou ele brevemente, e logo voltou a desaparecer dentro da mansão.

— Pronta para entrar? — perguntou a mãe.

— Sim, vou ficar bem.

— Eu sei que é muito, quando você encontra alguém assim... sei que parece assustador. Como se todas as suas muralhas estivessem desabando.

— Mãe, isso não tem a ver com o Scott — retrucou Dina. E tinha quase certeza de que estava dizendo a verdade.

— É claro que não. — Nour piscou para Dina olhando para trás e também voltou a entrar na mansão.

Dina ficou mais um instante ali fora, sob o luar, até seu coração voltar a um ritmo tranquilo. Ela olhou para a lua.

O foco desse fim de semana não sou eu nem a bagagem que eu carrego. Mas sim a Immy e o Eric.

Dina sabia que aquela apreensão que revirava suas entranhas desapareceria no momento em que começasse a conversar com as melhores amigas, por isso parou de perder tempo e saiu do frio, em direção à mansão.

Ela seguiu o som de risadas e tilintar de copos até onde presumiu ser o Salão Oeste. O grupo tinha se reduzido significativamente. Os pais de Eric e as mães de Scott — junto com uma Juniper sonolenta que roncou durante os três pratos do jantar — pareciam já ter se recolhido.

Os amigos escritores de Immy estavam aconchegados ao lado de uma estante alta de mogno, e Dina ouviu trechos da conversa deles, as palavras "Lovecraft" e "baita de um racista" foram as que mais se destacaram.

Ela sorriu para Rosemary, mas decidiu não se juntar ao grupo. Immy e Eric estavam sentados um ao lado do outro em frente a uma grande lareira. Immy havia tirado os saltos e estava aquecendo os pés ao lado da lareira acesa.

— Dina, senta aqui! — chamou Immy com um gritinho.

Scott, que estava sentado em outro sofá conversando com Eric, olhou na direção dela, mirando-a de cima a baixo. Dina sorriu para ele e se acomodou ao seu lado, descalçando também os saltos.

— Vinho quente? Ou é cedo demais pra isso? — perguntou Scott, já estendendo um jarro fumegante de vinho temperado com cravo e outras especiarias deliciosas. Ele havia tirado o paletó e desabotoado os punhos da camisa, o que deixava entrever as tatuagens por baixo. Era perigosamente sexy.

Dina se sentiu enrubescer de constrangimento quando se lembrou de como havia adormecido em seus braços.

— Prefere refrigerante ou chá? — ofereceu Scott.

— Ela tá só se fazendo de difícil. A Dina adora vinho quente — comentou Immy.

— Tá certo, aceito um copo. Mas só porque a noiva quer.

Scott riu, então serviu o vinho quente em uma taça de cristal de aparência extravagante, com direito até a um pau de canela e anis-estrelado flutuando, e entregou a Dina.

— Sabe — começou Dina, atingida por um súbito desejo de flertar, que não tinha absolutamente nada a ver com os braços sensuais de Scott —, dizem que o anis-estrelado é afrodisíaco.

Eric inclinou a cabeça para trás e soltou uma gargalhada.

— Isso não é problema para o nosso Scott. Qual foi o apelido que aquelas damas do clube de remo te deram? O oito completo?

— O que significa isso? — perguntou Immy.

Scott revirou os olhos com uma determinação exagerada que não passou desapercebida por Dina.

— No remo, o oito é o maior barco, onde cabem oito remadores — explicou Eric. — E vocês tem que lembrar que a gente usava aqueles macacões de lycra minúsculos que não deixavam absolutamente nada para a imaginação. E o Scott ficou bastante... famoso por seu, hum, volume pronunciado.

Dina se remexeu involuntariamente na cadeira enquanto o desejo a incendiava por dentro.

— Oito completo, hein — falou ela, e ficou surpresa com a rouquidão na própria voz.

Scott inclinou o rosto na direção dela, o que provocou uma nova onda de calor.

— O Eric está exagerando.

— Não, estou sendo gentil — rebateu Eric, lançando um olhar para o padrinho. Havia uma forte parceria entre noivo e padrinho em andamento naquela noite, pensou Dina.

— E você também usava esse macacão? — perguntou Immy ao noivo.

— É claro que sim.

Dina viu o desejo no olhar da amiga enquanto os dois praticamente transavam com os olhos.

— Na verdade — falou Eric, depois de pigarrear —, acho que a gente vai tentar dormir cedo essa noite. Amanhã vai ser um grande dia.

Os dois se levantaram abruptamente.

— Não tem uma história que os noivos devem dormir separados na noite antes do casamento? — brincou Scott.

— Uma tradição boba. E o casamento ainda não é amanhã.

Immy riu, então Eric praticamente a carregou para fora da sala. Dina sentiu o coração leve ao ver a amiga tão feliz.

— Você também já está indo para a cama? — perguntou Dina a Scott.

De repente, ela se deu conta de que os dois estavam sozinhos na sala. Os amigos escritores de Immy provavelmente tinham ido para a cama naquele meio-tempo.

O fogo crepitava alegremente na lareira, e o cheiro de cedro queimado aquecia o ar.

— Não se você não quiser — quase grunhiu Scott, com um tom claramente desafiador.

O anis-estrelado com certeza a estava afetando, porque ela se sentia prestes a pular em cima dele.

Dina deixou o ar escapar lentamente. Se encontrasse o olhar de Scott, sabia que seria derrotada por ele.

— Deixa eu ler a sua mão — falou ela, com a voz rouca.

Dina chegou mais perto de Scott, movendo-se lentamente no sofá, e se virou para encará-lo. Seu corpo estava quente, úmido e pronto, e não ajudava o fato de ela não conseguir parar de pensar em como Scott ficaria se estivesse com a cabeça enterrada entre as suas coxas, as mãos ásperas e calejadas segurando seu traseiro.

O cabelo de Scott parecia preto à luz do fogo. Ele pousou a mão na coxa de Dina com a palma virada para cima, e só aquele toque já bastou para fazer com que outra onda de desejo disparasse pelo corpo dela. Dina sentiu o calor da mão dele através do veludo do vestido. Bastariam uns poucos centímetros para a direita e um pouco mais para cima, e ela estaria perdida. Qual seria a sensação daquela mão acariciando o seu clitóris, mergulhando em sua vagina já encharcada? Dina se forçou a afastar o pensamento. Se queria mesmo fazer uma leitura precisa, não poderia deixar seu próprio desejo atrapalhar.

Ela pressionou delicadamente os dedos ainda frios do tempo que tinha passado ao ar livre nos dedos de Scott, e abriu a mão dele.

— Seus dedos estão frios — comentou ele. Então, aproximou a mão de Dina dos lábios e soprou suavemente.

Ela deixou escapar um arquejo.

— Pronto, agora pode começar — falou Scott.

Aquele homem seria a ruína dela...

— Está vendo essa linha aqui? — perguntou Dina, enquanto passava o dedo pelo centro da palma da mão de Scott e descia até a parte sensível do pulso. E se arrepiou ao sentir que ele estremecia quase imperceptivelmente ao toque. — Essa é a sua linha da vida. Está vendo como é longa, como segue até o pulso?

Scott assentiu e se inclinou mais para perto.

— O que significa?

— É um bom sinal. Significa que você vai ter uma vida longa.

— Acho que vou fazer aquele salto de paraquedas, então — brincou Scott, o que fez Dina revirar os olhos.

Ele inclinou a cabeça para o lado e riu, franzindo o canto dos olhos e fazendo o estômago de Dina dar uma cambalhota. Ela estava se sentindo absolutamente zonza.

Dina passou o dedo ao longo da linha que cortava horizontalmente o centro da palma de Scott. E conseguiu sentir a pulsação dele.

— E essa? — perguntou Scott, aproximando ainda mais a cabeça da de Dina.

Ela não conseguiu se conter; aspirou fundo, mais uma vez, o cheiro da colônia dele.

— Essa é a linha do seu coração. Ela é... funda.
— O que significa ela ser funda, Dina? — O nome dela foi dito em uma voz rouca.
— Você vai ter um grande amor na vida. Vai... ficar com essa pessoa por muito tempo — sussurrou ela.

Dina sentiu uma parte de si murchar, pensando na mulher que poderia ser o amor da vida dele. E se perguntou se aquela mulher iria tratá-lo como ele merecia ser tratado, com gentileza e paixão. Ao mesmo tempo, Dina lamentou a própria vida amorosa, ciente de que a maldição jamais deixaria ela ser aquela pessoa para ele.

Mas então Scott estendeu a mão e segurou o queixo dela, trazendo seu rosto na direção do dele. Os olhos dele eram de um castanho infinito, salpicado de dourado, e Dina reparou a protuberância ao longo do nariz, no lugar onde provavelmente havia sido quebrado. A respiração dos dois se misturava.

O olhar de Scott se desviou para a boca de Dina e ela se viu mordendo o lábio. Mais um centímetro e seus lábios se encontrariam. Talvez não importasse que ele nunca pudesse amá-la.

— A-ham. — Alguém pigarreou desagradavelmente ali perto.

Dina levantou os olhos, quase pronta para lançar um feitiço em quem ousou interromper aquele momento. Martin estava parado na porta, segurando uma bandeja com taças para lavar. Infelizmente, Immy ia ficar muito brava se Dina jogasse uma maldição no cerimonialista duas noites antes do casamento.

— Eu só vim recolher as taças — se justificou Martin, agitado.

Dina gritou por dentro ao sentir Scott se afastar.

— Tudo bem, Martin — falou ele, subitamente recomposto.

Dina não se sentia nada recomposta. Quase o beijara; e o que aquilo teria significado para ela? Sabia que teria sido mais do que um beijo. Não costumava mentir para si mesma. Mas também sabia que não poderia seguir por aquele caminho. Afinal, tinha certeza de que sairia machucada no final.

— De qualquer forma, a gente já estava mesmo voltando para a cabana — disse Scott, e estendeu a mão para Dina.

Ela quis muito ir com ele, segurar sua mão. Desesperadamente. Mas se afastou e ficou de pé, alisando os vincos do vestido.

— Na verdade, acho que vou dar uma caminhada rápida, só para espairecer.

Sentia um peso no peito. Antes que Scott pudesse dizer qualquer coisa, Dina passou por Martin e saiu do salão.

Ela sabia que o ar noturno não a faria se sentir melhor. Só precisava ficar longe de Scott e do que sentia quando estava perto dele. O coração de Dina batia forte no peito enquanto ela corria para o meio das árvores. A vastidão da floresta caiu sobre ela como terra sobre ossos há muito enterrados.

— Por favor, não deixe que eu me apaixone por ele — sussurrou Dina para a floresta, em um pedido que era parte feitiço, parte oração.

Mas, se a floresta estava ouvindo, não respondeu.

Capítulo 13

Scott sentiu o coração de Dina batendo contra o seu peito e o movimento lento da respiração dela. A montanha de cachos de Dina se espalhava pelo travesseiro, fazendo cócegas nele — não se importava nem um pouco. Ela se aproximou mais até ficar basicamente em cima dele, a coxa e o braço jogados por cima do seu corpo, o rosto enfiado na curva do seu ombro. Quando o alarme tocou, e Scott acordou e se viu sozinho em uma cama fria, ele gemeu. Dina passara a invadir seus sonhos — como ele iria encontrar paz novamente agora que aquela mulher estava em sua vida?

Ele se lembrou da noite anterior. O que tinha acontecido? Eles com certeza teriam se beijado se não fosse pela interrupção de Martin. Mas então Dina fugiu para a floresta e ele só a ouviu entrar na cabana cerca de uma hora depois, já de madrugada.

O que tinha mudado naquela fração de segundo? O jeito como ela o tratara no salão, aquele olhar que tinha lançado enquanto lia a mão dele, como se quisesse subir em seu colo... Scott mal havia conseguido manter as mãos longe dela. Teria sido muito fácil puxá-la para si, deslizar a mão por baixo do vestido, afastando para o lado qualquer coisa rendada que ela vestisse por baixo. Scott tinha certeza de que o corpo de Dina seria macio e quente no dele. O que, então, havia mudado?

Scott se vestiu, a mente ainda confusa. Passou os dedos pelo cabelo embaraçado e pensou em prendê-lo em um coque, então se perguntou qual seria a opinião de Dina sobre homens de coque.

Scott vestiu uma camiseta branca, um suéter de tricô creme, jeans e botas. Immy e Eric tinham planejado um dia cheio, começando com uma caça ao tesouro na casa principal naquela manhã e algum tipo de atividade misteriosa ao ar livre à tarde.

Ele saiu do quarto, então, para a sala da cabana, que cheirava a manteiga, canela e café — café muito doce. A lareira não estava acesa, mas a casa estava quentinha. A luz da manhã entrava pelas janelas e, lá fora, as árvores ganhavam vida com o canto dos pássaros. Scott ouviu barulho vindo da cozinha.

Ele foi até lá e viu Dina murmurando para si mesma, curvada sobre algo em cima da bancada que ele não conseguia ver. Scott se deu conta de que poderia ficar observando-a curvada daquele jeito o dia todo. E sentiu o membro ficar rígido sob o jeans.

— Ah, a Cinderela acordou! — exclamou Dina, e se virou. Ela estava usando um avental cheio de babados e tinha o rosto sujo de farinha. — Achei que tinha pelo menos mais cinco minutos antes de você aparecer.

— Mais cinco minutos para quê?

Aquele cenho franzido de um jeito muito doce e o modo como Dina se posicionara para esconder o que estava atrás dela o fizeram sorrir. Ela era fofa demais. Dina sorriu e deu uma palmadinha em uma das banquetas diante da bancada da cozinha, enquanto ia até o fogão.

Scott olhou para baixo. Uma caneca de café fumegante havia surgido diante dele, *como* ele não sabia muito bem. Devia estar mais cansado do que pensava.

— Esse é o meu jeito de pedir desculpas por ontem à noite. Eu acabei... não estava muito bem. E quando me sinto assim, gosto de preparar pão ou bolo. Me ajuda a pôr as ideias em ordem — disse Dina, e colocou dois pratos na frente deles.

Parecia uma delícia.

— Dina, isso está com uma aparência incrível. Nunca vi panquecas assim.

— Se chamam *baghrir*. Ficam entre um bolinho e um crepe. E também fiz pão de centeio com chocolate e geleia de morango, do zero, porque estava indecisa.

Aquilo explicava o delicioso aroma de frutas vermelhas.

— Obrigado — falou Scott, e estendeu a mão para limpar a farinha da ponta do nariz dela. Dina ficou imóvel enquanto ele a tocava, e Scott segurou seu rosto entre os dedos.

— Ninguém nunca preparou café da manhã pra mim, Dina — confessou ele.

Um café e um feitiço para viagem 109

Scott sentia o coração perigosamente acelerado no peito, batendo tão alto que ele tinha certeza de que ela podia ouvir. Em um movimento quase imperceptível, Dina pressionou o rosto na palma da mão dele, apoiando-se nele. Scott sentiu que poderia ficar daquele jeito para sempre.

— Você precisa pôr manteiga e mel no *baghrir*, esse é o melhor jeito de comer — orientou Dina, desviando o olhar de Scott. O jeito como ela sorriu para ele foi como um choque direto no coração.

— Sim, sim, capitão. — Scott deu uma piscadela e esticou o braço para pegar a manteiga. — Agora que eu sei que você cozinha assim, vou passar naquele seu café todo dia.

Dina se sentou ao lado de Scott, enrolou seu *baghrir*, comeu e deu um gole no café. Scott tentou se concentrar no café da manhã, mas não conseguiu. Ele mal conseguia comer, embora cada garfada fosse absolutamente dos deuses.

— Eu... nossaquedelícia — murmurou ele com a boca cheia. — Sério, acho que esse é o melhor café da manhã que eu já tomei.

Scott tinha esquecido como era estar com alguém daquele jeito — a sensação de euforia em seu peito. E não pôde deixar de imaginar como seria passar mais manhãs com Dina, acordando na cama deles, tomando café juntos em uma cozinha banhada de sol antes de ele puxá-la para seu colo. Imaginar um futuro era algo perigoso, mas por um curto período Scott se permitiu sonhar com aquela ideia.

— Você vai à mansão hoje? — perguntou ele.

— Em algum momento. Mas antes preciso terminar de assar os pãezinhos de canela para amanhã. É uma das minhas muitas tarefas como madrinha. — Ela sorriu, e apontou para as bandejas de pãezinhos de canela que aguardavam a sua vez de ir para o forno.

— Parece que você já fez a maior parte do trabalho duro, mas vai ser um prazer ajudar com qualquer coisa que precise.

Scott tirou o suéter, revelando os braços tatuados. Dina engoliu em seco.

— Você quer ajudar? — Ela inclinou a cabeça e o encarou com um olhar avaliativo.

— Se você deixar.

Dina não precisou perguntar duas vezes. Durante os vinte minutos seguintes, ela ficou indo de um lado para o outro da cozinha, dando ordens a Scott. E ele adorou cada segundo, adorou ver Dina à vontade no que amava fazer.

— Não, aqui, assim — falou ela, segurando o pulso dele e mostrando a maneira correta de mexer a cobertura para não deixar entrar ar demais.

Ela descansava os dedos no antebraço de Scott, que desejou que subissem um pouco mais.

Quando Dina se abaixou para tirar do forno a última leva de pãezinhos de canela, ele quase soltou um gemido. A blusa dela havia subido, exibindo duas covinhas na base da coluna. Scott queria lambê-las.

Dina pousou a bandeja em cima do balcão e olhou para ele — Scott teve certeza de que a palavra "avidez" estava estampada em seu rosto. Em algum momento ao longo da última hora — na verdade, desde que havia acordado e visto que Dina tinha preparado o café da manhã para ele —, seu cérebro havia parado de funcionar. Tudo o que ele queria era Dina.

Ficou observando-a em silêncio enquanto ela espalhava a cobertura sobre os pães. O aroma açucarado e amanteigado pairava no ar, e Scott se perguntou se Dina também teria aquele sabor. Se teria gosto de açúcar e especiarias.

— Quer experimentar um pouco? — perguntou ela baixinho.

Scott se aproximou mais do que seria necessário. Em vez de pegar uma colher, Dina passou o dedo pela sobra de cobertura na tigela e estendeu na direção dele.

Scott levou o dedo dela à boca, lambendo-o firmemente com a língua. Tinha gosto de limão adocicado e baunilha. Durante toda a lambida, Scott manteve os olhos fixos nos de Dina, e viu ali o mesmo fogo que sentia.

Muito lentamente, ela retirou o dedo da boca dele.

— Você tem um gosto bom — falou Scott.

Ele não conseguiu se conter por mais nem um instante.

Passou a mão pelos cabelos de Dina e segurou-a pela nuca, enquanto envolvia a cintura dela com o outro braço. Então, puxou-a mais para perto. Estavam com o peito colado um no outro, e ele podia sentir o calor da respiração dela em sua boca.

Scott se inclinou, a centímetros da boca de Dina. O movimento, uma pergunta.

— Dissemos que seríamos só amigos — sussurrou Dina.

Só amigos. E ele tinha estragado tudo ao tentar beijá-la. Scott se afastou, e deixou os braços caírem ao lado do corpo.

— Você tem razão. Desculpe. Só amigos — falou, tentando esconder a decepção na voz.

Dina não se afastou e parecia estar travando algum tipo de batalha interna. *Se entrega*, pensou ele, *me deixa beijar você*. Mas ela havia dito "só amigos" e Scott respeitaria aquilo. Mas ainda passaria muito tempo pensando em beijá-la.

Capítulo 14

— Bem-vindos à primeira atividade de hoje! — disse Eric, animado. Todos os convidados estavam na Saleta, chamada ironicamente daquele jeito por seu tamanho. Três janelas revestidas de hera davam para a entrada principal até a Honeywell House, banhando o cômodo com o sol do outono.

— Vocês vão participar de uma caça ao tesouro pela casa.

Dina não pôde deixar de sorrir ao ouvir as palavras "caça ao tesouro". Immy sorriu de volta para ela, porque sabia muito bem como a amiga era competitiva.

— Immy e eu fizemos uma lista de itens estranhos que vimos pela casa. Tem mais de trinta coisas aqui e vocês não precisam encontrar todas elas. Cada um precisa trazer apenas três para ganhar um prêmio. Podem vir pegar suas listas. Vocês têm uma hora! — Eric bateu palmas e acionou o cronômetro.

Dina olhou para Scott, que tinha se posicionado cuidadosamente do outro lado da sala, oposto a ela. Ele parecia igualmente animado com o jogo — por algum motivo, não a surpreendeu nem um pouco que ele também tivesse uma veia competitiva.

— Cada mulher por si? — perguntou Rosemary com uma risadinha, ao lado dela.

— Vejo você na chegada — respondeu Dina, enquanto as duas iam cada uma para um lado.

Dina parou por um instante e examinou a lista, para evitar tomar qualquer decisão precipitada. Era cada um por si, embora ela tivesse notado que tanto seus pais quanto as mães de Scott haviam se afastado em pares. Trapaceiros.

A lista era um verdadeiro gabinete de curiosidades. Entre os objetos havia um esquilo empalhado, uma pequena natureza-morta de um vibrador do século XVIII rodeado de flores, um anel exibindo a pintura do olho da pessoa amada, uma borboleta-azul preservada, um pote de geleia de damasco vencido desde 1904, e uma edição de *Razão e sensibilidade* que aparentemente tinha uma carta de amor escrita na contracapa.

Dina decidiu procurar primeiro o pote de geleia — ela conhecia bem a despensa de uma cozinha. Assim, desceu a escada de serviço e atravessou as cozinhas abertas da Honeywell House até encontrar um armário com a placa "Despensa". O cheiro de poeira e de conservas velhas atingiu em cheio seu nariz. Quem quer que preparasse as refeições para os convidados do casamento provavelmente havia instalado uma despensa mais moderna por ali, porque aquela certamente não tinha muita utilidade.

Dina encontrou o pote de geleia com bastante facilidade, mesmo sem precisar usar um feitiço de busca. Evitaria usar magia ali: acreditava em vencer de forma justa.

Ela se perguntou que itens Scott teria ido procurar... a natureza-morta com o vibrador, talvez? O anel com o olho da pessoa amada? É claro que sua concentração foi para o espaço quando ela pensou em Scott. Precisava se controlar.

Não estava pensando direito naquela manhã, de jeito nenhum. Não pensou quando o deixara chupar a cobertura do seu dedo, e muito menos quando quase colara os lábios nos dele.

Àquela altura, não parecia uma questão de *se* ela iria ceder ao seu desejo por Scott, mas *quando*.

A caça à borboleta-azul foi um pouco mais desafiadora. Dina examinou um mapa dos vastos terrenos da propriedade e achou que poderia encontrá-la no quarto azul. Não teve sorte. A julgar pelos outros convidados que viu lá, não era a única atrás da borboleta. Precisava melhorar sua estratégia.

Se ela fosse um homem da pequena nobreza rural dos anos 1800, onde colocaria um valioso espécime de borboleta? Em algum lugar onde pudesse ficar olhando para ele. Em algum lugar como... um gabinete, um escritório. Dina caminhou o mais rápido que pôde pelos corredores, subiu a escadaria principal com seus corrimãos de carvalho retorcidos e pinturas góticas e entrou no Gabinete Principal. Era um cômodo escuro, feito para fumar charutos e contemplar a vida à luz do fogo.

E lá estava ela, em um lugar de destaque acima da lareira. Dina pegou a moldura da parede e foi para a biblioteca, porque onde mais estaria o exemplar de *Razão e sensibilidade*?

Para surpresa dela, a biblioteca ficava no último andar da casa. Claramente, quem quer que já tivesse morado ali gostava ter uma vista ampla do terreno sentado à janela para, quem sabe, passar a tarde lendo. Era a biblioteca dos sonhos de Dina. Estantes de mogno do chão ao teto cobriam as paredes, com uma escada deslizante para ajudar a alcançar as prateleiras mais altas. Um tapete gasto no centro da sala abafava seus passos. Poltronas aconchegantes estavam estrategicamente posicionadas sob luminárias de leitura altas, e havia um expositor com mapas amarelados do condado.

Ela estava examinando as prateleiras, procurando por Austen, quando a porta se abriu com um rangido. Scott estava parado no corredor, a surpresa iluminando seu rosto.

Os dois, sozinhos de novo.

— O que você está fazendo aqui? — perguntou ele, entrando.

— O mesmo que você, imagino.

— Já encontrou?

Dina estreitou os olhos para ele.

— Ainda não.

— Muito bem, então.

Scott sorriu e correu em direção à prateleira mais próxima. Ah, tinha sido dada a largada.

Dina disparou também até a prateleira mais próxima dela, passando os dedos pelas lombadas. Nada de Austen. Os livros não eram arrumados em ordem alfabética, nem por cor. Era como se estivessem organizados por... gênero. Scott teve a mesma ideia que ela, já que os dois correram para a mesma parte da biblioteca onde Dina antes havia visto um romance.

Lá estava — um livro encadernado em couro verde, de aparência discreta, com o título em letras douradas delicadas na lombada. *Razão e sensibilidade*. Dina estava ciente de que Scott estava perto dela quando ambos estenderam a mão ao mesmo tempo para pegar o livro. Eles puxaram, mas o livro não se moveu.

Os dois, então, ouviram um zumbido, seguido de um baque. A estante inteira se abriu, revelando uma porta escondida.

— Não acredito — sussurrou Dina. Immy e Eric com certeza sabiam daquilo quando adicionaram o livro à lista da caça ao tesouro. Depois de olhar para Scott, que parecia tão surpreso quanto ela, Dina declarou: — Temos que entrar aí.

— Primeiros as damas.

Dina entrou cautelosamente na passagem à sua frente, desviando-se das piores teias de aranha, ciente de que Scott a seguia. Ela estendeu a mão para trás e pegou a dele, puxando-o para a frente. E não conseguiu ignorar a corrente elétrica que a percorreu quando as mãos deles se tocaram.

— O que você acha que tem aqui? — perguntou Dina. A passagem estreita serpenteava diante deles, iluminada apenas pelas luzes da biblioteca atrás deles.

— Espero que seja algo com teto alto — murmurou Scott atrás dela.

— Você é claustrofóbico?

— Um pouco. Mas com você comigo, estou bem — respondeu ele, com uma suavidade na voz que a atingiu direto no coração. Aquele homem seria *mesmo* a sua ruína.

Eles avançaram um pouco mais, e na última curva a passagem se abriu para uma saleta — embora talvez "armário" fosse a melhor palavra para descrever o cômodo, a julgar pelo tamanho. Na parede havia uma janela muito estreita com vitral representando dois amantes nos braços um do outro. Dina se perguntou se a intenção de Immy o tempo todo fora que ela encontrasse aquela saleta.

— É um refúgio para amantes — disse Scott, com admiração na voz. — Eram relativamente comuns no final dos anos 1700, construídos para que amantes tivessem um momento a sós. Eu nunca havia entrado em um.

— Bem, certamente não é um lugar feito para mais de duas pessoas. — Dina riu, engolindo o nervosismo.

Ali estavam eles de novo, surpreendentemente próximos. Talvez fosse um sinal do universo, como sugerira a mãe dela. Talvez o tempo da negação tivesse acabado.

Dina tinha plena consciência de que Scott ainda segurava sua mão, desenhando distraidamente círculos na palma dela com o polegar.

— Somos só amigos — sussurrou ela.

— Sim.

Dina respirou fundo.

— Mas se não fôssemos só amigos, o que você faria?

Scott parou e se aproximou mais, de modo que seu peito ficasse colado às costas de Dina.

— Se não fôssemos só amigos... — falou ele lentamente. — Eu faria isso.

Ele se inclinou e deu um único beijo na curva do pescoço dela, antes de deixar os lábios deslizarem até a orelha de Dina. Um arrepio a percorreu.

As mãos de Scott encontraram a cintura de Dina e a viraram para encará-lo.

— Se não fôssemos amigos, eu faria isso.

Ele levantou o rosto dela, capturou seus lábios, e ela se sentiu engolida pelo beijo. Scott tinha gosto de Earl Grey, de canela e de aconchego. Os lábios de Dina se abriram quase em surpresa, e sua boca se moldou à dele, enquanto seus braços envolviam o pescoço forte. Ela precisava estar ainda mais perto.

Scott moveu a língua e pressionou os lábios nos dela com avidez. Dina o queria, por inteiro. Quando ele passou a mão pelas costas dela, segurando a sua bunda, ela soltou um gemido e ele gemeu em resposta, dentro da sua boca.

— Meu Deus, Dina — sussurrou Scott, a boca agora encontrando o pescoço dela, os braços puxando-a para cima para que ela pudesse passar as pernas em volta da cintura dele.

Scott pressionou o corpo de Dina no vidro agradavelmente frio da janela, enquanto sentia os dedos dela em seu cabelo.

Tudo era calor, uma avidez deliciosa, e Dina cedeu. Scott continuou descendo os lábios, lambendo o espaço macio entre os seios dela. Dina nunca tinha se sentido tão grata ao seu "eu passado" por estar vestindo apenas uma peça leve por baixo do cardigã.

Scott roçou um mamilo com o dedo e uma onda de desejo a percorreu, fazendo-a arquear as costas.

— Por favor — pediu ela com um gemido.

E não precisou pedir duas vezes. O calor da boca de Scott encontrou seu seio, a língua acariciando o mamilo rígido. Pela deusa... como aquilo era bom. Ela pressionou os quadris nos dele, saboreando o gemido que Scott deixou escapar enquanto sua ereção ficava evidente sob o jeans. Dina continuou se esfregando nele, buscando aquele contato ardente.

Scott a beijou de novo e, sem afastar os lábios dos dela, disse:

— Não vou conseguir me controlar por mais muito tempo se você continuar fazendo isso.

Com a mão livre, Dina desafivelou o cinto dele. Ela estava passando um dedo abaixo da cintura de Scott, quando vozes soaram ali perto. Perto demais.

— Está aqui? — disse uma das vozes.

Ah, merda, eles estavam prestes a ser descobertos?

Scott e Dina ficaram paralisados. Com muito cuidado, Scott colocou Dina no chão e voltou a afivelar o cinto com uma das mãos. Sem se afastar dela.

— Não, não está aqui. Vamos tentar o próximo cômodo — disse outra voz, e um instante depois a porta da biblioteca se fechou com um rangido.

Scott e Dina soltaram o ar com força, antes de caírem na gargalhada.

— Essa foi por pouco — falou Dina, ajeitando o cabelo.

Ela não queria que o momento acabasse. Scott se abaixou e colocou as alças da blusinha dela no lugar, deixando a mão se demorar um momento a mais na clavícula de Dina antes de se afastar.

— E agora? — perguntou ele.

— Acho que terminamos a caça ao tesouro.

— Já ganhei o meu prêmio. — Ele sorriu.

— Isso foi bem brega.

— E daí?

— Eu quero... — começou a dizer Dina. — Quero que isso continue. Mas não estou pensando em namorar sério agora.

Ela precisava estabelecer aquele limite, mais para si mesma do que para Scott. Podia ceder aos próprios desejos durante o fim de semana, mas nada daquilo poderia continuar. Não podia correr o risco de que a maldição o atingisse.

A expressão de Scott ficou tensa por um momento.

— Se tudo o que você quer é esse fim de semana, então é isso que teremos — declarou ele, e ajeitou um cacho de cabelo atrás da orelha dela. — Mas é melhor voltarmos, caso contrário a Immy e o Eric podem mandar uma equipe de busca.

— Pode ser também que seja melhor não comentarmos nada com os outros. Ou eles vão...

— Ficar empolgados. Eu entendo. — Scott se inclinou, os lábios tentadoramente próximos dos dela. — Pode ser o nosso segredo.

Capítulo 15

No fim, nem Scott nem Dina venceram a caça ao tesouro, pois foram os últimos a voltar à saleta.

— Onde vocês estavam? — perguntou Rosemary, puxando Dina para o lado. — E por que parece que você viu um passarinho verde?

— Eu não pareço nada.

— Parece *sim*. O que aconteceu? Tem alguma coisa a ver com você e o Scott chegando juntos?

Dina revirou os olhos, mas não conseguiu conter um sorriso.

— Não aconteceu nada.

Rosemary estreitou os olhos.

— Você é uma péssima mentirosa, Dina Whitlock. Mas deve ter um bom motivo para não me contar, por isso vou guardar as minhas opiniões para mim mesma... por enquanto.

Ao contrário de Immy, que contava os segredos para Eric, Rosemary era mesmo uma amiga do tipo que levava "segredos para o túmulo".

— Você sabe qual é a próxima atividade? — perguntou Dina a ela, percebendo que muitos convidados pareciam ter optado por não participar do que quer que fosse.

Ela procurou os pais à sua volta e ficou horrorizada ao ver que estavam junto a uma mesa, tomando chá com as mães de Scott. Dina lançou um olhar na direção dele, que também tinha visto os quatro.

É melhor a gente ir até lá?, perguntou ela apenas com o movimento dos lábios. Ele sorriu, mas balançou a cabeça.

— Alguma coisa ao ar livre. A Immy está mantendo tudo em segredo, mas olha só pra ela... está praticamente quicando.

Era verdade, a futura noiva estava claramente aprontando alguma. No fim, apenas oito convidados se dispuseram a participar daquela atividade, sendo que a maior parte dos pais e avós preferiram descansar antes das festividades que se seguiriam.

Enquanto o grupo atravessava o terreno leste da propriedade, liderado por Eric e Immy, Dina aproveitou para se deleitar com o sol da tarde. Ela sempre havia sentido uma forte conexão com a terra através da sua magia, e tinha uma consciência mais aguda da mudança das estações do que uma pessoa comum, mas ali, fora de Londres, cercada por colinas verdes e florestas, a conexão parecia mais intensa.

Enquanto caminhavam, ela apontou uma variedade de ervas e flores para Rosemary, que estava trabalhando em um horror botânico e queria saber se havia plantas venenosas de fácil acesso no interior da Inglaterra.

O tempo todo, Dina tinha plena consciência de que Scott estava logo atrás, ouvindo a conversa delas. Sua mente continuava voltando ao refúgio para amantes. À sensação do corpo dele colado no dela.

O grupo chegou a um portão onde o campo aberto encontrava a floresta. Era um daqueles portões rurais que não chegavam a ser exatamente um portão, mas duas tábuas de madeira cruzadas acima da cerca com degraus para passar por cima dela. Dina era perfeitamente capaz de subir sozinha, mas quando Scott estendeu a mão para ajudá-la a descer do degrau, ela aceitou. O toque dele era quente e firme, e lhe deu estabilidade. Ela não conseguia acreditar que aquele homem estava deixando-a literalmente de pernas bambas... sentia-se como um clichê ambulante.

— Você tem alguma flor ou planta favorita, Dina? — perguntou Scott, a voz baixa o bastante para que só ela pudesse ouvir.

— Por quê, está pensando em comprar flores para mim, Scott Mason? — Dina fingiu que estava flertando com ele. — Verbena-limão. Essa é a minha favorita. É uma planta bastante resistente e dá para fazer uma infusão com ela. No Marrocos chamamos de louiza.

— Louiza?

— Isso. Você adiciona as folhas à água fervida e elas exalam uma fragrância doce bem gostosa. Não é bem limão, mas um bálsamo de mel.

— Qual é o gosto do chá? — perguntou Scott.

— Acho que parece um pouco com camomila, só que mais encorpado e doce.

Scott assentiu, e pareceu estar guardando aquela informação para uso posterior.

— E qual é a sua, já que estamos falando de plantas favoritas?

Dina passou por cima das raízes de um carvalho que havia rompido o solo e quase perdeu o equilíbrio. Ela se inclinou para um lado para tentar se equilibrar, e acabou caindo em cima de Scott. Ele a segurou pela cintura com as mãos, firmando-a.

— Vai parecer bobo — disse ele —, porque todo mundo adora, mas são rosas. Só que um tipo muito específico de rosa. Alguns anos atrás, estive no vale M'Goun.

— Espera um pouco — disse Dina. — Por acaso você está tentando me impressionar contando uma história sobre a época que passou no Marrocos só porque sabe que a minha família é de lá?

Scott riu, e passou a mão pelo cabelo.

— Talvez eu estivesse tentando te impressionar um pouco, sim, mas é verdade.

— Nesse caso, por favor, continua.

— Eu fui para lá para pesquisar sobre alguns feitiços de proteção que os agricultores usam no vale, especificamente para se protegerem contra pragas que destroem as flores antes de serem colhidas. Um dia acordei bem cedo, e acabei indo caminhar perto do rio com um lojista, o Hamid. Juro que consegui sentir o cheiro das rosas antes mesmo de a gente entrar no vale. Então, era tudo rosa, até onde a minha vista alcançava. Até as mulheres que colhiam as rosas usavam rosa, então suas cabeças pareciam barcos rosa oscilando para cima e para baixo naquele mar. E o cheiro era tão... denso, sabe? Esse é o melhor jeito que eu consigo descrever. Parecia bolo de mel, melancia fresca e melaço, tudo em uma coisa só. Eu conseguia sentir o sabor no ar, de tão intenso. Comprei tantas garrafas de água de rosas naquela viagem que devo ter parecido um contrabandista quando passei na alfândega.

— Nossa, parece ter sido incrível! Sempre tive vontade de ir ao festival das rosas, mas toda vez que vamos lá, nosso tempo é todo ocupado com visitas à família. O que é bom e tudo mais, só que acabo não conhecendo muito de um país que é metade da minha origem — Dina encolheu os ombros.

Eles viraram em um canto e as árvores começaram a rarear à medida que a floresta densa se desvanecia em árvores dispersas.

— Quero saber mais sobre esses encantos de proteção. Por que você estava estudando isso? Era para a exposição que mencionou?

Dina se deu conta de que não estava conversando só para passar o tempo até chegarem à atividade secreta (Immy não havia lhe contado o que era, apesar da insistência de Dina). Ela estava *realmente* gostando de conversar com Scott.

— É, era para a exposição. Ela se concentra em amuletos de proteção de culturas de todo o mundo. Em destacar símbolos, como o olho, que são encontrados em toda parte, muitas vezes com o mesmo significado.

— Que fascinante.

— Também acho. O museu não gostou muito da ideia no começo. Porque o projeto envolvia algumas outras complicações nas quais insisti.

— Ah, é? Como o quê?

Scott lançou um olhar tímido na direção dela.

— Pode parecer meio bobo, mas eu insisti que, se íamos pegar emprestado artefatos de outros países, fossem eles relíquias de família em coleções particulares, ou itens já de propriedade de museus estatais, iríamos criar uma exposição ou instalação menor exibindo esses artefatos, que acabaria chegando aos países de onde tinham vindo. Assim, se qualquer artefato fosse emprestado pelo Marrocos para a exposição isso significaria que, em algum momento, a exposição seria apresentada em um museu local, provavelmente em Rabat ou Casablanca.

— Isso não me parece muito controverso.

— É, mas foi. A mesa olhava para mim como se eu tivesse sugerido queimar uma das múmias sepultadas da exposição do Antigo Egito. Parece que foi algo inédito.

— Mas no fim das contas eles toparam?

— Toparam. As exposições que têm sido organizadas nos últimos tempos vêm tendo um foco acadêmico demais. — Scott enfiou a mão no bolso e pegou uma pequena conta turquesa com um escaravelho gravado. — Está vendo isso? Os antigos egípcios associavam escaravelhos a recomeços, ao renascimento, ao início de um novo dia. E os carregavam consigo, na forma de joias ou amuletos, como um lembrete do seu significado. As pessoas que forem à exposição vão ver essas coisas... bem, essa é uma réplica, mas igual a essa... e isso vai tornar a história mais real. — Seus olhos se iluminaram conforme ele falava.

— Entendi. A pessoa vê um amuleto que foi feito há centenas de anos e percebe que ele não é tão diferente da pedra da sorte que ela guarda no porta-luvas. Acho que isso faz a gente se dar conta de que a história está cheia de pessoas como nós, que tinham suas próprias preocupações e medos, dos quais queriam ser protegidas. A exposição já está aberta? — perguntou Dina.

— Ainda não. Ainda faltam algumas semanas até tudo ficar pronto. Mas posso te oferecer uma visita guiada especial, se você tiver interesse... Esse parece o tipo de coisa de que você gosta. — Scott sorriu para ela, e Dina sentiu uma agitação no estômago que parecia muito com desejo e... algo mais.

Não, ela estava imaginando coisas. Era só desejo. Claramente se sentia tão atraída pela inteligência de Scott quanto pelo corpo dele. Mas ele queria levá-la para ver a exposição dali a algumas semanas. O que significaria que eles ainda estariam se vendo. Ah, não, aquilo ia contra o plano dela, afinal era "só uma aventura de fim de semana".

Dina não teve tempo de responder, porque Immy e Eric fizeram uma pausa na caminhada para chamar a atenção de todos.

— Muito bem, pessoal, vocês estão prestes a ver o que tenho mantido em segredo — falou Immy em voz alta, em um tom quase ameaçador.

Quando viraram em outro canto, Dina viu. À frente deles, bem no centro de um campo gramado, estava a atividade secreta de Immy. Um labirinto de arbustos.

— É assustador pra cacete — murmurou Rosemary.

Da pequena colina em que estavam era possível ver o labirinto de cima, e Dina logo se deu conta de que era bastante complicado. Aquele não era o tipo de labirinto em que a pessoa podia simplesmente se sentar e esperar enquanto os filhos corriam até o centro e voltavam. Era do tipo em que ninguém é deixado para trás, em que um grupo não se divide em grupos menores.

Dina lançou um olhar para Immy, que estava praticamente dando gritinhos de empolgação. Todos pareciam animados — algo nos labirintos os fazia parecer um playground para adultos. Todos, exceto Scott. Dina tentou capturar seu olhar, mas os olhos dele estavam fixos no labirinto, o maxilar cerrado e os ombros rígidos.

Eric deu um tapinha nas costas do amigo e apertou seu ombro. Dina pensou ter ouvido o noivo da amiga sussurrar para Scott que ele não precisava se preocupar, mas não tinha certeza. Parecia que Scott não queria entrar no labirinto. Ele tinha dito que era um pouco claustrofóbico — será que aquilo o afetaria também no labirinto, mesmo eles ainda estando ao ar livre?

Ela poderia lançar um feitiço leve para combater ansiedade — esse tipo de feitiço sempre funcionava bem em situações como aquela. Scott nem perceberia.

A magia vibrou na ponta dos dedos de Dina. Afinal, era Samhain, e o poder se avolumava dentro dela, ansiando por ser usado. A magia que chegava com o Samhain era diferente de outras datas como Ostara ou Beltane. Era mais indomável e vinha com a sua própria sombra.

E, com a floresta antiga às suas costas e os campos ondulados à frente, Dina estava praticamente respirando magia, que se infiltrava em seu corpo vinda do solo e envolvia seu coração.

O rosto de Rory surgiu na mente dela. Era o que acontecia quando ela usava magia nos outros. Era melhor esquecer logo a ideia.

— Vamos formar equipes! — falou Eric para o grupo.

Eles se dividiram em dois grupos de quatro pessoas e, conforme se aproximavam do labirinto, Dina notou que os arbustos provavelmente tinham sido podados com uma régua, porque não havia uma folha sequer fora do lugar.

— A primeira equipe a chegar no meio e voltar vence — declarou Eric.

— Quero a Dina na minha equipe! — disse Immy.

— Immy, a gente vai jogar noiva contra noivo. Você não pode ficar com todos os bons, e nós dois sabemos que a Dina tem o senso de direção de um cão farejador — disse Eric rindo.

Immy revirou os olhos para Dina.

— Tudo bem, você vai com o Eric. Mas se você vencer, vou te demitir da função de madrinha.

— Vejo que alguém acordou pronta para uma competição — falou Dina.

O resto da equipe de Eric foi rapidamente formado, contando Rosemary e um dos primos de Immy, Tom, que parecia não ter o menor interesse no jogo. Scott ficou na equipe de Immy e estava olhando para a entrada do labirinto como se fosse um monstro prestes a engoli-lo de uma só vez.

— Nem todo mundo precisa entrar. Alguns podem ficar aqui fora, se quiserem — disse Dina em voz alta, esperando deixar claro que Scott não precisava entrar se não quisesse.

— Dina, não seja boba, a gente tem que entrar em equipe — respondeu Immy, totalmente alheia à situação.

— Quem vai para a esquerda, e quem vai para a direita? — perguntou Rosemary, inclinando a cabeça na direção dos dois caminhos opostos logo na entrada do labirinto. Os arbustos deviam ter pelo menos dois metros e meio de altura.

— Nós vamos para a esquerda e vocês para a direita, Immy? — sugeriu Eric.

— O que a gente ganha? — interveio Tom, parecendo subitamente interessado.

— A glória eterna, obviamente — falou Immy com uma gargalhada.

Dina se aproximou de Scott.

Um café e um feitiço para viagem 123

— Você está bem? — perguntou ela baixinho. Ele parecia um pouco pálido, e estava mordendo o lábio... e não de um jeito sexy. — Você não parece muito animado para entrar.

— Não, não. Está tudo bem. Mesmo — respondeu Scott, enxugando as mãos claramente úmidas de suor na calça. — Vai ser divertido — acrescentou, provavelmente em uma tentativa de se convencer.

Dina estendeu a mão e apertou o ombro dele.

— Dina, sem trapaça! Volta aqui — gritou Eric.

Depois que as equipes debateram suas estratégias — não que fosse possível estabelecer de antemão uma estratégia para atravessar um labirinto —, Immy fez uma contagem regressiva a partir de três e a disputa começou.

Scott deu um sorrisinho fraco na direção de Dina e seguiu Immy com relutância pelo labirinto. Dina e Eric seguiram para a esquerda, acompanhados de perto por Tom e Rosemary.

O labirinto os engoliu. Tinha sido uma manhã quente, pelo menos para os últimos dias de outubro, mas uma umidade fria os envolveu assim que pisaram no labirinto.

Ao contrário da floresta, Dina não sentiu nenhum tipo de magia nos ossos. Não parecia nada muito antigo nem ameaçador. O que era um bom sinal. A última coisa de que precisavam era de um labirinto com uma personalidade difícil. Dina já havia estado em um em Viena e teve que sair correndo, deixando alguns arbustos chamuscados.

Eles pararam quando chegaram a uma bifurcação.

— Sugiro irmos para a direita. Dina? — perguntou Eric.

— Por que a Dina saberia? — perguntou Tom.

— Porque ela costuma ser boa nesse tipo de coisa. Instintos de cão farejador, como eu disse — respondeu Eric com cautela. Atrás de Tom, Rosemary mexia os dedos, fingindo que estava praticando bruxaria e gargalhando silenciosamente; ela parecia uma doida, e Dina a amava por isso.

— Sugiro irmos para a direita — concordou Dina.

Ela não tinha certeza, já que não tinha qualquer tipo de vidência. Mas, como a maioria das bruxas, tinha um instinto — embora alguns possam chamar de sexto sentido. Quando aquele instinto lhe dizia qual caminho seguir, ela normalmente o obedecia sem questionar.

De vez em quando, eles ouviam a equipe de Immy e viam um borrão colorido do outro lado quando passavam. Em um momento, Dina pensou ter sentido o cheiro da colônia de Scott e teve uma súbita necessidade de estender a mão para procurá-lo através dos arbustos. Embora se visse obrigada a admitir que um par de braços surgindo por uma cerca viva não fosse exatamente reconfortante para ninguém, muito menos para alguém que claramente não gostava de labirintos.

— Essa é a inspiração perfeita para um livro — comentou Rosemary, enquanto seguiam por uma trilha à esquerda.

O silêncio pairava pesadamente no labirinto, e uma névoa baixa se acumulava aos pés deles. Estava bastante frio; a luz do sol havia se dissipado no brilho precário do céu totalmente cinza.

— Como assim? — perguntou Dina.

— O labirinto gótico, a floresta assustadora e a mansão com quartos cheios de galhadas e bichos empalhados? É o pesadelo dos meus sonhos. A casa não é mal-assombrada. Eu chequei.

— E o labirinto? — perguntou Dina, olhando ao redor enquanto a neblina ficava mais cerrada.

— Também não tem fantasmas aqui. Mas tem alguns na floresta — respondeu Rosemary com naturalidade.

Dina sorriu para ela.

— Um dia vamos criar uma série chamada Os *lugares mais assombrados da Inglaterra*, em que eu e você vamos visitar propriedades antigas, eu vou ficar muito assustada e você vai me dizer que aquela é só uma casa como outra qualquer.

Assombrado ou não, Dina não podia negar que o labirinto era assustador — e também estava se provando surpreendentemente difícil de ser atravessado. Eles seguiram uma trilha, então outra, e acabaram voltando várias vezes no mesmo lugar onde estavam um momento antes, não que fosse fácil perceber aquilo. Cada muro verde parecia idêntico. Finalmente, quando todos já começavam a ficar com as pernas cansadas e Tom já tinha reclamado de sede pelo menos quatro vezes, o grupo chegou ao centro do labirinto, com direito até a um relógio de sol de bronze escurecido. Não havia sinal de que Immy e sua equipe tivessem chegado ali antes deles, mas podiam estar enganados.

— Isso significa que vencemos? — perguntou Tom. Ele não parava de checar o celular, e parecia irritado por não ter sinal ali.

— Ainda não — falou Eric, animado. — Precisamos retornar ao lugar onde começamos.

Eles seguiram pelo caminho de volta da melhor maneira que puderam, pegando aqui e ali algumas curvas erradas.

Dina sentiu o peito se expandir e soltou um suspiro profundo quando chegaram à saída do labirinto.

Talvez fosse só porque sabia que Scott não estava se divertindo, mas a disputa definitivamente não tinha sido tão divertida quanto ela esperava.

— Parece que vencemos! — disse Eric, dando um "toca aqui" em cada membro da equipe. — A Immy nunca vai me perdoar — falou ele para Dina.

— Aposto que ela vai mencionar isso nos votos do casamento amanhã — comentou Dina, rindo.

— Eu não me surpreenderia nem um pouco.

— Ah, vocês venceram! Droga! — lamentou Immy enquanto sua equipe saía do labirinto por um caminho diferente. — Eu achei de verdade que a gente tinha ganhado. — Ela curvou o corpo.

Eric levantou a noiva e girou com ela.

— Posso compartilhar um pouco da minha glória eterna com você, se quiser.

— Hum, tudo bem então. — Immy se inclinou para beijar o noivo.

Dina desviou os olhos para dar um momento de privacidade ao casal e procurou por Scott. Mas ele não estava em lugar nenhum.

— Ei, Immy, onde está o Scott?

— Ele está bem... — Immy se virou e olhou para a sua equipe com um membro a menos. — Ué. Eu podia jurar que ele estava junto com a gente. Não estava?

Os outros deram de ombros. Dina olhou novamente para o labirinto ameaçador, alto e escuro.

— Ah, merda, ele ainda está no labirinto.

Capítulo 16

— Ai, isso não é bom, isso não é nada bom — murmurou Eric, e começou a andar de um lado para o outro. — Scott odeia espaços fechados. Achei que ele ficaria bem, mas... merda, eu não devia ter deixado ele entrar no labirinto. Tudo bem, vocês esperem aqui que eu vou buscar o Scott — avisou ele, já prestes a entrar.

Dina estendeu a mão para detê-lo.

— Eric, eu cuido disso.

— Não, Dina, isso é comigo, eu...

— Você pode ficar *aqui fora* e pensar em alguma coisa para distrair a cabeça do Scott depois que eu sair com ele. Tudo bem? Como você disse, tenho o senso de direção de um cão farejador. Vou entrar e sair rapidinho.

— Tem certeza? — Eric franziu o cenho.

— Meu bem, é da *Dina* que a gente tá falando. Ela consegue — tranquilizou Immy.

Dina não quis perder nem mais um instante. Sem hesitar, ela se enfiou de volta no labirinto.

Pensou em quanto tempo tinham demorado na primeira vez. Se Scott estivesse surtando ali dentro, então ela precisava chegar até ele bem rápido.

Os arbustos se elevavam ao seu redor, sem revelar nenhum dos seus segredos. Ela virou algumas vezes para a direita e parou, agora totalmente fora da vista dos outros. Precisava lançar um feitiço um pouco mais forte do que o comum para localizar Scott, por isso Dina segurou o pingente de ametista que usava na correntinha ao redor do pescoço. A pedra funcionaria como uma espécie de conduíte.

Dina enfiou a mão no bolso e tirou algumas flores de camomila que havia colhido antes. Eram coisinhas tão delicadas e lindas, com aquele aroma doce de mel, e funcionariam perfeitamente.

— Desculpem — sussurrou para as flores, antes de esmagá-las na palma da mão.

Dina não usava aquele tipo de magia com frequência, porque raramente precisava e porque envolvia destruir vidas. Um pouco de devastação aqui, uma pitada de destruição ali... aquilo dava um pouco mais de força à magia. Como era Samhain, devia haver magia suficiente no ar para que aquele tipo de feitiço não fosse necessário. Mas o labirinto de alguma forma a enfraquecia. Talvez fossem todos aqueles arbustos excessivamente bem-cuidados — havia algo asséptico neles, que parecia estar em desacordo com a magia de Dina.

Ela sentiu o feitiço fazer efeito. *Scott, onde você está?*

Dina respirou fundo e fechou os olhos, se concentrando. Seu único pensamento era em Scott e no quanto ela queria encontrá-lo. O pingente de ametista a puxou para a frente, e Dina abriu os olhos. Ela estava segurando a correntinha, mas a própria pedra a puxava para a frente, então para a direita, como se estivesse sendo atraída na direção de um ímã.

Dina deixou-se guiar pela ametista que a conduzia por voltas e mais voltas. Não se preocupou em prestar atenção no caminho — poderia usar o mesmo feitiço para tirá-los de lá, se precisasse.

Dina ouviu Scott antes de vê-lo.

A respiração rápida e o pânico chegaram até ela através de um arbusto e, quando Dina virou em um canto, encontrou Scott sentado no chão, com as costas apoiadas na cerca viva, a cabeça enfiada entre as pernas.

Ela precisou se conter para não sufocá-lo com um abraço. Se ele estivesse em pânico, contato físico excessivo poderia piorar a situação. Dina já vira aquilo acontecer antes.

— Scott? — chamou.

Ele ergueu rapidamente a cabeça, os olhos vermelhos de lágrimas. Quando percebeu que era Dina, enxugou rapidamente o rosto.

— Estou bem — falou ele, e pigarreou.

— Acho que não está, não — disse ela, e se ajoelhou ao lado dele. — Claustrofobia?

Scott respirou fundo e assentiu.

— Eu me perdi do grupo e simplesmente...

— Entendi.

Scott passou os dedos pelos cabelos e se virou para Dina.

— Não é muito másculo ser pego chorando pela mulher que você está tentando impressionar, não é mesmo?

— Quem disse isso? — Dina riu. — Quer dizer então que você ainda está tentando me impressionar?

Ele se levantou e limpou a terra da calça.

— Está funcionando?

— Humm, você vai ter que esperar pra ver. Vamos começar te tirando daqui, certo?

— Você é meu cavaleiro de armadura brilhante, Dina. Eu seguiria você para qualquer lugar.

Havia seriedade no tom de Scott quando ele pronunciou essas últimas palavras, e Dina se viu estendendo a mão para ele. Ela segurou o rosto de Scott entre as mãos e secou os últimos vestígios de lágrimas. Deus, os olhos dele eram de morrer. Dina tinha a sensação de que poderia ficar olhando eles para sempre.

— Só para constar — disse ela — acho viril um homem chorando... mostra que ele não tem medo de expressar as próprias emoções, e isso é bem atraente.

— Jura? — Os lábios de Scott se curvaram em um sorriso forçado.

— Alguém te disse que não era? — perguntou Dina, curiosa.

Scott franziu o cenho, como se estivesse se lembrando de algo doloroso, e ela sentiu uma distância repentina entre eles. Alguém o fizera se sentir mal por expressar as próprias emoções e ele não queria falar a respeito disso com ela.

— Só quero sair daqui — falou Scott, mudando de assunto. — Mas, vou ser sincero, posso ter outro ataque de pânico se me perder de novo.

— Tudo bem, tenho um jeito de nos tirar daqui bem rápido.

— Ah, é?

— Eu decorei o caminho.

Ele a encarou com um toque de desconfiança no olhar, mas estava ansioso demais para pensar muito no assunto. Scott a encarava com tanta intensidade que Dina mal conseguia encontrar seus olhos e, ao mesmo tempo, não conseguia desviar o olhar dele. Antes que cometesse qualquer tolice, ela se forçou a romper o contato visual e tirou um lenço de seda do bolso.

— Quer que eu cubra os seus olhos?

— Você quer me vendar? Eu tinha imaginado um primeiro encontro mais normal, com um jantar, talvez alguns drinques...

— Você teve um ataque de pânico não faz nem dois minutos e agora está tentando fazer gracinha — brincou Dina, enquanto passava o dedo pela ponta do nariz.

— Qual é o propósito da venda?

— Pensei que, se você não conseguisse ver o labirinto, talvez a probabilidade de ter um ataque de pânico diminuísse. Mas, óbvio, não sei o que desencadeia esses ataques, no seu caso — se apressou a dizer Dina.

Scott olhou para o lenço de seda nas mãos dela.

— Vamos tentar. Acho que pode dar certo. Continua me distraindo até a gente estar quase fora daqui, então vai testemunhar a minha saída triunfal.

— Feito. Abaixa.

Scott fez o que ela pediu, e Dina enrolou o lenço de seda ao redor da cabeça dele, dando um nó não muito apertado na parte de trás. Ela sentiu o hálito quente de Scott no rosto, e seu corpo ansiou por estreitar o espaço entre eles. Dina estava grata por ele não poder vê-la, por não saber como as pupilas dela estavam dilatadas, como seu rosto e seus lábios estavam ruborizados. Seria tão fácil beijá-lo de novo.

— Tudo pronto — sussurrou ela, afastando-se.

Dina pegou outra flor de camomila do bolso e refez o feitiço para tirá-los do labirinto. Ela imaginou a saída e os vastos campos verdejantes a partir dali e, um instante depois, o pingente os puxava.

— Segure a minha mão — orientou Dina. E sentiu o toque quente dos dedos de Scott.

— Achei que você fosse um curador de museu... por que tem tantos calos?

Dina achava que a conversa talvez mantivesse a mente dele afastada do labirinto. Eles dobravam para um lado, então para outro; o equilíbrio de Scott não vacilou em nenhum momento.

— Ah, é por causa do remo. Eles me protegem de bolhas nas mãos.

— Eu tinha esquecido do remo. Qual era mesmo o seu apelido, aquele que o Eric mencionou?

— Eu estava torcendo para que você tivesse esquecido isso. Oito completo — falou Scott com um suspiro.

— Ah, é, esse. — Dina abafou uma risadinha.

Pela deusa, ela agora estava dando *risadinhas*, como uma adolescente. Se eles não tivessem decidido que aquilo seria apenas uma aventura de fim de semana, Dina talvez desconfiasse de que seus sentimentos estavam se tornando mais profundos.

— Eu adoro estar no rio — disse Scott, com um tom tranquilo. — Tem tanto espaço lá. Não importa como esteja o tempo, duas coisas são sempre certas: seguir a corrente faz você se sentir a pessoa mais poderosa do mundo, e, não importa o que você faça, sempre vai terminar com os pés molhados.

— Na verdade, eu nunca estive no rio... quer dizer, assim tão perto dele — confessou Dina.

Não era por falta de vontade, mas a menos que ela começasse a remar, ou embarcasse em uma daquelas embarcações turísticas, ou tivesse duas horas para gastar em um barco subindo o rio, não havia muitas opções para ver o Tâmisa de perto, em pessoa.

— Não tem nada igual. Você vê Londres de uma maneira totalmente diferente. Tem um momento, quando estamos remando para oeste, passando por Kew, em que num minuto a gente vê casas, casinhas lindas, e pessoas andando de bicicleta e passeando com o cachorro. Então, no seguinte, tudo isso desaparece. O rio faz a curva, se estreita e, de repente, são só arbustos, juncos e terrenos vastos percorrendo as duas margens.

— Eu queria ver isso — falou Dina, o tom quase melancólico.

— E eu, te levar lá — afirmou Scott, o que a deixou com o peito apertado.

De repente, eles dobraram em um canto e a saída do labirinto estava logo à frente.

Dina segurou a mão de Scott até eles estarem a poucos passos da saída. O sol da tarde já começava a cair, a névoa que se acumulara ao redor deles tinha se dissipado no sol frio.

Não quero soltar a mão dele, percebeu Dina. Scott provavelmente nem tinha se dado conta de que eles estavam quase fora do labirinto. Ela poderia continuar andando ao lado dele por um tempo. Mas aí talvez ele estranhasse quando visse quão longe ela o levara com os olhos vendados.

— Estamos quase saindo — avisou Dina com relutância.

Scott tirou a venda, semicerrou os olhos por causa da luz e se voltou para Dina. Deixou escapar um suspiro de alívio e seu olhar se fixou nos lábios dela.

— Você não precisava ter voltado para me buscar, mas voltou mesmo assim — declarou ele com um sorriso.

— Isso não é a Segunda Guerra Mundial, Scott, pelo amor de Deus. — Dina deu um soquinho no braço dele.

Um café e um feitiço para viagem

De repente, se viu erguida do chão e nos braços de Scott. Ele a abraçou; os efeitos do ataque de pânico ainda eram visíveis no leve tremor dos seus braços.

— Obrigado. Estou falando sério.

— Você teria feito o mesmo por mim — respondeu Dina, subitamente certa de que aquilo era verdade.

Se ela estivesse com problemas, Scott teria ido resgatá-la. O instinto de bruxa não mentia.

Dina sentiu as mãos de Scott segurando-a com firmeza e teve vontade de estar ainda mais perto dele. Talvez ele tenha percebido os olhos dela percorrerem seu corpo com avidez, porque em vez de colocá-la logo no chão, puxou-a mais para perto. Dina pousou as mãos no peito musculoso, sentindo o calor que emanava da pele dele. Scott tinha um cheiro quente.

— Dina, eu... — A voz de Scott saiu rouca.

Ele a fitava como se quisesse devorá-la. E ela queria que ele fizesse aquilo. Dina passou a língua pelos lábios, e inclinou mais o rosto na direção dele.

— Xiiu, acho que tá rolando! — veio o sussurro estridente de Immy ali perto.

Scott devolveu Dina ao chão, mas suas mãos permaneceram ao redor da cintura dela. Dina viu o resto do grupo logo na entrada do labirinto.

— Estou vendo que você saiu inteiro — disse Eric, dando um tapinha no ombro de Scott. — Desculpa, cara, não sabia que ia ser tão ruim pra você lá dentro — completou com sinceridade.

— Ei, tudo bem, eu sobrevivi — garantiu Scott. Mas é a Dina que merece uma medalha: ela teve que lidar comigo em um estado nada bom.

— A heroína do dia! — Eric sorriu para Dina e assentiu em agradecimento.

E lá se ia pelo ralo a ideia de manter a aventura de fim de semana em segredo. Já estava bastante óbvio para todos que algo estava acontecendo entre eles. Bem... agora não tinha como voltar atrás.

Scott claramente teve a mesma ideia enquanto eles caminhavam de volta para a casa. Ele inclinou a cabeça e deu um beijo, apenas um roçar de lábios, na têmpora de Dina.

Um arrepio suave percorreu a pele dela. O beijo era uma promessa. Naquela noite, depois do ritual do Samhain, Dina sabia exatamente o que faria com Scott Mason.

Capítulo 17

Dina estava em seu quarto na cabana, olhando para a floresta iluminada pelo luar. Tanta coisa estava acontecendo, e tão rápido... Eles haviam se beijado e tinha sido melhor do que ela imaginara. E a deusa sabia *como* ela vinha imaginando aquilo...

Dina se vestiu atordoada, optando por um vestido de seda roxo que envolvia seu corpo e fazia seus seios parecerem o mais voluptuosos possível. Scott não saiu de seus pensamentos em nenhum momento. Talvez no fundo tivesse sido uma bênção eles terem sido interrompidos no cômodo atrás das estantes da biblioteca, caso contrário ela não teria parado. Estar perto de Scott desencadeava alguma coisa dentro dela — Dina se via desejando coisas que não desejava antes.

Mas ainda havia uma parte de si que continuava a esconder dele: a magia. Talvez fosse por causa do casamento, por estar vendo a maioria dos amigos e da família em casais, apaixonados, mas o fato era que Dina sentia uma necessidade crescente de revelar a Scott que era bruxa. Ela se sentia mais à vontade perto dele do que jamais se sentira com qualquer outra pessoa. Até com Rory.

Como ele reagiria se ela revelasse a sua magia? Ficaria com raiva e inveja como Rory? Dina não tinha sentido qualquer necessidade de compartilhar a própria magia com outros parceiros ou parceiras antes de dormir com eles, mas com Scott aquela parecia uma ponte que ela precisava atravessar. Ela queria que ele a conhecesse por inteiro — corpo, mente e alma. Queria que visse aquela faceta dela e a aceitasse.

A maldição passou pela mente de Dina, mas ela optou por não prestar atenção. Quando estava perto de Scott, a maldição e os problemas que ela acarretava pareciam distantes. Como se pertencessem a outra Dina — não a ela, não àquele momento.

Ela ouviu uma batida na porta do quarto.

— Dina, está pronta? — perguntou Scott.

Eles teriam um último jantar antes do casamento no dia seguinte, e Dina não queria perder nem mais um minuto sozinha no quarto quando podia estar com Scott. Se tudo o que podia ter com ele era um fim de semana perfeito, estava disposta a aceitar. Mesmo que os sentimentos que se agitavam em seu íntimo lhe dissessem que ela queria mais.

Dina abriu a porta para Scott, sentindo o coração prestes a sair pela boca.

Ele ocupava todo o vão e estava muito elegante com um terno marrom de duas peças que realçava a barba escura. Dina viu como ele a fitou, os olhos ficando mais sombrios enquanto percorriam seu corpo, a expressão ardente.

— Nossa, Dina. Você está linda — falou Scott, com a voz rouca. — Posso te acompanhar até lá?

Dina sentiu a boca seca.

— Me acompanhar? Que cavalheiro…

— Sou conhecido por agir como um cavalheiro de vez em quando.

— É mesmo? — Dina aceitou o braço estendido de Scott; eles saíram da cabana e trancaram a porta com a imensa chave de ferro.

A floresta estava imóvel ao redor deles, esperando. A noite havia chegado, a copa dos grandes carvalhos e abetos fragmentava a luz do luar. A trilha mal era visível na noite de um azul quase imperceptível. Dina estremeceu, subitamente nervosa agora que o momento havia chegado. O luar tinha tomado a decisão por ela. Ela mostraria sua magia a Scott, ali, naquele exato momento.

— Tem uma coisa que eu acho que quero te mostrar — falou Dina abruptamente, as palavras soando quase como uma pergunta.

— O quê?

— Você não vai entrar em pânico e sair correndo?

Scott abaixou a cabeça e roçou os lábios nos dela.

— Você pode me dizer qualquer coisa. Posso ficar surpreso, mas não vou sair correndo — garantiu ele.

— Devo ter perdido a cabeça para fazer isso tão cedo — murmurou Dina. — Espera aqui.

Ela correu de volta para a cabana. Não tinha feito aquele feitiço antes, mas sabia de cor o passo a passo. Dina reapareceu com uma xícara de chá vazia e uma expressão travessa no rosto.

— Está pronto?

Scott engoliu em seco e assentiu.

Dina ergueu os braços, as palmas voltadas para cima, a xícara de chá erguida bem alto. A floresta ficou escura ao redor deles. Como se todo raio de luar tivesse desaparecido, levando junto toda a luz.

A escuridão, no entanto, não durou muito, já que uma substância prateada — que não era líquida nem gasosa — começou a envolvê-la, como se o luar fosse gotas de chuva. Dina ergueu o rosto para o céu e foi banhada por um brilho leitoso. Às vezes, ela esquecia quanta alegria a magia pura lhe trazia.

Os raios de luar serpentearam ao seu redor, até se acumularem na xícara em um líquido cintilante. Por um momento, o ar ao redor deles ficou com cheiro de café fresco e especiarias.

Dina encontrou os olhos de Scott, estudando-o. Ele não conseguia falar, mas também não tinha saído correndo.

Com um sorriso extasiado, Dina sacudiu a xícara, espalhando a luz da lua ao redor, pelo tronco das árvores, cobrindo samambaias e arbustos perto da trilha com um prata luminescente. Então, a luz começou a evanescer, até que — em uma questão de segundos — a noite plena retornou. Dina pousou a xícara no degrau da frente da cabana.

Como se não tivesse acabado de virar o mundo dele de ponta-cabeça, ela passou o braço pelo de Scott, que a segurou o mais próximo que a educação permitia.

— Isso foi a luz da lua? — perguntou Scott, com a voz rouca. — Em uma xícara de chá?

— Foi — sussurrou Dina em resposta.

Eles caminharam em silêncio em direção à luz das velas que iluminavam a Honeywell House.

Scott jogou água fria no rosto. Ele estava em um pequeno banheiro próximo ao Salão Norte, onde somente os mais corajosos convidados do casamento haviam decidido renunciar a uma noite de sono revigorante para jogar uma partida altamente disputada de Scrabble.

O que ele havia testemunhado?

Dina parecia uma criatura primitiva e bela, uma deusa, um ser etéreo e indecifrável. Ela havia preenchido a visão dele com a luz pálida da lua dançando ao seu redor, enquanto abalava as estruturas do mundo dele e de tudo o que ele achava que sabia.

Scott tinha noventa por cento de certeza de que Dina era uma bruxa. Os outros dez por cento... bem, estava flertando com a ideia de que ela pudesse ser alguma espécie de *djinn*, ou súcubo, mas nenhum desses termos parecia certo. E "mágica" o fazia pensar em coelhos saindo de cartolas e moedas saindo por detrás de orelhas. Não, se alguma vez já existira uma palavra para descrever Dina Whitlock, era "bruxa".

Scott achava que, por mais tempo que vivesse, jamais esqueceria aquela noite, e não havia absolutamente nenhuma possibilidade de aquilo ter sido uma ilusão ou um truque de luz.

Mas, se Dina era uma bruxa, o que aquilo o tornava? Estava sob o feitiço dela? Pela forma como seu pênis ficara rígido no momento em que Dina havia correspondido ao beijo no refúgio para amantes, ele certamente estava sob influência de algo poderoso.

Depois do labirinto, Scott tinha precisado recorrer a toda sua força de vontade para não carregar Dina direto para a cabana, jogá-la em cima da bancada da cozinha e fazê-la gozar repetidas vezes. Podia apostar que o rosto de Dina ficava lindo quando ela gozava.

Agora não havia mais dúvidas de que ela também o desejava. Scott jogou água no rosto mais uma vez, tentando recuperar um mínimo de compostura. A água fria estava ajudando. O álcool tinha corrido livremente no jantar mais cedo, embora Scott tivesse evitado beber demais. Queria se lembrar de cada segundo daquela noite, e ficar bêbado o fazia lembrar de Alice.

Não sentia o menor orgulho do que havia se tornado nas semanas que se seguiram à descoberta da traição de Alice. Na época, só o que ele queria era esquecer tudo, então mergulhou na bebida até quase perder a consciência, na esperança de que parasse de doer. Para onde quer que Scott olhasse, lá estava Alice. No sofá que tinham escolhido juntos quando ela se mudou. Nas xícaras guardadas nos armários que ela havia lhe comprado de presente.

Scott era assombrado pelas fotos dos dois na parede. Ele parecia tão feliz naquela época, tão alheio. Alice também parecia feliz. Como ela conseguiu mentir para ele por tanto tempo? Em todos aqueles anos, como ele nunca tinha visto a verdade nos olhos dela?

Scott jogou água fria no rosto mais uma vez, mandando as lembranças ralo abaixo.

Aquela parte da vida dele havia acabado, lembrou a si mesmo. Tinha um apartamento novo agora e se sentia mais dono de si do que há muito tempo. Estava fazendo de Londres seu lar novamente. E permaneceria ali, perto das mães dele, dos amigos e de Dina — se ela o aceitasse.

Scott voltou para a sala, bem no momento em que Dina gritava a plenos pulmões:

— Eu ganhei! Passem a grana, seus otários!

Ele ouviu também as respostas gritadas simultaneamente por Rosemary:

— "Qi" não é uma palavra!

E:

— Não se joga Scrabble valendo dinheiro!

Dina chamou Scott enquanto ele voltava para perto do grupo.

— Scott, você pode, por favor, servir de mediador pra gente? Eles estão dizendo que eu inventei a palavra "qi"! — Dina revirou os olhos dramaticamente. — É a força vital inerente a todas as coisas.

— Sinto muito por ter que dizer isso, mas a Dina está certa. "Qi" vale no Scrabble. Também pode ser escrita com K-I ou C-H-I. Vamos ver...

Scott se inclinou sobre o tabuleiro e sentiu o perfume de Dina... baunilha e canela.

— A letra Q vale dez, mas como está na casa que triplica o valor dela, então o total da palavra dá trinta e um pontos. Ela venceu todos vocês!

Immy bufou alto e parecia pronta para virar o tabuleiro.

— Ah, qual é, Immy, você sabe que nunca vai conseguir me vencer no Scrabble, ainda mais hoje. — Dina foi para o lado da amiga e passou o braço ao redor dela.

— Eu trabalho literalmente com palavras, Dina. Palavras!

— Sei disso, meu bem.

Eles passaram o resto da noite jogando: charadas; pôr, vendados, um véu no desenho da noiva; e, para os que estavam dispostos a se contorcer em todo tipo de posição, Twister. Scott achou particularmente difícil se concentrar no jogo quando Dina passou o braço por cima dele para tocar em um círculo vermelho. Os seios dela, empinados naquele vestido que era quase um pecado, roçaram o peito dele, e logo depois Scott precisou se retirar do jogo, para que ninguém percebesse a sua ereção.

E, novamente, quando jogaram uma partida de Pictionary, Dina ficou particularmente frustrada com a incapacidade do seu grupo de adivinhar o que ela havia rabiscado no quadro e desfez o penteado. Cachos castanho-escuros cascatearam ao redor de seu rosto enquanto ela olhava para Scott, e o que ele mais desejou naquele momento foi enrolar aquele cabelo ao redor do punho e deixá-la manchar seu pênis com batom. Dina havia tirado o freio de alguma coisa nele.

À medida que se aproximava a meia-noite, Scott percebeu que Dina, Immy e Rosemary começaram a trocar olhares furtivos, com expressões faciais difíceis de decifrar — a linguagem secreta que as mulheres tinham com as amigas e que ele não tinha esperança de entender. Mas havia alguma coisa no ar naquela noite, até ele podia sentir.

Scott olhou para Dina, que naquele momento estava arremessando dardos em um canto da sala, a pele cintilando com um tom dourado à luz do fogo.

Seria a magia dela que ele estava sentindo? O cérebro dele ainda tentava definir o que a vira fazer mais cedo. Antes de mais nada, ele havia se sentido aliviado. Sempre quis acreditar em magia, acreditar que o mundo era maior do que aquilo que via. Tinha tentado tanto acreditar. De certa forma, havia dedicado o seu trabalho a isso. Mas agora não precisava mais se esforçar. Dina era a manifestação de tudo em que ele sempre quisera desesperadamente acreditar.

Estar vivo era estar vulnerável, e Dina havia confiado a ele o seu lado mais vulnerável. E Scott queria ser digno daquela confiança. Queria conquistá-la cada vez mais enquanto Dina o quisesse.

— Reconheço esse olhar — disse a sua mãe Alex, enquanto se sentava ao lado dele no banco da janela.

Juniper pulou entre os dois, girando em suas perninhas curtas até encontrar o lugar perfeito para tirar uma soneca, a cabeça encostada na lateral do corpo de Scott.

— Que olhar?

— O que você está lançando para ela — falou Alex, indicando Dina com um movimento de cabeça. — Por que você não contou pra gente que estava namorando?

— Não estou.

— Entendo.

— É tudo muito novo.

— Xiii — disse a mãe, afastando a desculpa com um gesto. — Se é novo ou não, não importa. Quando a gente sabe, sabe. Eu disse a Helene que a amava no nosso segundo encontro.

— Nem todo mundo tem essa sorte. E se... e se ela não quiser o que eu quero?

— Ela disse isso?
— Em outras palavras.
Alex apertou a mão do filho.
— Bem, pode ser que eu seja parcial, mas quando olho para vocês dois juntos não me parece só uma aventura de fim de semana. Fico preocupada de você se magoar. Só... não quero perder você de novo porque um relacionamento deu errado e você precisou fugir.
Scott olhou para a mãe. Havia tristeza em sua expressão.
— Se não der certo, não vou embora de novo. Prometo.
Ele fez carinho na cabeça de Juniper e ela se acomodou ainda mais em seu colo, com a barriga virada para cima, pedindo mais.
— A verdade é que eu não devia ter ido embora — admitiu Scott. — Não pensei no que estava fazendo, só tinha que me afastar.
Alex sorriu.
— Eu entendo. Não precisa se justificar pra mim. Você sabe que nós duas te amamos, esteja você aqui ou do outro lado do mundo. — Ela puxou o filho mais para perto e deu um beijo na têmpora dele.
— Eu também te amo — disse Scott.
Eles ficaram sentados juntos ali por mais um momento, até que Juniper começou a sonhar, soltando pequenos latidos durante o sono.
— É melhor eu levar essa aqui para a cama — disse a mãe, e pegou a cachorrinha nos braços. — Ela fica mal-humorada de manhã, igualzinho à Helene. — Alex sorriu, o amor que sentia pelo filho estampado no rosto.
— Boa noite — falou —, e o que quer que você faça hoje, não quero saber. — Então deu uma piscadela e saiu da sala.
Scott ficou sentado por mais algum tempo ali perto da janela, aproveitando o ar fresco e a vista da lua cheia, até que algo se moveu no canto do seu olho. Dina estava lá fora, caminhando pelo terreno. Ficou olhando para ela, prestando uma atenção especial ao balanço dos seus quadris até ela desaparecer entre as árvores. Onde Dina estava indo tão tarde da noite no Halloween? Pouco depois, Scott viu Immy e Rosemary indo na mesma direção.
— Ah, você viu as três, não é? — falou Eric, se aproximando e entregando uma cerveja a Scott. Eles brindaram com as garrafas, então voltaram para o sofá de couro gasto perto do fogo.
— Para onde elas foram? — perguntou Scott.
— Ah, bem, é uma coisa secreta de despedida de solteira. — Eric estava falando com a voz um pouco arrastada.

— Sei. Um segredo que você não pode contar nem para o seu padrinho? — disse Scott, rindo.
— Não vem com essa, não... — Eric tomou um gole de cerveja — Jurei não contar a ninguém sobre o terreno... o campo.
— Que campo?
— Ah, merda. O campo ao norte. Escuta, só... não vai lá, tá bom? É uma coisa só delas, que elas fazem todo ano. Alguma coisa, sei lá, mágica.
— Humm. Meus lábios estão selados.
Eric afastou o cabelo do rosto e sorriu para Scott.
— Vou me casar amanhã.
— Eu sei.
— Não é uma loucura? — Os olhos de Eric brilhavam de empolgação. — Lembra de quando a gente estava naquele bar na Islândia e fez o pacto de só nos casarmos se fosse ao mesmo tempo?
— Lembro — Scott riu —, claro que lembro.
— Bem, acho que vou precisar quebrar esse pacto, a menos que você tenha algo pra me contar...
— Não tem casamento nenhum no horizonte pra mim. — Scott sorriu, embora o sorriso não chegasse aos seus olhos.
Eric se inclinou mais para perto.
— Vai ser difícil pra você amanhã?
— Por causa da Alice? Não sei. Mas vou ficar feliz demais de ver você se casar.
Eric assentiu. E tomou outro gole de cerveja.
— Ela nunca mereceu você, sabe disso, né? Foi o que eu sempre achei.
— É fácil dizer isso agora.
— E a Dina?
Scott arqueou uma sobrancelha.
— O que tem ela?
— Não sei, só pensei que tivesse alguma coisa rolando entre vocês dois.
Ele não estava errado, mas o que quer que estivesse acontecendo entre Scott e Dina naquele momento parecia *grande* demais para tentar descrever. O coração dele disparava só de pensar nela.
— Eu me recuso a criar provas contra mim mesmo — disse Scott.
Eric riu.
— Entendo bem como é.
Eles continuaram sentados ali por um tempo, em um silêncio confortável. O fogo estava baixo na lareira e a sala esvaziou lentamente conforme o restante dos convidados ia para a cama.

— Senti falta disso — começou Eric. — Talvez seja a lua cheia. Mas... não sei, cara, eu só... não é fácil pra mim... Senti falta de você. Senti falta de ter um melhor amigo.

Talvez fosse *mesmo* a lua, porque Scott nunca havia tido tantas conversas francas em tão pouco tempo. Ou talvez fosse exatamente isso que casamentos provocavam — traziam à tona sentimentos adormecidos por tempo demais.

— Não sei ainda vale o pedido de desculpas, mas peço perdão por ter simplesmente ido embora. Eu devia ter te contado, devia ter confiado que você ficaria do meu lado.

— Sei que você está ao meu lado. E está aqui agora, isso é tudo que importa.

Eles beberam em silêncio por mais algum tempo, até Scott ver que Eric tinha adormecido. Ele acordou o amigo e lhe disse para ir para a cama.

Então, ficou sentado ali por mais algum tempo, até o fogo na lareira se transformar em brasas cintilantes.

Capítulo 18

Era uma lua das fadas. Perolada, cintilante e baixa no céu — a lua das travessuras e dos prazeres. Dina estava na beira do campo norte, onde a fogueira já estava acesa. Tinha sido tudo arrumado por Nour, como uma espécie de presente de casamento de bruxa. Dina inalou o ar da meia-noite, doce e esfumaçado. Viu a silhueta da mãe perto do fogo, o penteado que ela havia feito para a noite agora desfeito. Dina seria como a mãe naquela noite: indomável, impetuosa.

Dina ansiava por aquela noite todos os anos.

A Honeywell House era uma sombra ao longe, as janelas iluminadas pareciam vaga-lumes flutuando na noite.

Ela costumava viajar até Little Hathering todo ano naquela data, e realizava o ritual com a mãe, no pátio da casa. Sempre tinham feito daquele jeito, desde que Dina era criança. A casa, é claro, assumia a forma de uma espécie de clareira opulenta, e Dina conseguia até sentir o calor da fogueira, mesmo que fosse tudo um encanto invocado para a diversão delas.

Desde que Dina conhecera Immy e Rosemary, as duas também haviam aderido ao ritual. Todas as mulheres eram bruxas na noite de Halloween.

Se a floresta parecia cheia de magia antes, naquela noite o poder parecia pulsar. E a pulsação percorreu o corpo de Dina como uma segunda batida do coração.

Ela atravessou a grama alta, saboreando a sensação da terra fria sob os pés descalços. Aquilo era o Samhain. Conexão. Oportunidade. O véu estava mais fino do que nunca — tudo era possível aquela noite. Dina nunca tinha experimentado uma sensação tão intensa de estar no lugar certo, na hora certa.

— *Aywa*, você vai ficar parada aí a noite toda? — chamou a mãe conforme a filha se aproximava.

Dina havia trocado seu vestido de noite por algo mais leve e solto. E optara por uma espécie de cafetã azul-claro, do tipo que ela só usava no auge do verão, quando estava cuidando da casa, fazendo faxina. A roupa ondulava na pele dela, quase imperceptível de tão leve. Ela deveria estar com frio, mas havia magia demais ardendo sob a sua pele e a fogueira estava alta.

Immy tinha optado por uma espécie de camisola vitoriana, enquanto Rosemary usava uma camiseta preta larga e calça de moletom.

— Essa noite tá diferente, consegue sentir? — perguntou Dina.

— Ahã. É esse lugar. Ele tem alguma coisa. Eu não ficaria surpresa se houvesse alguma espécie de lugar sagrado ou o osso de um santo enterrado em algum lugar por aqui — respondeu a mãe.

Nour estava de pé diante da fogueira, que se elevava diante das duas. Dina notou que a mãe enxugava uma única lágrima que escorrera pelo rosto.

— O que foi, mãe?

— Eu tô bem — falou a mãe, fungando. — Só estava me lembrando de quando fazia isso com as minhas irmãs. Nós sempre íamos ao campo de favas em noites como essa. Havia algo especial em estar na nossa própria terra, todas juntas. Nunca me senti tão poderosa.

Os pais de Dina a haviam levado muitas vezes ao Marrocos desde então, e o espírito da mãe sempre parecia se acalmar quando estavam lá. Dina não conseguia nem imaginar como devia ser difícil sentir saudades de casa mas não querer voltar para lá, por medo da dor que as lembranças trariam. Ela puxou a mãe para um abraço, inspirando o cheiro do xampu de rosas em seus cabelos.

— Mas consigo sentir elas essa noite. Elas estão aqui com a gente, celebrando. Acho que é esse lugar, cheio de fantasmas.

Dina assentiu.

— Eu também senti alguma coisa na floresta, mas não consegui identificar.

— Você disse cheio de fantasmas? — perguntou Rosemary. — Porque você está absolutamente certa. Vi muitos por aí essa noite. Não sei se é esse lugar ou se é o Halloween, mas eles parecem... mais visíveis do que o normal.

Às vezes Dina esquecia como era normal para a amiga ver o outro lado — e imaginou que aquilo era um pouco como os outros se sentiam quando ela lhes mostrava a sua magia. Felizmente, Scott não tinha perdido a cabeça depois da exibição dela ao luar. Na verdade, o olhar dele tinha se suavizado, ela se lembrou, e ele soltara o ar lentamente quando ela lhe mostrara a sua magia. Quase como se ele estivesse aliviado.

Dina ainda não sabia bem o que havia acontecido com ela antes. Pulsações profundas de magia vibraram do chão da floresta até a lua cheia acima, querendo se libertar das fibras da realidade, e Dina precisava fazer isso tanto quanto precisava respirar. Sua intuição lhe dizia que ela estava segura com Scott e, se fosse honesta, de qualquer modo não teria sido capaz de se conter. Uma grande parte dela queria que Scott a visse como ela realmente era, com magia e tudo. Queria ser ela mesma perto dele, deixar de se esconder. A ideia de que aquilo era uma aventura de fim de semana parecia cada vez mais distante. Era muito fácil, cercada como estava pela magia e pelo luar, esquecer a maldição. Era muito mais fácil fingir.

— Espero que a gente não tenha deixado escapar nenhuma das coisas de bruxa. — Immy caminhou na direção delas, com a bainha da camisola encharcada de lama.

— Você comprou isso onde, em um brechó? — perguntou Dina.

Immy balançou a camisola.

— Foi, tenho quase certeza de que é um traje funerário. Se for, alguém deve ter morrido usando isso, então um coveiro roubou. Não é legal?

— Não entendo vocês, crianças — declarou Nour com um suspiro.

Dina riu.

— Espero que você tenha consciência de que é maluca, Immy.

— Espero que não tenha problema eu não ter usado nada esvoaçante — falou Rosemary, olhando para as roupas que todas haviam escolhido.

Dina riu.

— Contanto que você consiga dançar com essa roupa, não importa o que está vestindo. Se quiser, pode ficar nua.

Nour pigarreou, fixou os olhos em cada uma delas, e o peso de sua magia caiu sobre todas como uma manta quente.

— O verão acabou, em breve vai chegar o inverno. — Nour entregou a cada uma delas uma vela preta da babilônia. — Essa noite vamos celebrar o que resta da luz e nos lembrar daqueles que nos deixaram e dos que ainda amamos. Essa noite, vamos honrar a memória deles, para que, enquanto dançamos, eles dancem ao nosso lado.

Ela fez uma pausa, então perguntou:

— Dina, você trouxe a música?

Dina colocou a caixa de som portátil e o celular no chão.

— Esse safado aqui está com cem por cento de bateria, então não precisamos nos preocupar com a música parar dessa vez.

— Isso já aconteceu? — perguntou Rosemary.

— Uma vez só. — Dina estremeceu. — Alguma preferência em relação à música?

— Aah, que tal um pouco de Whitney Houston? A minha avó adorava a Whitney — sugeriu Immy.

— Eu e as minhas irmãs costumávamos cantar "I Have Nothing" no carro a plenos pulmões — concordou Nour.

— Whitney, então. — Dina selecionou alguns dos maiores sucessos da artista.

Em algum lugar distante, o sino de uma igreja anunciou a meia-noite.

Nour olhou para a filha e abriu um sorriso de bruxa.

— Está na hora.

As centelhas do fogo eram levadas pelo vento e giravam cerimoniosamente no ar. Uma por uma, as quatro mulheres se aproximaram do fogo com as suas velas.

As velas da babilônia não eram velas pretas comuns. Só podiam ser usadas uma vez por ano — no Samhain, à meia-noite —, e duravam apenas alguns minutos. Rosemary podia ser capaz de ver os fantasmas de pessoas que não tinham feito a travessia, mas uma vela da babilônia permitia que qualquer pessoa passasse um breve momento com seu ente querido do outro lado.

— Para Khadija — disse a mãe de Dina enquanto a fogueira emprestava seu fogo à vela. A chama tremeluziu em um azul incandescente.

Immy respirou fundo.

— Para Naima — disse Dina enquanto a sua vela era acesa. Uma gargalhada ecoou em seus ouvidos, e por um momento ela sentiu o perfume de madressilva. Um lampejo do espírito da tia, pronta para dançar ao lado delas.

— Para a vovó — sussurrou Immy enquanto acendia a vela no fogo.

A avó dela havia morrido seis meses antes e Immy ainda sofria com a ausência dela no casamento.

Immy arquejou e arregalou os olhos enquanto a vela ardia em uma chama azul.

— Acho... Acho que estou conseguindo sentir ela. — Ela sorriu. Nour apertou sua mão.

— Para a minha mãe — disse Rosemary, o rosto impassível.

A luz azul tremeluziu em sua vela; Rosemary não disse nada, os olhos fixos em algo à sua frente. Nem mesmo as bruxas conseguiam ver os espíritos que haviam feito a passagem, mas com o dom que Rosemary tinha, Dina não ficaria surpresa se a amiga conseguisse ver o espírito da mãe diante dela. Dina viu as lágrimas escorrendo livremente pelo rosto de Rosemary, viu como a amiga estendeu a mão e sussurrou, "Oi, mãe", para o campo.

Elas pousaram as velas, as chamas dançando intensas e azuis, ao redor da fogueira. As velas da babilônia eram finas e frágeis, assim como os espíritos visitantes que as quatro mulheres haviam ajudado a trazer ao plano mortal por um curto tempo — não durariam mais que três minutos.

Dina apertou o play e colocou "I Wanna Dance with Somebody" para tocar na caixa de som portátil. Então, tirou as roupas até ficar totalmente nua. Immy pareceu um pouco envergonhada, mas fez o mesmo. Nour já estava nua e dançando ao ritmo da música, com os cabelos soltos esvoaçando ao seu redor, assim como Rosemary.

Nour cantava a plenos pulmões. Quando chegou o refrão, Dina se perdeu na música. Ela saltava e dançava ao redor da fogueira, fazendo movimentos que nunca, em um milhão de anos, teria sido vista fazendo em público.

Quando olhou para Immy, viu a amiga com a cabeça jogada para trás de tanto rir, parecendo girar alguém em uma dança. *Ela está dançando com a avó.*

Do outro lado do fogo, Dina mal conseguia ver Rosemary girando, o cabelo ruivo cintilando à luz do fogo, o rosto iluminado por uma felicidade incandescente.

Dina ergueu as mãos e cantou, e pensou ter ouvido uma voz de mulher, um pouco rouca e com um leve sotaque, cantando logo atrás dela. O vento ficou mais forte ao seu redor e ela se viu girando, jogando os pés no ar. Dina se perguntou como a tia estaria dançando agora, se pudesse vê-la — provavelmente fazendo passos de dança questionáveis dos anos 1980.

Dina olhou para Nour, que parecia estar pairando um pouco acima do chão, fazendo o que parecia ser uma mistura de vários passos de discoteca. Fazia muito tempo que não via a mãe tão feliz.

A música chegou ao clímax e Dina inclinou a cabeça para trás e uivou de alegria. Naquela noite, todas elas estavam abandonando a versão elegante e contida de si mesmas.

Naquela noite, elas eram seres indomáveis.

A música foi diminuindo até ela só conseguir ouvir o crepitar da fogueira e a própria respiração ofegante. As velas da babilônia haviam se apagado e agora eram uma mancha de cera preta na grama. Os espíritos já haviam ido.

— Isso foi incrível — falou Immy, enxugando o resto das lágrimas do rosto. — Eu não tinha conseguido me despedir dela. Mas... mas essa foi a despedida perfeita.

— Fico tão feliz, *habiba* — disse Nour.

Dina puxou Immy para um abraço e deu um beijo em seu rosto.

Rosemary se aproximou, enlameada e cintilando.

— Obrigada — disse ela, também enxugando as lágrimas. — Eu não tinha ideia de quanto sentia falta da minha mãe. — Ela puxou Dina para um abraço de urso.

— Espero que não tenham ficado tristes — falou Dina para as duas amigas.

— Só o tipo bom de tristeza. — Immy sorriu, sonolenta. — Mas acho que vou voltar pro quarto agora. Afinal, eu devia ter alguma coisa parecida com um sono de beleza antes de amanhã.

— Espera, o que vai acontecer amanhã? Alguma coisa importante?

Immy deu uma cotovelada em Dina, depois vestiu novamente a suposta camisola fúnebre e começou a atravessar de volta o campo.

— Eu também vou indo, por mais que não tenha certeza se vou conseguir dormir. — Rosemary sorriu e seguiu Immy.

Nour estava sentada perto da fogueira, com os pés enlameados estendidos na direção do fogo.

— Mãe, quer que eu fique um pouco com você? — perguntou Dina.

— Não, não. Não precisa se preocupar comigo. Eu disse ao seu pai que, se eu não voltasse até a uma da manhã, ele podia vir me buscar.

— O *baba* ainda está acordado?

— Ele nunca consegue dormir no Halloween. Seu pai pode não ser bruxo, mas com certeza consegue sentir alguma coisa. — Nour viu o olhar preocupado da filha. — Sério, *habiba*, estou bem. Só quero ficar um pouco mais por aqui. Além disso, tenho a sensação de que há mais alguém que você precisa ver essa noite.

Dina enrubesceu. Não adiantava mentir para a mãe — Nour tinha o sexto sentido de um predador.

— Mãe, já está tarde. E foi um dia longo. Ele provavelmente já vai estar dormindo.

— Humm, não sei por quê, mas duvido disso.

Dina olhou para o fogo crepitante.

— E... e se for uma má ideia? — perguntou. *E se eu gostar demais do Scott e ele acabar machucado por minha causa?*, teve vontade de dizer.

A mãe se levantou e colocou um cacho de cabelo de Dina atrás da orelha.

— Não vou fazer um sermão sobre como tudo na vida é um risco. Você já sabe disso. Mas vou te dizer que tem um homem te esperando naquela cabana que gosta muito de você, e acho que é recíproco. Você seria uma completa estúpida se não desse uma chance a isso. E eu não criei uma estúpida.

A maldição estava na ponta da língua de Dina, mas ela hesitou. Poderia contar tudo à mãe naquele momento, desembuchar. Nour poderia ajudá-la a quebrar o feitiço, e a encontrar uma maneira de estar com Scott sem que ele se machucasse.

Mas e se a mãe não gostasse do que ouviria? Dina teria que contar que era bissexual... Como Nour olharia para ela depois disso? E se ela ficasse com raiva? Aquilo arruinaria o casamento de Immy? O risco era alto demais.

Ao menos por aquela noite, Dina podia fingir. Podia fingir que nada impedia ela e Scott de ficarem juntos.

Dina beijou a mãe e pegou o celular e a caixa de som. Já tinha atravessado metade do campo em direção à floresta quando se deu conta de que havia esquecido de se vestir.

Capítulo 19

Essa é uma lua danada de assustadora. Scott saiu e fechou a porta da cabana. A lua estava redonda e de um branco cristalino, como um olho grande que não piscava. Ou como se alguém tivesse feito um furo no céu noturno. Pelo menos seria mais fácil achar a trilha na floresta. Ele não sabia nem o que estava fazendo ali àquela hora.

Scott ficara se revirando na cama. O sono não queria nada com ele naquela noite. Onde estava Dina? O que ela estava fazendo lá no campo norte?

Quando Scott fechava os olhos, só conseguia ver Dina. Dina à luz do fogo, Dina arqueando-se com a boca dele nos seios. Ele ainda podia sentir o cheiro da pele dela na dele: baunilha e canela. Scott ansiava por mais. Só precisava tocá-la, estar perto dela. E já estava com o pênis rígido só de pensar naquilo.

Vestiu uma calça de moletom qualquer, calçou o primeiro par de tênis que encontrou e saiu. Seria mais fácil respirar no ar da noite.

Era normal se sentir daquele jeito com alguém que acabara de conhecer? Ele tinha ouvido histórias de pessoas que simplesmente *souberam*, no momento em que se conheceram, que haviam encontrado a pessoa da sua vida. Como a mãe lembrou a ele, fora esse o caso dela. Uma voz na sua cabeça lhe disse que não deveria ser tão fácil, não depois de Alice.

Scott começou a descer a trilha que levava para longe da cabana, vagamente consciente de que seus pés o guiavam na direção do campo norte.

Não dava nem para começar a comparar Alice e Dina. Com Dina tudo parecia tão... fácil. Gostar dela era fácil e Scott desconfiava que amá-la seria ainda mais fácil. Seria tão natural quanto respirar. Talvez já tivesse acontecido.

Ele tropeçou em um galho que se prendeu do nada em seu tornozelo, e voou até aterrissar em um arbusto próximo. *Que bosta*, pensou Scott, enquanto se levantava. Seus braços tinham alguns arranhões e a calça de moletom estava coberta de terra. Ele se sentiu subitamente grato por ninguém tê-lo visto cair. Mas de onde tinha vindo aquele galho? Obviamente ele estava tão ocupado pensando em Dina que nem prestou atenção por onde andava.

Abalado pela adrenalina da queda, Scott continuou seguindo a trilha ladeada de cogumelos que serpenteava pela floresta. Ele não conseguia afastar da mente as imagens de Dina. Ela o havia enfeitiçado e nem precisara usar magia para isso.

Scott tentou pensar em outra coisa, mas era difícil com todo o sangue do corpo parecendo correr direto para seu pênis. Só precisava de ar, só precisava caminhar. Qualquer coisa era melhor do que ficar se revirando na cama.

Scott ouviu um farfalhar na floresta, à sua esquerda. No mesmo instante, o ar ao seu redor ficou imóvel. Fez-se um silêncio absoluto, não se ouvia nem mesmo o assovio da brisa na copa das árvores.

— Oi? — chamou ele.

Provavelmente era apenas um coelho. Ou um cervo.

A floresta era escura e imponente por todos os lados e, de repente, Scott se deu conta de que tinha se afastado demais da cabana. Não havia placas de sinalização naquela floresta e, se houvesse, já teriam sido engolidas havia muito tempo pelo musgo e pelas trepadeiras.

Outro estalo. Havia uma forma escura se movendo ali ou era imaginação dele? Um pensamento horrível ocorreu a Scott. Se Dina tinha magia e bruxas existiam, o que mais poderia existir? Que outras coisas do reino dos mitos e dos contos de fadas talvez vivessem naquela floresta?

E por que aquela sensação inexplicável de que, o que quer que fosse, queria lhe fazer mal?

Scott sentiu uma mão quente nas costas, provocando um arrepio que percorreu todo o seu corpo.

— O que você está fazendo aqui? — perguntou Dina, atrás dele.

Ela passou o dedo ao longo dos músculos do braço de Scott, até encontrar a sua mão, e a apertou. Scott sentiu o calor se espalhar pelo corpo.

Ele levantou os olhos para as árvores, mas fosse o que fosse que tivesse visto, desapareceu quando Dina o tocou. Provavelmente era apenas sono e um desejo insaciável que estavam confundindo a sua cabeça.

— Só saí para dar uma volta. Precisava desanuviar a cabeça — disse ele, com a voz rouca, e se virou para encará-la.

Por algum motivo, Scott sabia que se olhasse para Dina aquilo seria o seu fim.

— A sua cabeça estava cheia com alguma coisa em particular? — perguntou ela, com um tom inocente.

Scott não conseguiu mais se conter. Ele se virou para Dina e, pelo amor de Deus, ela estava completamente nua! Seu cérebro entrou em curto-circuito... aquilo era demais. O luar se refletia na pele cor de mel dela.

— Porra, Dina. Você tá... — A voz de Scott saiu rouca.

Dina o encarava com uma expressão ardente. Ela era perfeita, cacete, perfeita. Exatamente como ele havia imaginado — não, melhor do que ele havia imaginado.

A curva dos quadris, a suavidade do abdômen e o volume dos seios, os mamilos rígidos. Para ele. Os olhos de Scott percorreram o corpo dela até a parte interna das coxas. Se ele a beijasse ali, Dina ficaria molhada?

O rosto dela era uma expressão da mais pura voracidade, do mais puro desejo. E Scott precisava tê-la.

Ele a puxou mais para perto, passando os dedos pelos cabelos dela, e deixou que descessem pela curva dos ombros e pelas costas. Dina se colou a Scott com um gemido, passando os braços ao redor do pescoço dele, e tudo era puro calor.

Scott ergueu o queixo dela e abaixou o rosto para encontrar a sua boca. O primeiro toque nos lábios de Dina provocou um choque que atravessou todo o corpo dela. Se não se controlasse, ele a devoraria. As mãos de Scott encontraram as nádegas de Dina... redondas e fartas.

— Meu Deus, Dina — grunhiu nos lábios dela — você cheira a fogo.

Aqueles lábios se abriram para ele e ela era toda doçura, calor e uma voracidade deliciosa. A língua de Scott tocou a dela e Dina murmurou em sua boca, pressionando os seios no peito de Scott, passando as unhas pelas costas dele.

— Eu preciso de você — sussurrou ela, e Scott nunca tinha ouvido nada melhor na vida.

Os lábios dele encontraram o pescoço dela e desceram até o vale suave entre seus seios. Ele não estava pensando em nada, só tinha espaço para o desejo. Sua boca encontrou o seio de Dina e, quando a língua dele tocou o mamilo rígido, ela gemeu, arqueou as costas e inclinou a cabeça para trás.

— Gosta disso? — perguntou ele, recusando-se a tirar o seio dela da boca enquanto falava.

— Ahã.

Dina correu as mãos pelo peito peludo dele. Reivindicando-o para si. E... cacete... ele queria ser dela. Aqueles mesmos dedos traçaram o V abaixo de sua cintura, mergulhando dentro da calça de moletom. Scott estava tão duro que tinha a sensação de que ia explodir. Se Dina tocasse seu pênis, ele provavelmente gozaria ali mesmo.

— Preciso ouvir você dizer isso, Dina. Diz.

— Eu preciso de você, por favor. *Scott*.

O jeito que ela disse o nome dele... Scott soube que estava perdido. Ele a levantou no colo e ela passou as pernas ao redor dos seus quadris. Scott queria deslizar os dedos dentro dela. Queria se ajoelhar diante de Dina e idolatrar com a boca aquela vagina linda. Se o sabor dela fosse parecido com seu perfume, Scott perderia a cabeça.

— Eu preciso de você, mas não aqui.

Ela olhou para ele com um brilho travesso nos olhos. Então, saiu correndo por entre as árvores, em direção à cabana.

O jeito como a bunda dela balançava para cima e para baixo enquanto ela corria... ele estava arruinado. Mas iria fazê-la gritar seu nome uma, duas, três, mil vezes.

Dina o estava fazendo correr atrás dela, e Scott estava mais do que disposto a fazer a sua vontade. Ele soltou um grunhido e começou a correr, perseguindo Dina através das árvores retorcidas, a caminho da cabana.

Dina se encostou na porta, o peito arfando.

Sem dizer nem uma palavra, Scott a puxou para os seus braços, os lábios colidindo com os dela, e fechou a porta da cabana com um chute depois que entraram. Ela era dele.

Capítulo 20

O que Dina mais precisava era ter Scott dentro dela. Ao redor dela. Por toda parte. Precisava saciar aquele desejo. Precisava dele, do corpo dele... de tudo dele.

Desde o momento em que o vira na floresta, o luar fazendo sombra nos músculos das suas costas, nas tatuagens que serpenteavam por seus braços — nas formas geométricas e linhas desenhadas em seu peito e em suas costas —, ela soube que estava perdida.

Quando Scott se virou para olhá-la e percebeu que ela estava nua, os olhos dele se encheram subitamente de mistério e desejo. A umidade imediatamente escorreu pela parte interna das coxas de Dina e ela sentiu a carne latejando por ele. Ansiava por seu toque. Então Scott a tocou, Dina se viu gemendo contra o corpo dele e foi como se eles se encaixassem perfeitamente.

Agora, ali estavam eles. Scott fechou a porta da cabana com um chute e se virou para olhar para ela. Sua expressão se iluminou, ávida, enquanto ele a tomava, seu pênis se projetava com força na calça.

Dina não tinha mais qualquer controle. Ela se contorceu no abraço de Scott, a boca colada com voracidade à dele. Os dois afundaram no sofá, membros emaranhados, gemidos de desejo enchendo o ar.

Scott percorreu o corpo de Dina com a boca, e chupou os seios dela com vontade. Ele a agarrou pelos quadris e a ergueu mais para cima no sofá, enquanto abria as suas pernas. A boca de Scott encontrou então a parte interna da coxa de Dina, distribuindo beijos breves e bruscos na pele, mas sem chegar ao centro. Ele estava provocando, torturando, fazendo-a esperar. Fazendo-a implorar. Ela precisava de mais.

— Me toca, por favor.

Dina nunca havia implorado por nada na vida. Nem por um toque, nem por sexo. E com certeza nunca por sexo oral. Mas se Scott não pusesse aquela boca gostosa em seu clitóris naquele exato instante, tinha certeza de que não sobreviveria.

— Não vou só tocar em você, linda — disse Scott, olhando para ela, a voz ainda mais profunda. — Você vai gozar na minha boca até eu mandar você parar. Se você disser "calma", eu paro, entendeu?

Dina assentiu. Ele era mandão. Ela não tinha se dado conta de que aquilo poderia excitá-la tanto assim.

A aspereza da barba quando Scott encaixou o rosto entre as pernas dela era ao mesmo tempo incômoda e deliciosa.

A língua de Scott encontrou o clitóris de Dina, fazendo um arrepio de desejo atravessar todo seu corpo. Antes que ela pudesse recuperar o fôlego, a mesma língua separou as dobras úmidas do seu sexo, mergulhando mais fundo. Os lábios de Scott estavam por toda parte, chupando a umidade ali como se quisesse saboreá-la por inteiro. Dina enganchou as pernas ao redor dos ombros dele.

— Você tem um gosto tão bom — falou ele com um gemido.

Inferno, Scott sabia exatamente o que estava fazendo. Dina se abriu para ele, e Scott deslizou um dedo em seu calor suave.

Ela gemeu, e ergueu os quadris para levar o dedo mais fundo. Scott aproveitou o movimento, curvando a mão para que ela pudesse ditar o ritmo.

— Boa menina, assim mesmo — sussurrou ele, o calor de seu hálito aquecendo ainda mais o sexo dela.

Entre a pressão da língua e dos lábios de Scott e a leve fricção da sua barba, e agora dos dedos, Dina sentiu o início de um orgasmo se insinuar no corpo.

— Posso te tocar aqui? — perguntou Scott, encontrando o olhar por cima do abdômen.

Dina sentiu um toque muito leve, mais para trás, roçando a borda do seu ânus. Como ele sabia? Ela nunca havia contado aquilo a ninguém — o que queria, onde queria ser tocada. Como ele sabia?

— *Por favor* — implorou ela.

Dina não precisou pedir duas vezes. Dessa vez, três dedos mergulharam no corpo dela, dois na frente e um provocando-a mais atrás. A língua dele contornando seu clitóris. Fazendo as sensações se avolumarem.

— Você é tão perfeito... cacete, Scott, aí, bem aí, isso...

O orgasmo arrebatou Dina em uma onda de êxtase que se ergueu do seu âmago e percorreu o corpo todo. Assim que ela gozou, Scott enfiou a língua bem fundo e a tomou completamente.

Dina sentia o corpo como uma gelatina, os membros pesados, sensíveis e deliciosamente quentes, tudo ao mesmo tempo. Ela sabia que ele a faria gozar novamente aquela noite. A barba de Scott estava toda molhada — *com a umidade dela*. Não deveria excitá-la tanto se ver besuntando o rosto dele, mas foi o que aconteceu.

Scott gemeu, e segurou o próprio pênis, como se não conseguisse aguentar nem mais um segundo. Ainda não era hora.

— Dina — falou ele com um gemido, enquanto ela se arrastava para fora do sofá, empurrava-o para trás e se encaixava entre as pernas dele para poder ver aquela ereção completa de perto.

Era... tanto! Veias grossas e pelos escuros na base. Dina se sentiu úmida de novo só de olhar para o pênis de Scott. Já fazia um tempo que não colocava um pênis na boca, mas estava louca para fazer aquilo naquele exato momento.

A verdade era que, até ali, Dina nunca havia desejado realmente fazer sexo oral em um homem e, quando fazia, era mais por uma obrigação de retribuir. Mas agora ela queria. Não, ela *precisava*... dar aquele prazer a Scott. Queria estar ali, de joelhos, por ele. Para fazer com que ele se sentisse bem, como Scott a fizera se sentir bem.

— Dina, *cacete*! — Scott gemeu de novo quando ela abocanhou seu pênis.

Dina manteve os olhos fixos nele enquanto brincava com a cabeça do seu pênis, salgado, quente e pulsante. E gostou de saber que ele também a encarava. Ela pressionou a língua no comprimento do pênis, enquanto fazia movimentos ritmados para cima e para baixo na base com a mão. Então alternou, levando os lábios mais para baixo e chupando o saco dele, o que fez Scott grunhir e segurar o cabelo dela para trás.

— Eu quero te ver. Você consegue me colocar todo na boca? — perguntou Scott, com a voz baixa e rouca.

Dina não respondeu, apenas colocou o membro rígido todo na boca, chupando com cada vez mais vontade, sentindo-o pulsar e ficar mais grosso a cada vez.

— Boa menina, coloca tudo — sussurrou ele, enquanto arremetia os quadris para a frente.

Scott segurou todo o cabelo de Dina em uma das mãos enquanto ela o chupava, e deixava a língua acariciar a cabeça do pênis.

— Onde você quer que eu goze, meu bem? — perguntou Scott por entre os dentes cerrados. — Me diz.

Dina olhou para ele, o desejo ardendo dentro dela.

— Quero provar o seu gosto.

Ela envolveu o pênis de Scott com ambas as mãos, enquanto seus lábios pressionavam para baixo, fazendo as veias sob a pele se destacarem ainda mais.

— Dina, Dina, cacete...

Depois de uma arremetida forte que provocou faíscas até nos olhos de Dina, Scott gozou. O calor dele se espalhou por sua boca. Mas ela não parou. Dina o manteve na mão, chupando-o e tomando-o, até que não restasse mais nada.

Ele a puxou para o colo e, embora tivesse gozado, continuava duro.

Scott molhou um dedo na própria boca e limpou os cantos dos lábios de Dina com uma suavidade que ela não esperava. E que provocou uma sensação quente em seu peito.

— Eu baguncei o seu cabelo — falou Scott, em um tom que não era exatamente um pedido de desculpas.

— Eu baguncei a sua barba — retrucou ela, e se deliciou com o sorriso malicioso dele.

Como iria se cansar daquele homem algum dia?

Scott deslizou as mãos calosas pelos ombros de Dina, provocando arrepios em sua pele. Ela estava muito consciente de que estava nua, com as coxas abertas em ambos os lados das coxas de Scott, a vagina a apenas alguns centímetros do pênis dele. Bastaria levantar os quadris e se inclinar para a frente e poderia senti-lo fundo dentro dela.

Dina sempre tivera consciência de que acabava assumindo um papel mais submisso nos seus relacionamentos, mas nunca tinha sido capaz de ceder tanto quanto naquela noite. Era como se Scott tivesse enxergado cada uma das suas fantasias e dado vida a elas. Dina podia confiar nele para assumir o controle e mantê-la em segurança.

E o que ela mais queria era ser possuída por ele até perder os sentidos.

— Ah, não, eu conheço esse olhar. — Scott a puxou para um beijo e prendeu seu lábio inferior entre os dentes. — Você quer que eu meta nessa linda bocetinha, não é?

— Quero.

— Hum, mas não vou fazer isso hoje. Não vou ter pressa com você, Dina Whitlock. Vou meter em você com tanta força que você não vai conseguir dizer nada além do meu nome.

A expectativa fez todo o corpo dela latejar.

— Mas... eu quero...

Scott acariciou os mamilos rígidos de Dina com os polegares, fazendo-a gemer.

— Eu sei. Eu também. Mas não essa noite. Temos um casamento para ir amanhã, lembra?

Scott deu um sorriso atrevido enquanto a erguia nos braços e se levantava, as mãos massageando o traseiro dela. Dina sentiu os membros relaxarem. Pensando agora, aquele tinha sido um longo dia e ela estava exausta.

O peito dele era quente, e Dina tinha a sensação de que poderia enfiar o queixo na curva do pescoço de Scott e ficar sentindo o cheiro dele para sempre. Ele atravessou a cabana com ela no colo e entrou no quarto que estava ocupando.

— A minha cama é lá — sussurrou Dina, sonolenta, enquanto Scott fechava a porta do quarto com o pé e afastava o edredom.

— Não mais. Você vai dormir comigo, tá bem?

— Tá bem.

Scott a deitou na cama dele, e Dina estremeceu quando a sua pele encostou nos lençóis frios. Mas só por um momento, porque logo Scott estava atrás dela, o calor do corpo dele contra as suas costas. Os pelos do peito roçando a sua pele. Dina se sentia segura, em casa. Ele deu um único beijo no pescoço dela. Dina se aninhou mais uma vez em Scott e deixou o sono levá-la.

Capítulo 21

Dina acordou em lençóis que cheiravam a cedro e sabonete. O cheiro de Scott. Uma névoa ensolarada iluminava as árvores do lado de fora, dando diferentes tons de esmeralda às folhas perenes. As coisas que ele tinha dito a ela na noite anterior... que não ia ter pressa com ela. Ah, deusa, aquilo já tinha sido o bastante para fazê-la vibrar de expectativa.

Só que ela não estava nos braços de Scott, e o lado da cama dele estava frio. Dina rolou para o lado, sentindo um frio na barriga. Aquilo já tinha acontecido antes. Ela passava a noite com alguém, se deixava dominar pelos sentimentos e, pela manhã, a pessoa tinha ido embora.

Quando foi a última vez que tinha sido tão melosa com alguém daquele jeito, especialmente com um *homem*? Dina desejou passar o dia deitada naquela cama, sentindo o cheiro de Scott, sem se perguntar por que ele não estava ao seu lado.

Estava tão gostoso ali, os lençóis tão macios e quentes, talvez ela pudesse fechar um pouco mais os olhos...

CACETE.

O casamento. A porra do casamento. Immy ia matá-la. Pior ainda, Immy ia enforcá-la, estripá-la, esquartejá-la e servi-la numa bandeja com a plaquinha "A pior madrinha que já existiu". Dina pulou da cama e saiu do quarto. Quase trombou em Scott, que estava voltando — sem camisa — com uma caneca de café fumegante em cada mão.

—Calma — disse ele, rindo. — Para onde você está indo com tanta pressa?

— Que horas são? — perguntou Dina com a voz aguda. — Estamos ferrados!

— Dina, está tudo bem. Ainda são sete e meia. Você só não ouviu o alarme. A gente ainda tem mais ou menos duas horas para se arrumar.

— São sete e meia... Eu não ouvi o alarme? Isso nunca aconteceu antes.

Dina estacou de repente. Que espécie de magia aquele homem tinha usado nela na noite anterior para transformá-la em uma pessoa com o sono pesado?

— Bom, você foi dormir bem tarde — comentou Scott, mal conseguindo disfarçar a expressão presunçosa no rosto.

Era bom que ele tivesse um rosto tão bonito, caso contrário Dina teria se sentido tentada a apagar aquele sorriso imediatamente — ainda mais sem ter tomado café. Como ela não havia notado antes a pequena cicatriz acima da sobrancelha direita de Scott? Ah, merda, Dina estava parada ali, suspirando por ele.

— Por favor, diz que um desses cafés é para mim. — Ela olhou para as canecas fumegantes nas mãos dele.

— É, sim. Mas eu não tinha certeza de que tipo de café você tomava, e você estava tão fofa dormindo... e roncando, aliás...

— Eu não ronco.

— Claro. Bem, você estava dormindo, então não quis te acordar para perguntar, por isso fiz vários. — Scott encolheu os ombros e entregou uma caneca a Dina. — Esse é só preto, e tem um café com leite e um cappuccino esperando por você na cozinha.

Ela poderia se acostumar a ser tratada como uma princesa. Sem dizer nada, Dina pousou a caneca de café preto na mesa — sua opção preferida de café assim que acordava —, passou os braços ao redor do pescoço de Scott e ergueu o corpo para colar os lábios aos dele.

Scott soltou um gemido que misturava surpresa e alegria e se apressou para pousar a própria caneca na mesa para poder envolver Dina nos braços. Como se aquele fosse o lugar a que ela pertencesse.

Aquele beijo foi diferente de qualquer um da noite anterior. Foi mais lento, mais profundo. Os dois se demorando, conhecendo o toque dos lábios um do outro, as respirações se misturando.

Scott se afastou e distribuiu um monte de beijinhos pelo rosto dela, pelo queixo e pelo pescoço, provocando arrepios que a percorreram até os dedos do pé. Eram beijos doces e carinhosos, que faziam o coração de Dina bater em um ritmo que só costumava atingir durante exercícios físicos intensos.

— Você tem cheiro de chocolate — murmurou Scott contra a clavícula dela. — É magia?

Dina soltou uma risada encantada. Aquele homem... aquele homem iria acabar com ela. Ele era fofo demais.

— Não é magia. É só manteiga de cacau. Mas a gente devia mesmo conversar sobre magia.

Dina se afastou um pouco, mas os braços de Scott permaneceram ao seu redor; ele acariciava lentamente suas costas.

— Tudo bem, a gente pode conversar sobre isso.

Ele abaixou as mãos até envolver o traseiro dela e a pegou no colo. Sem pensar, Dina passou as pernas ao redor dele.

— Scott, eu disse que a gente precisa conversar sobre magia! — Ela riu enquanto ele a carregava até a sala.

— Nós vamos, eu só queria te deixar mais confortável — respondeu Scott enquanto pousava Dina em cima de uma pilha de almofadas no sofá.

— E precisava me carregar no colo? — perguntou ela, enquanto ele ia buscar as canecas de café.

Scott entregou o café a Dina; as mãos dele, ela percebeu, eram tão grandes que envolviam toda a circunferência da caneca. E ela sabia o que aquelas mãos eram capazes de fazer...

Scott encarou Dina, e seus olhos escureceram enquanto ele se sentava ao lado dela no sofá.

— Precisava — respondeu ele. — Eu... eu não consigo parar de tocar em você, Dina. E nem quero. Sinto vontade de tocar em você desde... bem, desde que a gente se conheceu.

— Desde que a gente se conheceu? Eu não estava exatamente no meu melhor momento quando a gente se conheceu, no café — falou Dina.

— Eu também não estava no meu melhor momento naquele dia, mas isso não me impediu de notar como você estava linda.

Que Deus a ajudasse, ela estava enrubescendo. Dina colocou um cacho atrás da orelha.

— A magia — disse ela com naturalidade.

— Certo. Você vai me fazer adivinhar o que você é em algum tipo de revelação complicada no estilo *Crepúsculo*? Eu topo aquela cena do macaco-aranha se você curtir — falou Scott com um sorriso.

— Só um minuto, você está insinuando que viu *Crepúsculo*?

— Eu tenho duas mães, é claro que eu vi *Crepúsculo*.

— Considere-me impressionada. Mas não, eu não ia fazer você adivinhar nada. Acho que é bastante óbvio: sou uma bruxa.

Dina soltou o ar com força. Só dizer a palavra diante de Scott foi como tirar um enorme peso dos ombros.

Agora ele sabia, agora Scott conhecia o segredo que ela só compartilhava com algumas poucas pessoas escolhidas a dedo. Talvez aquilo fosse autossabotagem, e ele estivesse prestes a sair em disparada. Mas também era verdade que ela já havia mostrado a ele o feitiço do luar, e Scott ainda não fugira.

— Eu sei que você é uma bruxa, Dina — disse Scott, a voz baixa e suave. Ela levantou os olhos e encontrou os dele. Cálidos, encorajadores. Ele não a estava rejeitando. — E espero que você já saiba disso, mas ainda assim quero te garantir que o seu segredo está seguro comigo. Adoro que você tenha magia e adoro que confie em mim o bastante para compartilhar esse seu lado.

Dina apertou a mão dele, e Scott soltou um gemido de dor. Dina abaixou os olhos e viu uma queimadura recente nas costas da mão dele.

— O que aconteceu? — perguntou ela.

— Não é nada, acabei de me queimar com a chaleira, por acidente.

— Bom, parece um pouco sério. Vem cá, me deixa...

Dina pôs as mãos acima da queimadura e murmurou um pequeno feitiço em darija. Uma luz quente cintilou na pele de Scott por um momento, e ela o ouviu suspirar. Quando Dina levantou as mãos, a queimadura tinha se transformado em uma cicatriz prateada.

Foi só uma queimadura, disse a si mesma. Não podia ser a maldição. Ainda não. Era cedo demais.

— Sua bruxa linda — falou Scott, com a voz rouca, e a puxou para o colo.

Ela passou as pernas ao redor da cintura dele, e subitamente se deu conta de que estava usando só uma camisola de algodão e a calcinha.

Scott correu as mãos pelos braços dela, provocando arrepios em suas costas — e mais abaixo. Dina sentiu os mamilos rígidos, o desejo ardendo dentro dela.

— *Como* vou conseguir me arrumar com você aqui, assim, linda desse jeito? — falou ele, quase gemendo, os olhos cheios de desejo.

Ele roçou com o polegar um mamilo dela por cima da camisola e Dina deixou escapar um gemido baixo.

Scott puxou a camisola dela para baixo e seus lábios encontraram o seio delicado, a língua quente acariciando o mamilo, antes de ele mordiscá-lo com gentileza. Ondas de desejo atingiram Dina com força, fazendo-a arquear as costas.

Ele passou a mão pela calcinha dela.

— Já tão molhada... — sussurrou ele.

A ideia de se arrumar para o casamento parecia distante quando ela apertou o corpo contra o peito de Scott, sentindo as batidas rápidas do coração dele. Ele a desejava com tanta intensidade quanto Dina a ele.

Dina deixou os dedos descerem pelo peito dele, seguindo a trilha de pelos escuros que desaparecia dentro da calça de moletom.

O pênis dele já estava rígido e Dina ficou ofegante quando sentiu aquele volume pressionando o tecido da calça, sólido e pulsante.

— Dina, deixa eu sentir seu gosto de novo — grunhiu Scott, o rosto enterrado nos seios dela, os dedos puxando a calcinha para baixo.

— Deixo — sussurrou ela em resposta. E se apressou em tirar a calcinha.

Então, no pior momento possível, assim que os dedos de Scott encontraram a entrada da vagina úmida dela, eles ouviram três batidas na porta. Dava para ver uma sombra pela janelinha opaca na porta, mas Dina não sabia quem era.

Scott gemeu, deu um beijo no ombro dela e retirou os dedos com relutância da sua vagina, pousando-os na coxa dela. Ah, como Dina ardia por ele...

— Quem é? — perguntou Scott com os dentes cerrados.

— É o Martin. Fui enviado para, hum, trazer uma mensagem. Dos noivos.

Por um instante, o pânico tomou conta de Dina e ela checou a hora no relógio pendurado acima da lareira. Mas não, eram apenas sete e quarenta e cinco — ela ainda tinha tempo de sobra para se arrumar antes de ajudar Immy com o vestido.

— Qual é a mensagem? — perguntou Dina.

Ela estava feliz por Martin não ter pedido para entrar — ainda não tinha a menor vontade de sair do colo de Scott. E, pela forma como os braços dele seguravam o traseiro dela, Dina tinha certeza de que ele se sentia do mesmo jeito.

— Eles me pediram para dizer, e estas foram exatamente as palavras deles: "É só um lembrete de que vocês não podem passar o dia todo copulando, porque têm um casamento a comparecer".

Dina mal conteve uma gargalhada.

— Era isso?

Martin pigarreou, constrangido.

— Sim, era só isso.

— Bem, obrigado por vir até aqui, Martin. Pode dizer aos noivos para não se preocuparem, que vamos guardar a cópula para mais tarde — falou Scott.

— Certo. Ótimo.

Então a sombra de Martin desapareceu, e eles ouviram seus passos arrastados se afastando pela trilha.

Scott se voltou para Dina.

— Quem diz "copulando"? — Ele soltou uma risada.

— A Immy.

— Ah, eu devia ter imaginado. Bem, parece que recebemos as nossas ordens. — Ele fitou os seios dela com tristeza.

— Você estava falando sério? — perguntou Dina.

— Sobre o quê?

— Sobre guardar a nossa, hum, cópula para mais tarde.

Scott sorriu, aproximou mais a cabeça de Dina, e colou os lábios aos dela. Ela saboreou o calor da boca dele, o sabor. Scott inclinou o rosto dela para o lado e, encostado no ouvido dela, disse:

— Ah, pode acreditar, eu estava falando sério.

Capítulo 22

— Abaixa isso, Immy... não me faça usar um feitiço paralisante.
— Você não se atreveria.
— Não me provoca. Solta o delineador.

Immy deixou escapar um suspiro dramático de relutância e largou o delineador líquido preto que vinha ameaçando usar em si mesma. Dina se apressou a tirá-lo do alcance da noiva e jogá-lo para Rosemary, que espertamente o guardou em algum lugar onde Immy não conseguiria encontrar pelo menos nos próximos vinte minutos.

Dina olhou para a amiga, que naquele momento se olhava tristemente em um daqueles espelhos de camarim, como os de Hollywood.

— Você não está amarelando em cima da hora, não é? — perguntou Dina.

— Não, não é nada disso. Eu só não... isso não parece comigo — respondeu Immy, indicando com um gesto o rosto maquiado com esmero, os olhos esfumados em tons de bronze e os lábios com um batom nude escuro, obra de um maquiador contratado pelos pais de Eric.

— Você está linda — disse Rosemary, e Immy respondeu com um sorrisinho desanimado.

— Eu concordo — acrescentou Dina —, mas se não está se sentindo bem, precisamos consertar isso, não é?

— É que eu consigo sentir o peso disso na minha pele, e esses cílios postiços estão puxando de verdade os meus cílios para baixo. — Immy lançou um olhar para Dina. — Você pode fazer *alguma coisa* para consertar isso?

Feitiços para alterar coisas como pintura e maquiagem não eram o forte de Dina — ela se saía muito melhor com feitiços de cozinha. Felizmente, havia alguém por perto que poderia consertar aquilo.

Dina bateu três vezes em um dos pingentes da sua correntinha. *Mãe, você pode vir até a suíte nupcial, por favor? A gente precisa da sua ajuda.*

Dina sentiu seu pensamento entrar no pingente, que ficou quente sob o seu toque. Um instante depois, o eco de uma voz surgiu em sua mente. *Estou chegando.*

Nour entrou na suíte nupcial em uma *teksheta*, uma vestimenta tradicional de festa marroquina, azul-escura e dourada, com mangas de seda esvoaçantes bordadas com luas crescentes douradas.

— Uau, Nour, acho que você nunca se pareceu tanto com uma bruxa — exclamou Immy.

Nour riu.

— Ainda bem que estou aqui para fazer a minha magia, então. — Ela atravessou a suíte com determinação e parou diante da cadeira de Immy. — Ah, *habiba*, o que fizeram com você! — murmurou, segurando o rosto de Immy entre as mãos.

— Você consegue consertar, mãe? — perguntou Dina.

— Humm. Eu vim preparada.

Nour enfiou a mão em um bolso nas dobras da *teksheta* e tirou um saquinho de papel que cheirava fortemente a açafrão e noz-moscada. E magia — um perfume que Dina não conseguia descrever exatamente. Era como o ar antes de uma tempestade de verão, como os arrepios que a gente sente quando escuta uma música linda, misturado com aquela sensação de acordar e ver a primeira neve do inverno.

— O que é isso? — perguntou Immy.

— Isso é uma misturinha que eu mesma uso, mas não é para brincadeira. Preciso que você se concentre, Immy. Vou contar até três, depois soprar esse pó no seu rosto.

— Certo — disse Immy, soando hesitante.

— E quando eu fizer isso, quero que você imagine como sempre quis ficar no dia do seu casamento. Imagine a sua maquiagem, mas, ainda mais importante, como queria se sentir por dentro. Toda a alegria, toda a emoção. Mantenha os olhos fechados. Entendeu?

— Acho que sim — respondeu Immy. Ela olhou para Dina em busca de apoio, e amiga lhe sorriu em resposta.

Um café e um feitiço para viagem

— Muito bem, conta até três. Dina, vai um pouco para trás para não cair em você.

Dina obedeceu. O feitiço não era para ela, e não queria atrapalhar a magia ficando muito perto.

Depois de contar até três, Nour abriu o saquinho e soprou o pó dourado no rosto de Immy. A noiva foi envolvida por uma nuvem de ouro cintilante e âmbar profundo, até o pó se dissipar no ar como se nunca tivesse estado ali. Não deixou nem uma mancha nos móveis.

— Immy, você está deslumbrante! — gritou Dina, enquanto Immy se virava para o espelho.

Immy deu de cara com um delineado de gatinho elegante e lábios vermelhos ousados, e não conseguiu conter um sorriso. Ela se levantou, abraçou Nour e puxou Dina para o abraço também.

— O que eu faria sem vocês duas!

Nour recuou e examinou a maquiagem.

— Muito bom. Muito bom. Agora, não fique farreando até muito tarde, porque isso vai desaparecer da sua cara às três e meia da manhã em ponto.

— Por que três e meia?

— Regras são regras. — Nour pegou a mão de Immy. — Immy, estou muito orgulhosa. Você está linda.

— Obrigada, Nour — respondeu Immy. — Não me faça começar a chorar agora que você arrumou a minha maquiagem! — falou, secando os olhos com um lenço de papel.

— Tudo bem, tudo bem, estou sendo uma velhinha emotiva. Mas você pode chorar quanto quiser, a maquiagem é à prova d'água.

Já na porta, ela se virou para as três amigas.

— Minhas meninas — falou, sorrindo. — Todas adultas, já se casando.

Dina soltou uma risada.

— Só a Immy vai se casar, mãe.

Nour lançou um sorriso astuto à filha.

— Não questione a intuição de uma bruxa, Dina. Ela nunca mente.

Dito isso, Nour se foi.

— Uma família inteira de bruxas — disse Rosemary. — Você acha que algum dia me deixaria escrever sobre isso? — Ela olhou para Dina, esperançosa.

— Desculpa, eu já vendi a história da minha vida pra Immy — falou Dina.

— É, e eu tenho direitos inalienáveis! — falou a noiva com uma gargalhada. — Muito bem, vocês duas, me ajudem a colocar o vestido.

O vestido de Immy era lindo. Dina se lembrou da descrição do vestido dos sonhos da amiga: decote fundo e mangas compridas que se alargavam do cotovelo para baixo. Poderia muito bem ser o vestido de noiva da Mortícia Addams, se a personagem tivesse alguma vez usado branco.

— Acho que vou chorar — falou Dina com um suspiro, enquanto abaixava o véu sobre o rosto de Immy.

— É melhor você não fazer isso, cacete, ou *eu* vou começar a chorar. Aí vou começar a suar e vou estar um desastre antes mesmo de a gente descer — disse Immy, fungando.

Dina entregou o buquê de girassóis à amiga.

— Eric é um cretino sortudo — comentou Rosemary.

Immy se olhou no espelho de corpo inteiro, com o cabelo loiro caindo em cascata pelas costas em uma trança elaborada, flores recém-colhidas entrelaçadas aos fios.

— É, ele é mesmo.

O coração de Dina se alegrou quando ela ouviu a confiança na voz de Immy. Nem sempre tinha sido daquele jeito — Dina se lembrava muito bem dos telefonemas noturnos cheios de lágrimas, depois que outros caras tinham partido o coração da amiga.

E para cada um que partia o coração de Immy, Dina fazia um feitiço bem pequenininho, para que no dia seguinte os mesmos caras pisassem em cocô de cachorro. Tratavam a amiga dela como uma merda, e eram obrigados a pisar em merda de verdade. Dina acreditava firmemente em justiça poética — e em pequenas vinganças.

— Acho que está tudo pronto — disse Rosemary da porta.

Dina arqueou uma sobrancelha.

— Pronta para se casar?

— E como! — Immy riu e pegou o braço estendido de Dina.

Dina não iria apenas desempenhar o papel de madrinha naquele dia. Ela ia levar Immy até o altar.

Capítulo 23

A manhã passou num piscar de olhos. Dina, infelizmente, tinha colocado um feitiço na porta do quarto dela na cabana que não permitia que fosse aberta até ela estar pronta — e nas palavras dela "com um pouco menos de tesão". Scott tinha um milhão de perguntas sobre a função de um feitiço que de alguma forma media os níveis de tesão e os interpretava de modo a regular a abertura de uma porta, como uma espécie de cinto de castidade mágico. Mas, acima de tudo, ele estava secretamente feliz por Dina o desejar tanto, a ponto de precisar se enfeitiçar para conseguir se arrumar a tempo para o casamento. Seu ego exagerado temia que ela tivesse que ficar trancada para sempre ali dentro.

Como Scott não era bruxo, foram necessárias algumas respirações profundas e pensamentos aleatórios para se distrair e acalmar a semiereção. Dina o avisou quando estava saindo da cabana para ajudar Immy a se preparar — e, conforme combinado, Scott permaneceu relutantemente no quarto dele até ela sair. Aquele feitiço que trancava a porta já não parecia mais tão tolo.

Foi necessária uma quantidade obscena de força de vontade para ele não abrir a porta do quarto e tomar Dina nos braços. Ele a encostaria na bancada da cozinha e enterraria o rosto entre as suas coxas, só para ouvir aquele sonzinho baixo e doce que ela deixava escapar quando gozava, então transaria com ela em cima de todas as superfícies e apoiados em todas as paredes da casa. Faria Dina gritar o seu nome de joelhos naquela noite.

Mas Scott havia aguentado. Jesus, e como ele havia aguentado.

Aquele era o dia do casamento de Eric e Immy. E Scott sabia que precisava estar ao lado do melhor amigo, tanto quanto Dina precisava estar ao lado de Immy.

Scott encontrou Eric na suíte dele, fazendo flexões de braço para aliviar a ansiedade.

— Espero que não sejam flexões de pânico — comentou Scott, rindo, enquanto fechava a porta depois de entrar no quarto.

— Nem em um milhão de anos... você *viu* a Immy? Eu seria louco — bufou Eric, sentando-se sobre os calcanhares.

Sempre tinha sido tranquilo daquele jeito entre eles. Se Scott tivesse um irmão, ele imaginava que o vínculo deles seria muito parecido com o que tinha com Eric.

— Comprei um presentinho de casamento — falou Scott, e pegou o celular.

Eric ergueu uma sobrancelha e ajeitou mais uma vez a gravata.

— Ah, é?

— Toma. Dá uma olhada.

Scott entregou o celular ao amigo e viu encantado os olhos de Eric se arregalarem.

— Isso é o que eu acho que é? Cara, você está falando sério? — Eric puxou Scott para um abraço. — Um barco? A porra de um barco?

— Você merece. Quantos anos a gente passou remando naquele barquinho alugado?

— Na verdade, esse é um presente para você, então.

— Para nós dois. Mas tem mais uma coisa. Aumenta o zoom. — Scott apontou para o canto esquerdo da foto.

— Não acredito! — exclamou Eric quando se deu conta do que era. Scott tinha batizado o novo barco de *Immy*. — Isso é de longe a coisa mais brega que eu já vi, mas adorei. De verdade. Obrigado, Scott.

— O que será que a Immy vai achar disso?

— Ela provavelmente vai nos chamar de estúpidos por nos dignarmos a fazer uma coisa tão medieval quanto dar o nome de uma mulher a um barco, mas tenho certeza que no fundo ela vai adorar.

— Quem sabe você não leva ela pra passear também — sugeriu Scott.

— Rá. A gente já tentou isso uma vez. A Immy fez questão de contar quantas vezes eu joguei água nela, então ficou sem falar comigo pelo mesmo número de horas. A minha encantadora futura esposa não gosta de se molhar, nem de sentir frio.

— Não falta muito para que você possa chamar ela só de "esposa" — lembrou Scott com um sorriso. — Está pronto?

As portas duplas do grande salão de baile da Honeywell House se abriram. Era o tipo de salão com que as pessoas sonhavam para um casamento, com painéis de madeira branca cobrindo as paredes, candelabros de bom gosto e janelas do chão ao teto que davam para as colinas e para as árvores tingidas pelo outono.

Em um canto do salão, uma mulher tocava harpa, e a melodia suave de "At Last" ecoava. Era a deixa delas para começarem a caminhar pelo corredor.

Do teto, pendiam lanternas em verde-sálvia e azul-claro, como joias, cintilando suavemente. Flores recém-colhidas enfeitavam os assentos de cada lado do corredor: íris, campânulas, peônias. Todas as flores favoritas de Immy, algumas nem mesmo daquela estação. Tinha sido uma tarefa para a madrinha, levada a cabo pela perícia mágica de Dina. Immy pediu girassóis coloridos e Dina os cultivou para ela.

— Isso está mesmo acontecendo — sussurrou Immy através do véu, de braço dado com Dina, muito feliz pela amiga ter lhe pedido para acompanhá-la até o altar.

Dina olhou de relance para Immy, mas os olhos da noiva estavam fixos em Eric, parado no fim do corredor, o cabelo ruivo cintilando sob a luz do sol que atravessava a janela.

Os olhos de todos os convidados estavam voltados para Immy, todos com um sorriso largo no rosto, e enxugando as lágrimas com lenço enquanto assistiam à entrada da linda noiva.

Todos, menos Scott. Ele encontrou o olhar de Dina com uma intensidade que a deixou sem fôlego. A sala desapareceu. O mundo inteiro desapareceu. Eram só eles dois. Scott sustentou o olhar dela e Dina sentiu uma pressão no peito. Uma pressão que a inclinava na direção dele. Não era só um desejo de estar perto dele, mas de conhecê-lo de verdade, de conhecer todas as esquisitices, tendências e hábitos daquele homem. Ela queria vê-lo de manhã bem cedo e à noite. Queria saber exatamente o que Scott pedia em cada restaurante, quais eram os filmes que o reconfortavam, que músicas ele ouvia quando precisava se isolar do mundo.

Dina tentou reprimir o pavor que acompanhava aquela alegria. Ela deveria saber que Scott seria um problema e não queria de jeito nenhum que nada acontecesse com ele. Dina se lembrou de Alex, o chef que ela havia namorado, e das queimaduras que ele havia sofrido, e também de Eliza e o ferimento na cabeça. O que a maldição faria com Scott se ela não o afastasse imediatamente?

Não havia mais como negar o jeito como ela se sentia quando estava perto dele. Scott a fazia se sentir mais inteira, mais completa. Ele a fazia desejar ser uma versão melhor de si mesma.

Lágrimas brotaram de seus olhos, e Dina desejou que Scott se aproximasse, secasse seu rosto com um beijo, e dissesse que ia ficar tudo bem. E se ela encontrasse uma maneira de quebrar o feitiço dessa vez? Talvez Scott se revelasse algum tipo de mulherengo, o que tornaria mais fácil lhe dar as costas... mas Dina já sabia que não era o caso.

Ela afastou o sentimento que ansiava por se nomear, e manteve a porta do coração trancada enquanto ele cutucava cada cantinho do seu coração.

Quem olhasse pensaria que as lágrimas de Dina eram de felicidade pela amiga.

Ela viu Nour pelo canto dos olhos, viu o sorriso astuto em seu rosto diante da expressão da filha. A mãe sabia que Dina quase nunca chorava, e Dina apostava que aquela bruxa sabichona sabia exatamente por que ela estava chorando.

Elas chegaram ao fim do corredor, e Eric sorriu para Dina enquanto tirava o braço de Immy do dela e ajudava a noiva a subir na plataforma onde seria realizado o casamento.

Dina se afastou entorpecida para o lado, os dedos ao redor do buquê. E desejou que houvesse mais ar naquele salão. Desejou um futuro com Scott onde eles pudessem ficar juntos e a maldição jamais o machucasse.

Dina pegou aquela esperança e guardou-a como uma sementinha dentro do coração. Uma coisa pequena, mas sólida, que pareceu afundar em seu estômago com certa viscosidade e um sabor amargo.

O salão de baile era enorme, mas abafado, e ela se concentrou em uma trilha de poeira visível nos raios de sol que entravam pela janela. Dina se forçou a respirar fundo uma vez, então outra, enquanto a harpista dedilhava as últimas notas da música.

Pelo menos dali em diante só o que ela precisava fazer era ficar parada e sorrir. E era capaz de fazer aquilo. Dina se forçou a sorrir e manteve os olhos fixos no rosto encharcado de lágrimas de Immy.

Deus, qual o tamanho do egoísmo de uma pessoa que chora por causa da própria vida amorosa no casamento da melhor amiga?

O início da cerimônia passou como um borrão. Eric fez toda a sala rir durante seus votos, embora a reação de Immy tenha sido mais parecida com uma miscelânea de risadas e soluços. Então Immy fez seus votos para Eric quase aos sussurros, como se as palavras fossem para ele e somente para ele.

O celebrante então os conduziu para as partes mais formais da cerimônia e para a troca de alianças. Agora Dina estava atenta, tinha saído da névoa que a envolvera.

Ela se colocou entre Immy e Eric e deu início ao ritual pagão onde as mãos dos noivos são amarradas juntas com fitas.

Dina segurava três fitas trançadas na mão, todas de cores diferentes. Vermelho para paixão, amarelo para alegria e verde para lealdade. Ela não conseguia imaginar um casal que se adaptasse melhor um ao outro, e tinha ficado exultante quando eles sugeriram que ela celebrasse o ritual de atar as mãos.

— Juntem as mãos, palma com palma — anunciou ela, a voz um pouco trêmula.

Dina normalmente não se incomodava de falar na frente de muitas pessoas, mas as emoções do dia estavam claramente cobrando o seu preço. Ela arriscou uma olhada para Scott e, quando o sorriso caloroso dele a envolveu, ela achou um pouco mais fácil respirar. Sua voz se firmou.

Dina pegou as fitas trançadas e começou a enrolá-las nas mãos unidas de Immy e Eric.

— Essas são as mãos da pessoa que é a sua melhor amiga, amante, parceira, que vai estar com você em todas as provações e tribulações da vida, a pessoa a quem nesse dia você prometeu amar e apoiar para sempre. Essas sao as mãos que vão enxugar as lágrimas dos seus olhos e lhe dar força quando você precisar. Essas são as mãos que ainda vão continuar a segurar as suas, mesmo quando estiverem velhos, de cabelos grisalhos e sonhando em descansar.

Alguém fungou na plateia e Dina relaxou um pouco. Tia chorando, objetivo atingido.

Enquanto falava, Dina deixou uma pequena onda de magia escapar da ponta dos dedos, delicada e macia.

A magia não mudaria nada no relacionamento de Eric e Immy, só ajudaria a fortalecer os laços já estabelecidos. Dina gostava de pensar da seguinte maneira: se Immy e Eric discutissem por alguma coisa insignificante, eles se lembrariam do dia do casamento, daquele momento. Sentiriam um tranco no pulso, aproximando-os um do outro, instigando-os em direção ao conforto familiar dos braços um do outro. Paixão, alegria, lealdade.

Aos olhos de Dina, o vínculo mágico cintilava em um tom de dourado profundo. Ninguém mais seria capaz de ver a magia, além da mãe dela. Immy sorriu para Dina.

Dina recuou, então, e observou o celebrante declarar a amiga e Eric casados. Eric abraçou a esposa e Dina não pôde deixar de sentir uma onda de alegria envolver seu coração.

Depois daquilo, a cerimônia estava encerrada. A harpista voltou a tocar, agora uma melodia romântica mais alegre. Immy puxou Dina para um abraço apertado, e de uma força surpreendente, levando em conta que era bem mais baixa que Dina.

— Foi perfeito, obrigada — falou junto ao cabelo de Dina.

— Não precisa me agradecer por isso, Imms, é mérito de vocês dois.

Dina se afastou e segurou o rosto da amiga entre as mãos. Immy estava exultante de alegria e aquilo contagiou Dina. Aquele não era um dia para ficar chafurdando em pensamentos — haveria bastante tempo para isso, se ela precisasse.

Quando Dina se afastou, Immy e Eric foram cercados pelos amigos e familiares junto ao altar. Ela olhou ao redor do salão, seus olhos procurando instintivamente por Scott. Deus, bastou uma noite de um sexo gostoso sem penetração e ela já estava envolvida daquele jeito.

De repente, uma mão grande e quente cobriu a dela. E uma voz baixa e rouca soou junto ao seu ouvido, o hálito quente provocando arrepios na sua nuca.

— Vem comigo — disse Scott, e puxou Dina para fora do salão lotado.

A mão dele continuou segurando a dela, guiando-a suavemente pelo corredor. Ele não falou nada, nem sequer olhou para Dina, mas um sorrisinho erguia os cantos dos seus lábios. Para onde ele a estava levando?

Com um sorriso, Scott abriu a porta de uma sala ao lado. Uma espécie de antecâmara ou quarto de camareira.

Para falar a verdade, Dina não estava prestando a mínima atenção. Porque Scott estava ali, com os braços ao seu redor, e quando ela olhou para ele, viu que seu cabelo estava daquele jeito incrível e encaracolado. Scott abaixou o rosto para encontrar o dela, sorrindo o tempo todo.

O beijo foi ofegante, desesperado. Ela precisava estar mais perto dele — mais do que isso. Precisava da pele dele na dela. Dos lábios dele em sua orelha, da língua descendo pelo seu pescoço, entre os seus seios. Scott deixou escapar um gemido abafado enquanto libertava os seios de Dina do vestido e capturava um deles com a boca. As mãos de Scott agarraram avidamente as coxas dela, em um gesto possessivo — e Dina adorou aquilo. Agradeceu às deusas por ter decidido não usar meia-calça por baixo do vestido, o que dava a Scott fácil acesso à calcinha já encharcada.

Uma voz soou do outro lado da porta. Cacete, tinha alguém ali. A maçaneta começou a girar e o coração de Dina disparou em alarme.

— Merda. De novo não — murmurou Scott, mas parecia estar mais preparado para aquele tipo de situação do que Dina.

Ele a pegou no colo e correu para um closet próximo, que felizmente parecia estar quase vazio, a não ser por alguns casacos (talvez eles estivessem em uma chapelaria, então?), e conseguiu fechar a porta assim que alguém entrou no cômodo.

Estava um breu dentro do closet, e Dina tinha plena consciência de que seus seios ainda estavam para fora, pressionados no peito arfante de Scott. Ela não conseguia vê-lo, mas sentiu que ele se inclinava para sussurrar em seu ouvido.

— Essa foi por pouco. — O sopro da respiração dele provocou arrepios na clavícula dela.

— É — foi tudo o que Dina conseguiu sussurrar de volta, a voz trêmula.

Eles ouviram a voz de duas pessoas na sala, e nenhuma que ela conhecesse bem. Espera, aquele com certeza era o oficial de registro. E a outra voz... Martin, o administrador da propriedade. Qual era o problema daquele homem? Estava sempre atrapalhando momentos íntimos de Dina com Scott.

Mesmo assim, Dina não se importava nem um pouco de estar trancada em um lugar fechado com Scott. Ela podia sentir o relevo firme da ereção dele pressionando seu quadril. E poderia apostar que se o levasse à boca naquele momento, a cabeça já estaria molhada.

Scott parecia estar tendo ideias semelhantes, porque suas mãos desceram até a bunda de Dina, e começaram a massageá-la. Ele deixou escapar um som entre um gemido e uma vibração, enquanto deslizava um dedo, e depois dois, no sexo encharcado de Dina. Ela mordeu o lábio, mas ainda assim deixou escapar um gritinho. Eles precisariam ser muito mais silenciosos se quisessem fazer aquilo.

— Uma bocetinha tão linda — falou Scott, a voz cheia de desejo, abaixando-se mais.

Então, enterrou o rosto entre as pernas de Dina. Scott lambeu a umidade ali, primeiro em movimentos suaves e depois com mais intensidade, movimentando o clitóris dela de um jeito que deixou o corpo de Dina todo arrepiado.

Ela nunca havia gozado tão fácil, tão rápido, mas conseguia sentir o orgasmo chegando a cada movimento de Scott. Os dedos dele avançavam e recuavam dentro dela, enquanto ele chupava, beijava e fazia todo tipo de coisas fantásticas. Scott parecia estar em todos os lugares ao mesmo tempo. Dina passou os dedos pelos cabelos dele, saboreando a sensação de tê-lo entre as suas coxas. Como se ele estivesse destinado a estar ali. As vozes continuavam a conversar do outro lado da porta, mas agora pareciam estar a um mundo de distância. Nada mais importava naquele momento.

— Goza pra mim... isso... boa menina... — sussurrou Scott, a boca ainda pressionada na pele dela.

Scott sabia o que Dina queria — e daria a ela. Dina passou as pernas ao redor da parte superior das costas dele e as deixou apoiadas ali. Pela forma como Scott se mexeu, percebeu que ele havia gostado daquilo. E — ai, cacete! — ela não ia conseguir se segurar mais, não com ele fazendo aquilo. O orgasmo a atingiu em ondas deliciosas, fazendo pontos cintilantes de luz dançarem diante dos seus olhos.

Só que ela não estava desfalecendo, havia realmente luz no closet, e era ela que estava emitindo. Pequenos pontos de luz pareciam borbulhar da pele dela, e flutuavam ao redor deles como sementes de dente-de-leão. Ou como vaga-lumes. Scott, que ainda estava entre as pernas dela, levantou o rosto ainda molhado dos fluidos do orgasmo dela. Seus olhos se arregalaram quando ele se deu conta da cena.

— Bem, isso definitivamente nunca aconteceu comigo antes.

Quantas vezes na vida Dina havia tido um orgasmo? E em nenhuma delas faíscas mágicas haviam explodido do seu corpo. Immy e Rosemary não iam acreditar quando Dina contasse a elas o que tinha acontecido. Talvez fosse aquele lugar, a magia que morava ali. Ou talvez fosse Scott.

Ele a encarou sob aquela luz suave e dourada. A expressão em seu rosto era de puro assombro e algo mais, algo que fez o coração de Dina disparar. Ela sentiu o sangue latejando em seus ouvidos.

— Incrível, você é incrível — disse ele. Sem nem um pingo de medo ou apreensão.

— Não sei como isso aconteceu — sussurrou Dina de volta, sem conseguir tirar o sorriso do rosto. Um sorriso diabólico apareceu no rosto de Scott.

— Eu sei.

Ele sorriu, então, antes de enfiar novamente a cabeça entre as pernas dela e estilhaçar o mundo de Dina em um milhão de caquinhos cintilantes uma vez mais.

Capítulo 24

Scott achou que estava em apuros antes, mas aquilo tinha sido só uma amostra. Agora ele sabia que estava mergulhado em um profundo atoleiro. Uma verdadeira areia movediça.

Scott disse a si mesmo que estava se esforçando muito para não se apaixonar por Dina. De jeito nenhum ele deveria se sentir tão feliz... não era natural.

Durante toda a tarde da celebração do casamento de Immy e Eric, ele tinha se sentido sintonizado com Dina. O jeito como o rosto dela se franziu de alegria quando ela apresentou a torre de pãezinhos de canela aos recém-casados. Quando Scott fez seu discurso de padrinho, e leu uma passagem do diário de adolescente de Eric, foi a risada dela que ele ouviu mais alto.

A alegria obstinada de Dina estava enfraquecendo a guarda que Scott erguera ao seu redor depois de Alice. Ele precisou recorrer a toda a sua força de vontade para não contar a Dina sobre a intensidade crescente dos seus sentimentos quando aquelas luzes começaram a escapar dela. Ela tinha literalmente cintilado por causa dele — e, pela expressão de surpresa e exultação pós-orgasmo estampada no rosto de Dina, Scott soube que aquele momento também tinha sido especial para ela. Em algum lugar no fundo da mente dele, sua razão gritou que aquilo não deveria ter sido possível. Mas aquela era Dina. Tudo nela desafiava as expectativas.

Ele queria dar prazer àquela mulher pelo resto da vida deles. Não se cansava do sabor dela, do cheiro dela. Da forma como seus olhos se arregalavam quando ela o fitava com intensidade. Da forma como ele tinha acordado de manhã com a boca cheia do cabelo gigante dela, com corte de polvo, e adorado aquilo. A bondade, a inteligência de Dina — cada faceta recém-descoberta da personalidade dela aumentava a profundidade do seu apego.

Ele estava se enganando? Depois que aquele fim de semana terminasse e o esplendor do casamento desaparecesse na lembrança, Dina ainda iria querer estar com ele? Sentiu um aperto no peito só de imaginar não ver Dina todos os dias pelo resto da vida.

Mas tudo começou desse mesmo jeito com Alice, não é mesmo?, disse aquela vozinha malvada e inconveniente em sua mente. Scott também tinha se apaixonado perdidamente na época e, durante o tempo que passou com Alice, seu sentimento não mudara. Mas talvez fosse aquele o seu problema.

Ele se apaixonava fácil demais, confiava rápido demais. Não tinha percebido os sinais com Alice — o sexo continuara bom e ele conhecia bem o corpo dela, mas houve momentos em que sentiu que o coração de Alice não estava presente.

Momentos em que ele era apenas um corpo ali para dar e receber prazer sexual. Mas com Dina, Scott sentia que ela estava presente. Ela o queria — a ele, Scott — durante todo o tempo em que estiveram juntos. Cacete, ele já estava duro de novo só de pensar no jeito que ela o tomara na boca na noite anterior — com vontade, *tanta* vontade.

Dina não tinha se incomodado com o jeito como ele ficava mandão no sexo, como assumia o comando. Na verdade, ela havia gostado. Como se tivesse sido feita para ter prazer com ele.

Scott queria aquela boca linda em volta do pênis dele de novo, e o batom vermelho que ela usava naquele momento definitivamente não estava ajudando, pois tornava os lábios dela ainda mais carnudos, suculentos. Ele quis que aquele batom manchasse todo o seu corpo.

Scott precisava pelo menos tentar se acalmar um pouco ou não conseguiria atravessar aquela noite. Eles haviam feito um pacto mais cedo no closet, depois que todas as luzes flutuantes se apagaram (ele mal podia esperar para ver aquilo acontecer *de novo*), de que não fugiriam para mais nenhum closet, nem voltariam para a cabana antes que a noite terminasse. Afinal, os dois eram padrinho e madrinha dos noivos, tinham deveres a cumprir.

Deveres que envolviam principalmente empurrar copos d'água e xícaras de espresso a tios bêbados que pareciam ter começado a tomar prosecco cedo demais. No momento, um deles estava roncando em uma poltrona no canto do salão.

Os administradores da Honeywell House tinham realmente se superado na decoração. Assim como no jantar de ensaio, toda a iluminação era à luz de velas. Delicados lustres de cristal pendiam do teto, a luz dançava nas arandelas de latão nas paredes e havia pilares com tigelas de água e pequenas velas flutuando no topo, em forma de nenúfares. Era como o cenário de um filme de Nancy Meyers, que as mães de Scott o obrigavam a assistir quando ele era mais novo.

Mais cedo, durante a recepção, Scott havia considerado seriamente chamar Immy de lado e pedir a ela para jogar o buquê para Dina. Então pensou melhor, porque percebeu que aquilo o faria parecer louco.

Já estava mesmo pensando em casamento? É claro. Foi impossível não pensar quando olhou para a pista de dança e viu Dina dançando que nem uma boba com Immy. Por algum motivo, ela fazia até mesmo soquinhos tolos no ar parecerem graciosos. E o jeito como a luz das velas iluminava a pele marrom escura de Dina... ela era perfeita para ele.

— Você não está sendo muito sutil, sabia? — disse alguém ao lado de Scott.

Era o pai de Dina, com um sorriso travesso no rosto. Scott tinha consciência de que Robert Whitlock poderia ter usado sua altura e seu porte físico para parecer imponente — ele tinha mais o corpo de um levantador de peso competitivo do que de um contador.

— Como assim? — falou Scott, embora seu tom inocente não enganasse ninguém.

— Qualquer um consegue ver que você está caidinho pela minha filha.

Ô-ô, será que ele estava prestes a ter aquela conversa de "fique longe da minha filha" com Robert?

— Senhor, eu...

— A Dina já é crescida, pode decidir com quem quer ficar. Não vou me meter nisso.

Ufa. Scott estava pronto para lutar por Dina, se fosse necessário.

— Mas a minha Dina é muito especial. — Robert lançou um olhar inquisidor para Scott. — Eu me pergunto se ela já te contou *quanto* é especial.

Scott demorou um instante para interpretar o que Robert estava querendo dizer. A magia, ele estava falando sobre a magia.

— Ela já contou, sim. Ainda não posso dizer que compreendi tudo, tudo; é muita coisa para assimilar. Mas isso não me preocupa, nem um pouco.

Os ombros de Robert Whitlock relaxaram ligeiramente de alívio, e ele deu um tapinha forte nas costas de Scott.

— Gostei. Gostei — falou, sorrindo.

Por um breve instante, Scott se perguntou se Dina já teria mostrado sua magia para alguém antes, alguém com quem ela estivesse em um relacionamento. Ele se perguntou como teriam reagido.

— Se não se importa que eu pergunte, como descobriu sobre a mãe da Dina?

— Ah, a verdade é que a Nour era péssima em esconder isso. No nosso segundo encontro, fizemos um piquenique e ela levou uns triângulos de massa folhada deliciosos chamados *briouats*. São recheados com amêndoas, mel e coisas assim. Bem, foi a melhor coisa que já comi. Naquela noite, quando fui até a geladeira, havia três *briouats* embrulhados em papel alumínio. E eu não os tinha colocado ali. E, ainda mais estranho, os doces reapareciam na minha geladeira todos os dias se eu os comesse no dia anterior. Do nada, como... bem, como por *magia*. É claro que ela não confessou abertamente. Mas dali em diante eu passei a ter uma boa ideia do que estava enfrentando.

— Robert riu enquanto a esposa se afastava da aglomeração crescente na pista de dança e caminhava na direção deles.

— Você descobriu se eles estão namorando? — perguntou Nour ao marido, estreitando os olhos com desconfiança para Scott.

Robert deu um beijo na cabeça da esposa e soltou uma risada bem-humorada.

— Cá entre nós, acho que podemos acabar assustando ele, *cariad*.

— Então você não está namorando a nossa Dina?

— Eu... ainda não. Eu gostaria de estar, mas acho que isso depende da Dina — respondeu Scott.

Ter aquela conversa com os pais de Dina era só ligeiramente aflitivo. Mas ele estaria mentindo se dissesse que não tinha medo de Nour.

— Ai, aquela garota — falou ela, revirando os olhos. Então, estendeu a mão e segurou a de Scott com firmeza.

— O que...

— Xiiu. Preciso me concentrar. — Nour ergueu um dedo, silenciando-o.

— Você está lendo minha mão? — perguntou ele timidamente.

— Não. Estou lendo a sua aura, é bem diferente. Agora para de fazer perguntas.

Scott ficou parado ali em silêncio, enquanto a mãe de Dina lia sua aura, se sentindo estranhamente vulnerável. Ele tinha a sensação de que a aura que Nour estava lendo não tinha nada a ver com aquela de uma "enxaqueca com aura", de que a mãe dele, Helene, costumava reclamar.

Nour apertou a mão dele e soltou.

— Funcionou? — perguntou Scott, tenso.

Nour olhou para ele com uma expressão avaliadora e sorriu.

— Eu sabia. Vocês dois são bons um para o outro — disse ela com naturalidade. — Mas não diga a ela que eu disse isso.

Scott sorriu.

— Não vou dizer.

Antes que Nour tentasse cometer algum outro tipo de "leitura" em Scott, Robert a arrastou de volta para a pista de dança, onde eles desapareceram entre a multidão dançante.

Scott riu ao ver Eric jogar Immy no ar, e girar com ela. Olhou ao redor e lá estava Dina, dançando à luz de velas, os cachos castanhos e roxos balançando para a frente e para trás, parecendo uma deusa. E havia... Qual era o nome dele? Um membro da extensa família de Eric, um primo que trabalhava com finanças, e parecia estar de olho em Dina enquanto se aproximava dela.

O primo de Eric não estava só olhando para ela, estava devorando-a com os olhos. Scott sentiu arrepios nada agradáveis subir pelos braços. Claro que não, aquilo não estava acontecendo.

Antes que se desse conta, ele se pegou atravessando a aglomeração embriagada na pista de dança, e foi direto até onde estava Dina. Mesmo com a suas passadas longas, ele não a alcançou antes que Kyle — que raio de nome era esse? — já tivesse começado a conversar com ela, a salivar em cima dela. Pela forma como Dina estava olhando para ele, não parecia muito impressionada.

— Ainda assim, posso te pagar uma bebida? Você parece uma garota que gosta de cosmo — falou Kyle, o babaca ambulante, dando tapinhas no cabelo com excesso de gel penteado para trás. O cheiro da sua loção pós-barba era forte e desagradável.

Dina estava prestes a abrir a boca para responder, mas Scott não se conteve.

— Ah, você está aqui! — falou ele, e passou um braço em volta da cintura de Dina, puxando-a para junto de si. Ela se encaixava perfeitamente nele, o traseiro roçando as suas coxas.

Dina levantou os olhos para ele, plenamente consciente de que Scott estava agindo como um idiota possessivo, e seus lábios carnudos se curvaram com a insinuação de um sorriso.

— Oi, não te vi aí — disse ela, e pressionou mais o corpo ao dele.

Ah, essa mulher, cacete..

Um café e um feitiço para viagem

— Ah, oi, cara — disse Kyle, com a fala arrastada —, não tinha te visto.
— Seus olhos foram timidamente de um para o outro. — Então você tá pegando ela?
Scott sentiu a raiva percorrer o corpo de Dina. Se dependesse dele, expulsaria Kyle da festa agora mesmo, aquele merdinha sem-noção.
— E como ele está me pegando, Kyle — falou Dina, a voz suave como seda, como se ela fosse um predador prestes a atacar. — Já você, não vai pegar ninguém por um bom tempo.
Dina disse aquilo como um insulto, mas Scott percebeu a faísca de magia saltando do dedo dela para a bebida de Kyle.
Antes que Kyle pudesse responder, Scott agarrou os quadris de Dina e a levou para o meio da pista de dança.
— O que você fez? — perguntou ele, sorrindo ao ver expressão satisfeita de Dina.
— Digamos apenas que Kyle vai ter dificuldades para ter uma ereção nos próximos dias. — Ela deu uma risadinha.
— Você foi mais gentil do que eu teria sido. Ele parecia o tipo de cara que batizaria a sua bebida se conseguisse te convencer a deixar que ele te pagasse uma — disse ele, só então se dando conta de que Kyle havia conseguido irritá-lo.
— Bem, foi bom você estar aqui para me salvar. — Dina riu e passou os braços ao redor do pescoço dele, os dedos brincando com os cachos na nuca. — Aquilo foi muito homem das cavernas da sua parte. Eu, Scott. Dina, minha mulher. Kyle, não encosta — grunhiu ela, se colando mais a ele.
— Não gostei de como ele estava olhando para você — admitiu Scott, inclinando-se para sentir melhor o cheiro sensual da pele dela.
Ele estava com muita vontade de dar beijos e mais beijos no pescoço de Dina, de provocar arrepios delicados por todo o corpo dela.
— E como ele estava olhando para mim? — perguntou ela, com uma das sobrancelhas erguidas.
— Como se você fosse... Sei lá, de um jeito que um homem não deveria olhar para uma mulher.
— Não tinha me dado conta de que havia voltado ao período regencial. Qual é o próximo passo, um duelo ao amanhecer?
— Rá, rá. Mas você não parece estar chateada por ele ter ido dar uma volta... — comentou Scott, inclinando-se mais para perto de Dina, roçando os lábios na orelha dela.
— Não, não tem mais ninguém com quem eu gostaria de estar dançando — disse ela, fitando-o com aqueles olhos escuros e insondáveis.

Dina chegou mais perto, então, os seios pressionando o peito dele, os mamilos rígidos visíveis no vestido de veludo. Tudo aquilo para ele. Scott já estava com o membro rígido, pressionando o tecido da calça.

— Deixa eu te beijar — sussurrou Scott.

Ela deixou, e os lábios dos dois se encontraram, fundindo-se um no outro. Não havia universo possível em que Scott se cansaria de ter Dina nos braços.

Quando eles se afastaram, Scott beijou a sarda logo acima da sobrancelha dela e Dina não se afastou. Ficaram daquele jeito por algum tempo: o rosto de Dina encaixado sob o queixo de Scott, os corpos oscilando juntos à luz das velas.

Outros se movimentavam ao redor deles; as músicas mudavam, mas eles continuavam dançando. Não se afastaram nem um centímetro. Scott poderia ter ficado ali para sempre, sentindo o movimento suave da respiração de Dina contra o seu peito.

Uma sensação de paz que ele não experimentava havia muito tempo se espalhou pelo seu corpo. Lar... era como se Dina fosse o seu lar. Ele já havia se sentido daquele jeito com a Alice? Scott pensou, pensou, mas não conseguiu evocar nenhuma lembrança muito clara.

Na verdade, todas as suas lembranças de Alice pareciam estar desbotando. Como se tivessem acontecido em uma vida passada, com outra versão de si mesmo. Com um homem diferente daquele que dançava lentamente com uma deusa mágica em seus braços.

Dina ergueu o olhar para ele.

— Quer voltar para a cabana? — perguntou ela baixinho, a pergunta carregando um mundo de significados.

O corpo de Scott reagiu na mesma hora às palavras dela, e seus sentidos se aguçaram. Scott estava muito consciente da respiração dela contra o seu pescoço, da barriga e dos quadris de Dina, do seu traseiro generoso. Ele queria, ele precisava.

— Quero — quase grunhiu Scott, encantado com a paixão incontida que viu cintilar nos olhos de Dina em resposta.

— Vamos nos despedir da Immy e do Eric.

— A gente pode fazer isso juntos?

Dina sorriu.

— Era o que eu estava pensando.

Capítulo 25

O coração de Dina parecia prestes a explodir no peito. Scott estaria ali a qualquer minuto.

Ela queria que tivessem voltado juntos para a cabana — a cabana deles —, mas quando estavam prestes a sair, o pai de Eric, um tanto embriagado, encurralou Scott para uma conversa sobre viagens. Ele tentou ir embora várias vezes, mas depois que os pais da própria Dina se aproximaram e se envolveram na conversa, não houve mais como os dois saírem juntos.

Dina fingiu que estava cansada e desejou boa-noite a todos. Scott olhou para ela por cima da cabeça dos outros, e a viu se afastar com uma expressão voraz nos olhos.

Vou estar te esperando, ela disse para ele apenas com o movimento dos lábios. Mas quanto tempo ela aguentaria esperar? Já sentia a umidade escorrer entre as coxas, a vagina sensível, ardendo de vontade de ser tocada por ele.

Dina estava em seu quarto, iluminada apenas pela luz da lua. A lua *obviamente* estava cheia naquela noite. Ela se sentia tão cheia de magia que parecia prestes a explodir. Depois do que tinha acontecido mais cedo, dentro do closet, ela estava um pouco preocupada com o que mais poderia acontecer. Aquelas luzes cintilantes que surgiram quando Scott a tinha feito gozar... era algo novo.

Mas o mais importante é que não havia perturbado Scott. Ele não tinha fugido nem parecera sentir medo. Na verdade, Dina achava que Scott gostava de ver o efeito que provocava nela, gostava de ver como ela se entregava completamente quando estava com ele.

Dina não aguentava mais aquele vestido. A única coisa que queria sobre a pele eram as mãos de Scott. Ela desabotoou o vestido nas costas e começou a puxar as alças para baixo.

— Despir você é trabalho meu — disse uma voz baixa e rouca atrás dela.

O corpo de Dina reagiu imediatamente à presença de Scott. Parecia impossível, mas até o som da voz dele a deixava úmida.

— Então vem fazer isso — sussurrou ela, com a voz trêmula.

Dina o ouviu se aproximar, totalmente sintonizada com a presença dele. A sala vibrava com uma energia impalpável, como uma tempestade esperando para ser desencadeada. A respiração dele contra sua nuca... os arrepios de antecipação disparando pelo seu corpo.

Scott passou os dedos na curva da cintura dela e a segurou com força pelo traseiro. Dina soltou um gemido quando ele a tocou, e o calor das mãos dele a fez cambalear.

— Preciso de você sem esse vestido — disse ele, a respiração entrecortada.

Os dedos dele se ocuparam do resto do fecho e o vestido delicado caiu no chão.

— Cacete — falou Scott com um gemido. — Esse tempo todo você estava sem sutiã? — A boca dele encontrou a curva do pescoço dela. — Por que não me contou?

— Você não teria conseguido esperar até agora para vir pra cá — respondeu Dina, com muito mais tranquilidade do que sentia.

Scott riu junto ao pescoço dela.

— Você não está errada.

Uma mão se curvou para segurar um seio dela, e a outra deslizou mais para a frente, os dedos roçando entre as coxas, puxando a calcinha para o lado. Ele ainda não a tocou, apenas deixou os dedos se aproximarem perigosamente do sexo quente, mas os afastou no último instante. Dina deixou escapar um gemido de frustração com aqueles toques fugidios e arqueou as costas, pressionando as nádegas na ereção firme de Scott.

— Por favor — sussurrou ela.

Scott havia liberado alguma coisa nela. Dina sabia em seu íntimo que podia entregar o controle a ele. Ela passava os dias no comando de tudo em sua vida, trabalhando duro. Mas ali, com Scott, sentia que podia passar o bastão. Podia permitir que ele assumisse o comando. E... nossa, aquilo era a coisa mais excitante do mundo.

— Eu preciso de você — sussurrou ela.

Scott roçou o mamilo rígido dela com o polegar até Dina sentir um choque de desejo percorrer todo o seu sistema nervoso. Era como se Scott conhecesse todas as maneiras de deixá-la louca por ele.

— Você vai implorar se eu não der o que quer, Dina? — sussurrou ele em seu ouvido, fazendo-a estremecer.

Sim, ela imploraria.

Scott arrancou a calcinha dela com um puxão.

— Vou — sussurrou Dina, enquanto ele acariciava a entrada da sua vagina, os dedos roçando o clitóris com a intensidade certa.

Ela não sabia quanto tempo mais conseguiria aguentar.

Quando Scott mergulhou os dedos dentro dela, Dina gritou. Como aquilo podia ser tão bom? Ela já havia se sentido daquele jeito com mais alguém?

— Me diz, Dina. Tudo isso é pra mim? — sussurrou Scott junto ao pescoço dela.

— Sim, tudo. É tudo pra você.

Dina estremeceu quando os dedos dele foram mais fundo, enquanto ela montava na mão dele.

— Tão molhada — sussurrou Scott com um gemido.

A pressão intensa do pênis rígido contra as suas nádegas quase a fez perder o controle; ele não parava de possuí-la com os dedos.

— Se inclina pra eu poder te ver — falou Scott, e Dina se inclinou para a frente, apoiando os braços na cama.

Scott se afastou por uma fração de segundo e, quando seus dedos se afastaram da pele dela, Dina logo se sentiu vazia.

— Por favor, por favor — gemeu ela de novo, agora de quatro.

— Que bocetinha linda — falou Scott, atrás dela, a voz traindo que ele também estava no limite do autocontrole.

Então, de repente, o vazio acabou, e a boca de Scott estava ali, lambendo, chupando a vagina dela. Sorvendo-a. Dina soltou um grito de prazer quando a barba dele fez cócegas em sua pele.

Ele enterrou o rosto em seu sexo, a língua entrando fundo nela, lambendo mais fundo e recuando. Então, os dedos de Scott tomaram o lugar da boca, que agora tinha encontrado o clitóris dela. Ele a chupou e a beijou até ela sentir um orgasmo súbito dominá-la. Dina arqueou as costas de prazer, e agarrou os lençóis com força. Scott não parou — ele continuou a segurá-la firme, enterrando o rosto mais fundo em seu sexo.

— Boa menina — falou, e levantou Dina como se ela não pesasse nada.

Dina ficou feliz por ele estar segurando-a, já que não tinha certeza se conseguiria usar as pernas naquele momento.

Ela fitou Scott com os olhos semicerrados. Os espasmos do orgasmo ainda a sacudiam como ondas de choque elétrico. Mas Dina queria mais, precisava de mais.

Precisava ser preenchida por ele.

— Mete em mim, por favor — implorou ela, ainda mais úmida ao ver como a barba dele brilhava com seus fluidos mais íntimos.

Scott esticou o pescoço e capturou a boca de Dina. Ela sentiu o próprio sabor na língua dele. Aquele beijo não teve nada de delicado.

Foi pura luxúria, firme, intenso e enlouquecido de desejo. Os corpos dos dois entrelaçados, os dedos provocando, excitando, agarrados um ao outro como se fossem as últimas pessoas no mundo.

— Por que você ainda está vestido? — perguntou Dina, a respiração misturando-se à de Scott. Um impulso tomou conta de Dina e ela caiu de joelhos diante dele.

— Tira a camisa — exigiu ela.

Scott olhou para ela, os olhos cheios de desejo. Ele tirou a camisa pela cabeça, sem nem se preocupar em desabotoá-la.

Visto daquele ângulo ele parecia ter sido esculpido pelos deuses. Músculos firmes e densos. Pelos pretos que desciam do peito até o cós da calça.

Dina não conseguia desviar os olhos de Scott enquanto abria o zíper da calça. O pênis dele praticamente saltou para fora, a cabeça grossa e rosada escapando da cueca boxer. Ela abaixou a cueca.

E ali estava ele. Pesado, musculoso, com pelos grossos e escuros na base. A cabeça já molhada. Um gemido escapou do fundo da garganta de Scott quando ela o colocou na boca.

Dina queria deixá-lo louco. Queria provocá-lo. Mas no momento em que o colocou na boca, todos os seus planos foram esquecidos. Estava louca por Scott, queria dar prazer a ele. Queria fazê-lo se sentir tão bem quanto ele a fazia se sentir. Scott levou a mão ao cabelo dela, afastando os cachos do rosto.

— Você parece uma deusa, assim, de joelhos na minha frente.

O jeito como ele falou, aquela voz baixa e rouca... Dina quase perdeu o controle. Ela o chupou, movendo a mão para cima e para baixo, o mais fundo que sua garganta conseguiu.

— *Porra*, Dina — disse Scott.

Ela podia sentir as inibições dele desaparecendo quando arremeteu o pênis mais fundo em sua boca. Dina não tinha ideia de que gostaria daquilo, de Scott fodendo sua boca, mas ela adorou.

Então, de repente, os braços de Scott a envolveram pela cintura, levantando-a. Ele a colocou na cama, mas não foi um movimento gentil. Scott terminou de tirar a calça e a cueca, então se abaixou, procurando algo nos bolsos.

— Eu preciso de você agora — grunhiu ele. — Posso ter você, Dina?

— Sim, sim — disse ela, então se recostou na cama e moveu os quadris para ficar aberta para ele.

— Eu preciso pegar camisinha. Está no meu quarto — disse Scott, já começando a se virar.

— Seus exames estão em dia? — perguntou Dina.

— Estão, posso te mostrar... tenho uma cópia deles no celular — respondeu Scott.

Dina balançou a cabeça.

— Eu confio em você. Scott. — Ela acenou, chamando-o mais para perto.

— E eu uso DIU. A gente não precisa de camisinha.

Scott a tomou no colo, os braços fortes, as coxas musculosas embaixo dela.

— Porra, Dina — Scott gemeu de novo quando ela voltou a pegar seu pênis nas mãos.

Cacete, como ia caber dentro dela?

— Se você continuar fazendo isso, não tenho certeza de quanto tempo mais eu aguento — sussurrou Scott.

— Preciso de você dentro de mim — falou Dina.

Ao ouvir aquelas palavras, Scott deixou de lado qualquer aparência de controle.

Ele inclinou Dina para trás, com as costas apoiadas na cama, as pernas levantadas na frente do peito dele.

A cabeça de seu pênis roçou a entrada da vagina dela, provocando-a.

— Você quer me sentir dentro de você, linda? Inteiro? — perguntou Scott, com a voz rouca, enquanto acariciava o clitóris de Dina com a cabeça molhada do pênis.

— *Quero, Scott* — sussurrou Dina, enquanto ele a penetrava em uma estocada longa. O tamanho do pênis dele a deixou eletrizada.

Ela quase gozou ali mesmo, só com a força daquela penetração. Scott ocupou todo o espaço dentro dela e muito mais. Ele a envolveu com o próprio corpo, suas partes quentes e firmes pressionadas contra ela, deixando o corpo de Dina todo mole.

Cada arremetida a levava mais alto em uma espiral e ela já não conseguia mais pensar em nada. Era apenas o corpo de Scott e o dela. As bocas deles se encontraram e, quando ele a penetrou bem fundo, Dina sentiu que aquilo era o mais perto que poderia estar dele. E ainda assim não era o bastante. Ela precisava dele, ainda mais perto, muito mais perto. Os dedos de Scott encontraram o clitóris dela, enquanto ele continuava a penetrá-la, cada arremetida mais funda do que a anterior, mais intensa, e ela se perdeu novamente.

Dina não sabia mais dizer onde ela terminava e onde Scott começava — era tudo quente e confuso, e cada milissegundo parecia dolorosamente bom.

— Quero ver você — falou Scott. Ele a levantou e a colocou em cima dele, invertendo as posições, de modo que Dina ficasse montada nele. — Cavalga no meu pau — ordenou.

A ordem fez um arrepio delicioso percorrê-la. Dina se acomodou em cima dele e, quando Scott se deitou, ela pousou as mãos em seu peito, sentindo as batidas agitadas do coração, enfiando os dedos entre os pelos do seu peito.

Tudo aquilo era novo para Dina — ela nunca havia ficado por cima com um homem antes. Nunca parecia haver tempo para aquilo, como se os caras estivessem sempre tão ansiosos pelo próprio orgasmo que ter Dina por cima era visto como uma perda de tempo.

Mas não para Scott. Ele gemeu de prazer quando Dina se encaixou em seu pênis, os quadris indo para a frente e para trás, cada movimento provocando uma vibração deliciosa por todo o corpo dela.

Era quase demais para Dina, possuí-lo daquele jeito. Scott agarrou o traseiro dela, mantendo-a em movimento com ele enquanto uma nova onda de prazer a arrebatava em um orgasmo intenso e primitivo.

— Scott, Scott — sussurrou Dina, e ali estava ele.

Os braços enormes de Scott a envolveram, seu peito estava pressionado no dela, balançando-a delicadamente, enquanto o prazer pulsava através dela.

— Eu sei que você tá quase gozando. Goza para mim, linda, goza nesse pau — sussurrou ele junto ao pescoço dela, lambendo o suor que escorria ali.

O corpo de Dina parecia prestes a derreter — ela já havia gozado tantas vezes durante o sexo? Dina tinha dúvida se aquilo era sequer possível, mas a verdade era que também não tinha contado que a sua magia se mostrasse de maneira inesperada naquela noite, como tinha acontecido no closet.

Ela não estava apenas nos braços de Scott... estava segura ali.

— Ainda não terminei, Dina — disse Scott, colocando Dina de quatro. Suas mãos, ásperas e calejadas, desceram pelas costas dela, esfregando e massageando as suas nádegas. — Nossa, você é tão linda, como você é linda — sussurrou, com admiração na voz.

Então ele a penetrou, em um encaixe perfeito, e Dina se sentiu derreter.

Cada arremetida parecia levar Dina cada vez mais fundo a um lugar quente, indistinto e cintilante. Ela não tinha palavras para descrever o que estava sentindo. Não tinha como nomear. Scott passou a mão ao redor do corpo dela, fazendo-a voltar à realidade, e deslizou a outra mão pela frente, até o meio das pernas dela, estimulando seu clitóris.

Dina soltou um gemido de prazer — ela achou que estava saciada, mas pelo visto seu corpo ainda não estava disposto a descansar.

— Dina, não sei quanto tempo ainda consigo aguentar — falou Scott em um arquejo, arremetendo cada vez mais rápido. — Posso gozar dentro de você? Quero encher essa bocetinha linda. — Ele se inclinou sobre ela para poder sussurrar em seu ouvido, e aproveitou para mordiscar o lóbulo da sua orelha.

— Isso — implorou Dina —, dentro de mim.

E aquilo era tudo que Scott precisava ouvir. Ele soltou um arquejo alto de prazer, seus dedos ainda estimulando o clitóris de Dina, e o orgasmo sobreveio com força para os dois. Como o estrondo de um trovão. Um relâmpago.

A cabana ficou às escuras. Os dois ficaram ali, ofegantes e abraçados, enquanto gotas pesadas de chuva começavam a cair.

Capítulo 26

Scott às vezes se perguntava como seria não ter ossos. Aquilo provavelmente era o mais perto que ele chegaria disso. A palavra *saciedade* nem começava a descrever. O cheiro de Dina estava impregnado nele e, depois que terminaram, os dois ficaram deitados na cama, em um emaranhado de membros suados. Em algum momento, Dina adormeceu e Scott a acordou beijando sua clavícula. Então, continuou a distribuir beijos por todo o corpo dela, passando pelo umbigo, até o calor entre as suas coxas. Eles se perderam mais uma vez um no outro por algum tempo depois daquilo.

Dina saiu do quarto para se limpar e, enquanto ela estava fora, Scott alisou os lençóis amassados. Ficou deitado na cama, olhando para o teto, aproveitando o ar fresco da noite de outono e o som da chuva no telhado da cabana. Não sabia bem qual seria o próximo movimento: Dina voltaria para os seus braços? Aquilo era, sem sombra de dúvida, o que ele queria.

Ou ela ergueria novamente a guarda? Retomaria a fachada, que dizia: *Não estou pronta para isso, recua.* Ele não sabia muito bem como reagir àquilo. Às vezes era como se ela fosse duas pessoas diferentes. Dina estava claramente se contendo para não relaxar completamente perto dele, estava controlando as próprias emoções.

Scott não conseguia entender o motivo, mas se fosse algo que estivesse em seu poder resolver, então resolveria.

Agora não havia mais qualquer dúvida em sua mente de que ele estava perigosamente perto de se apaixonar por Dina. E o sexo só o deixou ainda mais próximo disso — se isso fosse mesmo possível. A forma como o corpo dela o acolhera, seguro, quente, como se ela tivesse sido feita para ele.

Scott se perguntou se deveria se oferecer para voltar para a cama dele, caso fosse aquilo que Dina quisesse. Ele se inclinou para acender a luminária da mesa de cabeceira, mas a lâmpada estava queimada. E não era só aquela lâmpada: ele tentou todos os interruptores da sala. Estavam todos sem energia.

— Promete que não vai rir do que vou te contar — disse Dina, parada na porta do quarto, a pele ainda úmida.

— Prometo — disse ele.

Scott estava feliz por ela ter voltado para o quarto, mas como ele poderia pensar direito agora que sabia que ela saía do banho molhada daquele jeito? Seu pênis já estava enrijecendo de novo só de ver as curvas deliciosas e o abdômen macio.

— Acho que eu causei um corte de energia.

— O quê? Como?

— Quando nós, hum, gozamos juntos. Acho que a minha magia simplesmente... *pfff*. — Dina fez um barulhinho borbulhante. — Então houve alguns relâmpagos e um trovão.

— Ah, desculpe, acho que não vou aguentar. Ah, não. — Scott caiu de costas na cama. — Não estou aguentando, está pesado demais — falou ele, com um gemido.

— O que está pesado? — perguntou Dina, aproximando-se dele.

— Meu ego... está grande, inchado demais. Como vou conseguir carregar um ego desse tamanho agora que sei que sou capaz de, com um orgasmo, te transformar em uma bomba eletromagnética ambulante?

Ele soltou uma gargalhada quando Dina caiu em cima dele, então a aninhou nos braços.

— Eu sabia que você ia ficar insuportável quando soubesse disso — falou ela, mas sorria de orelha a orelha.

— Posso dormir aqui hoje? — perguntou Scott, colocando um cacho solto de cabelo atrás da orelha dela. Ele viu o sorriso desaparecer do rosto de Dina, deixando uma expressão insegura no lugar. — Só se você quiser — acrescentou ele. A última coisa que ele queria era que Dina achasse que aquilo estava indo rápido demais.

— Pode, é só que... — Ela franziu o cenho.

— O quê?

— Acho que a gente pode se machucar — disse ela, com a voz muito baixa.

Scott sentiu o coração apertado.

— Eu não vou te machucar, Dina. Jamais seria capaz de machucar você.

— As pessoas de quem eu gosto se machucam.

Ela suspirou contra a pele dele. Scott estendeu a mão e ergueu o queixo de Dina para que seus olhos se encontrassem.

— Dina, eu sei que tem coisas que você não está pronta para me contar. Sei disso. E nunca vou te pressionar. Mas eu não vou a lugar nenhum. Você não vai acordar uma manhã e descobrir que eu desapareci, nada disso. Sei que é pedir muito de você tão cedo, mas pode confiar em mim.

Dina o encarou com intensidade, como se pudesse encontrar uma resposta nos olhos dele, embora Scott não soubesse o que ela estava buscando. Só o que ele podia fazer era abraçá-la e permanecer ao lado dela. E amá-la, se ela permitisse.

Depois de algum tempo, Dina fechou os olhos e pousou a cabeça no peito dele.

— Foi isso que aconteceu com você? Ela simplesmente foi embora? — perguntou Dina em um sussurro, acariciando distraidamente os pelos escuros que desciam pela barriga de Scott.

— Quisera eu. Acho que teria sido mais fácil desse jeito. Mais honesto, talvez. Não, eu estava examinando alguns artefatos na Escócia. Terminei antes do previsto, então peguei um trem para casa, para fazer uma surpresa.

Scott se viu envolvido pela lembrança, sentiu o gosto amargo daquele dia grudado no céu da boca. A empolgação que havia sentido naquela viagem de trem para casa, pensando em como iria surpreender Alice e levá-la para um jantar chique.

— Quando voltei para o apartamento, a primeira coisa que ouvi foi o piso ranger. Um clichê. Entrei e flagrei a Alice com um dos amigos dela, um cara chamado Marc.

— Marc com C? — perguntou Dina.

— É.

— Ah, então ele era mesmo um babaca.

— Rá, rá. Pode apostar.

Por algum motivo, o fato de estar falando sobre aquilo com Dina fez o gosto amargo desaparecer. Scott havia abordado tudo aquilo na terapia, é claro, mas havia algo diferente em desabafar com Dina, ali. Estava se desnudando diante dela, e ela não estava saindo correndo, nem o encarando como se ele fosse um produto com algum tipo de defeito.

— Quando você viu os dois, qual foi a sensação? — perguntou Dina.

— Eu fiquei com raiva, mas não tanto quanto achei que ficaria. Foi só uma dor profunda e aquela sensação de *Ah, sim, agora tudo faz sentido*. Então, em vez de lidar com meus sentimentos, eu simplesmente fui embora para o exterior por dois anos.

— Você estava tentando se livrar do que aconteceu.

— É, acho que sim. Mas queria não ter ido embora. Perdi tanta coisa... Ver o meu melhor amigo se apaixonar, estar ao lado das minhas mães. Não te deixa desconfortável ouvir sobre o meu passado? — perguntou ele, passando os dedos pelo cabelo dela.

Scott não sabia bem quando aquilo tinha acontecido, mas os dois tinham se enfiado embaixo do edredom, os pés gelados de Dina colados às panturrilhas dele.

— Nada desconfortável — respondeu ela, sonolenta. — Eu quero conhecer você.

Dina bocejou, e sua cabeça ficou pesada no peito dele. Em pouco tempo, Scott ouviu a respiração dela assumir um ritmo mais lento, com os ronquinhos mais fofos do mundo.

Ficou passando os dedos pelo cabelo dela até cair no sono também.

Capítulo 27

Dina não conseguiu ficar na cama, mesmo com Scott ressonando fundo ao seu lado. Durante a noite, ele curvara o corpo ao redor do dela, envolvendo-a em seu perfume quente e másculo. Os pelos do peito de Scott faziam cócegas nas costas de Dina, e sua mão estava pousada na pele macia do abdômen dela. No início, aquela foi uma das melhores noites de sono da vida de Dina. A floresta sussurrava ao redor deles — estava frio lá fora, mas os dois estavam maravilhosamente aconchegados ali embaixo do edredom. Dina tinha dormido que nem uma pedra, ao menos por algumas horas.

Até que veio o pesadelo. Imagens de Scott coberto de queimaduras ou deitado em uma cama de hospital, sem conseguir lembrar o nome dela. Scott com o braço e a perna enfaixados. Scott com hematomas, gemendo de dor. O temor se infiltrou nos sonhos dela e a manteve refém, obrigando-a a assistir ao horror enquanto ele se desenrolava diante dela. Toda a dor que ela causaria a ele. Scott olhando para ela, o ressentimento em seu olhar, porque sabia que ela era a responsável por sua dor, que ela era a única culpada. *Todo mundo que te amar vai se machucar.*

Era demais para aguentar. Por isso, quando a luz do amanhecer começou a penetrar pelas cortinas, Dina saiu da cama, certificando-se de que Scott ainda dormia.

Andou pela casa na ponta dos pés, se vestiu e calçou as botas. Então, saiu da cabana, depois de fazer um feitiço rápido para abafar o som da velha porta de madeira sendo destrancada.

Os tordos cantavam nas árvores ao seu redor e, embora fosse quase início do inverno, a floresta estava tão viva quanto no primeiro dia da primavera.

A luz do sol brilhava dourada nas árvores, e ela ouviu coelhos correndo pelo mato. Dina caminhou por entre as árvores, sem um rumo específico, só tentando espairecer. Viu ao longe a fogueira de duas noites antes. Estava disposta a caminhar o tempo que fosse necessário para que aquela sensação desaparecesse.

A maldição sabia o que ela sentia por Scott. Mas como ele se sentia em relação a ela? As coisas que ele tinha dito, o jeito que a abraçara... aquilo a fez pensar. Então havia os sinais: a queimadura na chaleira, o incidente no labirinto. Teria sido só azar ou já era a maldição?

O medo a sugou como uma sanguessuga faminta.

Se fosse esperta, ela faria as malas e iria embora. Diria a Immy que não queria ver Scott novamente e criaria algum tipo de feitiço para que ele nunca mais colocasse os pés em seu café. Ele não entenderia o porquê, e talvez fosse melhor assim.

Dina estava serpenteando por um caminho que não era trilhado havia muito tempo, vagamente consciente de que a magia daquela floresta a estava conduzindo a algum lugar. Uma magia tímida — do tipo que poderia desaparecer se a pessoa prestasse muita atenção nela. Então ela deixou-se levar, pondo um pé na frente do outro, para ver aonde ia parar.

Dina sabia que tinha mentido para si mesma quando decidira que dormir com Scott a faria esquecê-lo. Estava bem claro que o tiro havia saído pela culatra. Ela não conseguia parar de pensar nele, de sonhar em como seria se os dois pudessem retornar ao mundo real, o mundo fora da cabana e do casamento, e ainda assim permanecerem... juntos. Será que Scott passaria pelo café dela todas as manhãs a caminho do museu? Não, ele iria até lá *com* ela, os dois sairiam do apartamento dela (ou do dele) e se sentariam para tomar um café enquanto ela colocava as primeiras massas de bolo no forno. À tarde, Dina iria visitá-lo no escritório do museu e ele lhe mostraria todos os projetos incríveis nos quais estaria trabalhando.

Dina nem percebeu que estava chorando até as lágrimas começarem a rolar pelo seu queixo. Ela não deveria estar imaginando aquele futuro para eles... era perigoso demais. Mas talvez... talvez desse certo. Se o universo pelo menos lhe desse um sinal de que ela estava tomando a decisão certa...

Dina levantou os olhos e se viu em uma clareira tranquila, embora aquela fosse a única coisa que seus olhos conseguiam discernir. A luz do sol, muito mais brilhante que a do morno amanhecer, entrava através de um círculo de céu acima dela, um céu de um intenso azul de verão. Sentiu a pele formigar com a magia que estava agindo ali, embora não tivesse certeza se era consequência da ação de uma bruxa ou da própria floresta. A clareira estava atapetada de campânulas. Novembro não era a época daquelas flores. Mas ali estavam elas, um prado denso de flores roxo-azuladas dançando na brisa, diante dos olhos de Dina. Impossível. Mágico.

Dina sentiu um sorriso fazendo cócegas nos cantos da sua boca. Talvez aquela fosse a maneira que o universo tinha encontrado para lhe dizer o que fazer. Talvez, se as campânulas podiam crescer em uma clareira em pleno novembro, ela e Scott também pudessem fazer o impossível. Se não estivesse em seu poder quebrar a maldição, então apelaria para uma alternativa. Encontraria uma forma de manter Scott seguro.

— *F*ui tão ruim na cama que você já está tentando me matar? — perguntou Scott, grunhindo enquanto se sentava apoiado nos travesseiros, tomando um gole do café que Dina tinha preparado para ele.

— Não se mexe, estou querendo ver se cabe direitinho. Vou conseguir uma corrente mais longa para você quando a gente voltar para Londres — disse ela.

Dina tinha passado a caminhada toda de volta para a cabana pensando em opções. Sálvia e alecrim eram as ervas protetoras mais fáceis de encontrar rapidamente e, se conseguisse fazer Scott tomar um chá delas, aquilo certamente ajudaria. Mas a melhor proteção que poderia oferecer a ele seria o seu amuleto contra o mau-olhado — o amuleto de Nazar que ela usava. A correntinha era um pouco curta para Scott, mas coube mesmo assim.

Dina desejou que houvesse uma forma de saber se estava funcionando, mas se nada de ruim acontecesse com Scott, aquilo seria a prova. E se ela lesse as folhas de chá dele com atenção toda noite, talvez pudesse impedi-lo de fazer qualquer coisa que viesse a lhe causar mal. Seria trabalhoso manter Scott seguro e protegido da maldição, mas ela estava disposta a fazer o que fosse necessário. Pela primeira vez em muito tempo, Dina tinha a sensação de que era possível. A caminhada na floresta, e provavelmente os orgasmos múltiplos que ela havia tido na noite anterior, lhe tinham revigorado o espírito.

Scott a puxou para o colo e Dina passou as pernas ao redor dele.

— Por que eu estou usando a sua correntinha? — perguntou ele.

— Quero te manter seguro.

— E por que eu não estaria seguro? — Enquanto falava, Scott plantava beijos ao longo da clavícula dela, quase distraidamente. Sua boca era quente na pele de Dina.

Por uma fração de segundo, quis contar a ele sobre a maldição, sobre tudo o que havia acontecido com as pessoas com quem ela havia se envolvido romanticamente. Mas a felicidade nos olhos de Scott a deteve. O que havia entre eles era muito recente; o relacionamento dos dois estava desabrochando, ainda nos estágios iniciais, frágeis. Ela não queria fazer nada para afastá-lo, não agora que tinha se dado conta do quanto gostava dele. Era uma decisão egoísta? Sem dúvida. Mas ela estava determinada a, com feitiços de proteção o bastante, conseguir mantê-lo a salvo.

— Por nada. Só não tira ele, ok? Por mim?

Scott franziu o cenho, então assentiu, e tocou o amuleto.

— É estranho perguntar isso, mas quando vou poder ver você de novo?

Dina concordava que era estranho. Parecia que eles tinham ido do estágio de nem se conhecerem direto para... bem, para algo que se parecia muito com amor. Só o que Dina sabia era que se sentia em casa quando estava com Scott, e que ele a deixava extrema e vertiginosamente feliz.

— Vou ficar em Little Hathering até amanhã.

— Eu também — falou ele com um sorriso. — É esquisito demais se eu te apresentar às minhas mães? Afinal, já conheci os seus pais. E eles... — Scott fez uma pausa.

Dina franziu o cenho.

— Eles o quê?

— Digamos apenas que eles me deram o selo de aprovação.

Ela gemeu e esfregou o rosto. Aquilo era constrangedor.

Scott a beijou até que o constrangimento desaparecesse.

— Eu ia adorar conhecer as suas mães — disse ela. — Provavelmente devo isso a elas depois de roubar você por todo o fim de semana.

*D*eixar a cabana provocou uma sensação agridoce. Tinha acontecido tanta coisa desde que haviam chegado ali, apenas alguns dias antes. Dina sussurrou um agradecimento à floresta ao seu redor enquanto caminhava em direção à casa principal, de mãos dadas com Scott.

A primeira coisa em que reparou quando entrou na sala de café da manhã foi a mãe derramando disfarçadamente um feitiço para combater a ressaca no suco de laranja espremido na hora. Bastou um olhar para a mesa onde Immy, Eric e Rosemary estavam sentados para Dina entender que aquilo era mesmo necessário.

— Nossa, como sua pele está bonita — comentou Rosemary, as duas mãos ao redor de uma caneca gigante de café. Ela abaixou os olhos para os dedos entrelaçados de Scott e Dina. — Ah, entendi — falou, erguendo uma sobrancelha e dando um sorrisinho malicioso.

Immy e Eric devem ter percebido, porque logo soltaram um grito.

— Finalmente, cara — disse Eric, e deu um tapinha nas costas de Scott enquanto eles se sentavam.

Immy se inclinou por cima de Rosemary e sussurrou:

— Foi tão bom quanto você imaginou?

— Melhor — disse Dina, com um ar presunçoso.

— Vocês são um casal, então? — perguntou Rosemary.

Dina olhou para Scott, que estava fazendo um ótimo trabalho fingindo que não estava esperando para ouvir a resposta dela.

— Ele é meu namorado — disse ela, alto o bastante para que ele pudesse ouvir. — E vocês? Como foi o resto da noite?

— A gente tava tão cansado que eu quase dormi com meu vestido — contou Immy. — Felizmente o Eric me compensou hoje de manhã.

As duas olharam para Rosemary.

— Nada a relatar aqui — disse ela. — Embora eu tenha recebido um e-mail do meu agente me avisando que escolheram o ator para o papel de Alfred no filme que estão fazendo do meu livro.

— Quem é?

Rosemary pegou o celular.

— Esse cara.

Ela mostrou às amigas a foto de um homem lindíssimo. Cabelo preto, olhos azul-acinzentados penetrantes. O cara lembrou a Dina um daqueles atores clássicos de Hollywood, como Gregory Peck e Gene Kelly.

— Hum, esse é o Ellis Finch? Ele é bem gostoso — comentou Immy.

— A mulher se casou não tem nem um dia e já está de olho em outro. O que eu vou fazer? — Eric riu e beijou a mão da esposa.

— Ele não é a escolha certa — falou Rosemary. — É muito...

— Musculoso? Carismático? — completou Immy.

— É. Todas essas coisas.

Rosemary ficou olhando para a foto do ator no celular e Dina percebeu que o rosto da amiga estava ruborizado. Aquilo era interessante...

Depois do café da manhã, os convidados começaram a voltar para casa. Scott e Dina se demoraram um pouco mais para ajudar Eric e Immy a colocar todos os presentes de casamento no porta-malas.

— Você está tão apaixonada — disse Immy, vendo Dina olhar para Scott enquanto ele arremessava um graveto para Juniper pegar, do outro lado do campo.

— Perdidamente — respondeu Dina. E rezou para que os feitiços funcionassem.

Capítulo 28

Scott estava se achando ao mesmo tempo o homem mais sortudo e o mais azarado do mundo. Azarado porque naquela manhã, a caminho do museu, ele tinha pisado em um bueiro aberto na calçada e poderia ter se machucado feio. Então, escapara por pouco de morrer esmagado por uma telha que caiu perto da estação de metrô Russell Square. E sortudo porque tinha acabado de avistar Dina subindo as escadas do museu em sua direção. E ela estava usando uma legging preta justa.

Scott tentou se lembrar se havia contado a ela sobre aquela fantasia em particular, depois que voltaram a Londres... Achava que não. Mas a verdade era que, depois de gozarem, Scott era capaz de contar qualquer coisa a Dina. Na maior parte das noites, eles ficavam acordados até tarde, se revezando entre conversar e fazer amor. Porque não havia como negar que, agora, era aquilo que eles estavam fazendo.

Scott tocou a chave reserva do apartamento dele no bolso. Estava planejando entregá-la a Dina mais tarde.

Não conseguia desviar os olhos das coxas grossas dela avançando lentamente em sua direção. Scott tentou ajeitar o pênis já ereto de uma forma que, com sorte, não ficasse muito óbvio em seu terno justo.

Dina deve ter reparado no movimento porque seus lábios se curvaram em um sorriso travesso.

— Oi — disse ela, se deixando aconchegar no abraço dele. — Estou vendo que sentiu a minha falta.

Só tinha se passado metade de um dia desde que Scot estivera no café dela para comer um doce e roubar um ou dois beijos, mas Dina não estava errada. Ela passou um dedo pelo pescoço dele, aparentemente para checar se o amuleto ainda estava lá. Ele não tinha tirado.

Scott a cumprimentou com um beijo e sussurrou com a voz rouca no seu ouvido:

— Essa legging é cara?

— Posso comprar outra.

Scott apertou o traseiro dela, sem se importar com as centenas de turistas subindo e descendo a escada. Felizmente, não teriam que se preocupar com eles por muito tempo, já que o expediente do museu estava se encerrando.

— Ótimo — murmurou ele. — Porque essa vai ser rasgada mais tarde.

Ele ficou encantado com o arrepio que a percorreu.

Scott passou a semana toda esperando aquele dia. A exposição estava quase pronta para abrir na terça-feira seguinte, e os retoques finais já estavam adiantados o bastante para que a dra. MacDougall autorizasse Scott a mostrar o espaço a Dina.

Eles seguiram pelo salão principal, a mão de Scott apoiada na parte de baixo das costas de Dina, talvez um pouco mais abaixo do estritamente necessário para guiá-la através da multidão que saía da loja de suvenires.

— Achei que você deveria saber que não estou usando nada por baixo dessa legging.

Scott gemeu e avaliou seriamente a possibilidade de arrastá-la de volta para o escritório dele e trancar a porta.

— Porra, Dina — falou ele em um tom sufocado. — Como vou conseguir fazer qualquer outra coisa agora que sei que tudo que separa a minha boca da sua bocetinha é um pedaço de pano?

Foi a vez de Dina gemer.

Scott a puxou por uma porta de vidro de aparência despretensiosa. Na semana seguinte, haveria uma multidão fazendo fila para entrar ali e visitar a exposição *Símbolos de Proteção*. Mas, por ora, eles podiam aproveitar o espaço livre da horda de visitantes do museu. A sala estaria vazia àquela hora, já que todos os retoques finais de som e iluminação seriam feitos no dia seguinte, à tarde.

— Aqui estamos — anunciou Scott. O cartaz principal da exposição estava pendurado acima deles, mostrando uma bolota de carvalho em ouro feita no século XVI, provavelmente usada pela esposa de um comerciante enquanto o marido estava viajando.

— Uau! — Dina arquejou.

Só então Scott se deu conta de como desejava impressioná-la. De como queria que Dina se orgulhasse dele.

A primeira peça da exposição era uma estátua de latão de um cachorro, colocada em um pódio na altura da cintura. O cão estava enrodilhado, os olhos esculpidos fechados, como se estivesse dormindo profundamente. A maior parte da estátua era de um marrom mosqueado, a não ser pelo focinho dourado brilhante e acobreado.

— Como assim aquela placa diz que *é permitido* tocar na estátua? — perguntou Dina. — Achei que tocar fosse proibido em museus.

— Normalmente é, e essa é a única peça em que se pode tocar nessa exposição. Esse — Scott estendeu a mão para acariciar o focinho frio do cão — é o Frank. Ele está sentado desde 1874 no túmulo de seu dono, James Smythe, que morava em Inverness. A família de James mandou fazer essa estátua após a morte do cachorro, porque depois que James morreu Frank fugia de casa o tempo todo, e eles o encontravam dormindo no túmulo do dono.

— Isso é tão triste, e tão bonito.

— Não é? Então as pessoas que visitavam o cemitério acariciavam o focinho do Frank quando iam visitar o túmulo dos seus entes queridos, e logo o focinho do Frank se tornou uma lenda urbana. Dizem que esfregar o focinho dele traz sorte.

Dina estendeu a mão e também acariciou o focinho da estátua.

— Obrigada pela sorte, Frank — disse baixinho.

Eles continuaram pela exposição. Scott deixou Dina decidir para onde queria ir na maior parte do tempo — quando ela demonstrava interesse por um objeto específico, eles faziam uma pausa e ele contava um pouco sobre como aquele objeto tinha ido parar ali.

— Sabe, acabou de me ocorrer... — falou Scott, enquanto olhavam através do vidro para a escultura de um dragão de jade. — Você consegue dizer se algum desses artefatos é realmente mágico? Desde criança eu sempre me perguntei... sempre tive esperança de que alguns amuletos pudessem realmente funcionar.

Dina franziu o cenho e fitou o dragão de jade.

— É difícil saber. Tem tantos tipos de magia... e muito a respeito de cada um que não sei. Veja o Frank, por exemplo. Talvez, no início, ele não fosse um objeto mágico. Mas ao longo dos anos, a cada pessoa esperançosa que esfregava seu focinho e pedia sorte, não haveria uma possibilidade de todo esse desejo, toda essa esperança, se transformar em algo real? Mas alguns objetos, como aquele ali — disse Dina, apontando para um amuleto de urso zuni (que alguns colonizadores haviam "vendido" ao Museu Britânico nos anos 1800, em um caso duvidoso) —, carregam, sim, uma magia forte. Posso sentir até através do vidro.

Eles pararam diante da vitrine iluminada de um urso de pedra azul.

— Qual é a sensação?

— Como se alguém tivesse encontrado uma forma de encerrar toda a vastidão, todo o poder na pedra. E, de algum jeito, consigo sentir o cheiro de pinho e do ar carregado de neve.

Scott ergueu o nariz no ar, mas fosse qual fosse a magia que Dina estava sentindo, não se revelava a ele.

— Achamos que um de seus líderes espirituais teria esculpido esse urso. O povo zuni acreditava que o espírito do animal permanece vivo na pedra e ajuda quem o possuir. Se a exposição viajar para os Estados Unidos, vamos devolver a pedra ao seu devido lugar, ao Museu de Cultura e Arte Indígena de Santa Fé.

Dina ergueu os olhos para ele e pegou a sua mão.

— É incrível o que você está fazendo. Toda essa exposição é incrível.

Scott sentiu o coração se expandir no peito. Mas havia mais um item que ele queria mostrar a ela.

— Vamos por aqui — disse Scott.

Escondido em um canto da galeria havia um gabinete expositor sem propósito definido. Ali, estava guardado um amuleto berbere de prata, tirado de uma vila nas montanhas do Atlas.

— Isso é...?

— É. Não é incrível? Reconhece os símbolos?

Dina se aproximou mais; balançou a cabeça para os lados.

— Queria reconhecer.

— O que está no topo é o símbolo da rede e do peixe. Um amuleto protetor. O símbolo abaixo é o pente de tecelagem. Tem a intenção de representar fertilidade e criatividade, mas também equilíbrio. Achamos, embora muitos detalhes a respeito tenham se perdido, que isso provavelmente foi dado como parte de um dote ou como presente em um pedido de casamento.

— É lindo — disse ela, mas Scott podia ver a tristeza em seu rosto refletida no vidro do gabinete. Ele a virou para que ela ficasse encostada em seu peito.

— O que foi? — perguntou Scott junto ao cabelo dela.

— É só que você sabe mais sobre minha origem do que eu. Eu nem sei o nome do povo berbere de que viemos, e também não tenho certeza de que a minha mãe sabe. Às vezes me pergunto como seria saber mais sobre o meu passado. Será que existem outras formas de magia ligadas à minha história? Será que bruxas dessas outras formas de magia já fizeram parte da minha linhagem gerações atrás? E elas eram veneradas como curandeiras ou excluídas? Eu só... fiquei triste de pensar nisso.

— Sinto muito, Dina. Sabe, estava pensando...

— O quê?

— Bem, tem um mapa nos arquivos que mostra todos os povos berberes no Marrocos. É de 1800, então pode estar desatualizado, mas com a ajuda dele a gente pode tentar descobrir de que povo você vem.

— Pode mesmo? — Ela se virou nos braços dele, animada. — Eu ia adorar.

— Vamos fazer isso, então. Vou solicitar ao departamento de arquivos uma digitalização do mapa e a gente pode mostrar à sua mãe na próxima vez que a virmos.

Era tão fácil planejar um futuro com Dina. Ela tornava tudo tão fácil.

Scott acariciou o rosto dela e a beijou com intensidade.

Eles voltaram para a entrada da exposição, e a perspectiva de trancar-se com Dina no escritório dele se mostrou tão atraente que Scott nem percebeu o cartaz desabando no chão de mármore com um estrondo. Não o acertou por centímetros.

— Cacete — disse ele, dando um pulo para trás e se colocando instintivamente na frente de Dina. — Essa foi por pouco.

Surpreendentemente, ela pareceu mais abalada do que ele.

— Perto demais — murmurou Dina, olhando para o cartaz caído com o cenho franzido. — Tem um saco de ervas que gostaria que você começasse a carregar no bolso, se não se incomodar.

O que quer que fizesse a bruxinha dele feliz.

— É claro — disse Scott, enquanto mandava uma mensagem à equipe de construção para dar um jeito no cartaz. Então Scott praticamente arrastou Dina até o seu escritório.

— É tão aconchegante aqui — comentou Dina, passando a mão pela escrivaninha de mogno de Scott.

Ele observou o rastro do dedo dela com olhos gulosos.

— O que você esperava, algum tipo de caverna? — perguntou ele, em um tom provocante.

Scott se virou para trancar a porta e agradeceu aos céus por seu escritório ter apenas uma janela bem pequena. O museu estava vazio agora, mas ainda assim ele precisava que Dina ficasse em silêncio.

Quando Scott se virou de novo, ela já estava sentada na beira da escrivaninha.

— Obrigada por me mostrar a sua exposição — disse Dina, já despindo o suéter vermelho grosso.

Por baixo, usava apenas uma camiseta fina, e Scott conseguiu distinguir com facilidade os mamilos já rígidos. Ela sabia exatamente o que estava fazendo com ele, sentada na escrivaninha dele daquele jeito, com as pernas abertas o bastante para que Scott conseguisse ver o contorno entre as coxas. Sem calcinha.

Quando ela abaixou as mãos e acariciou os seios, todo o autocontrole de Scott foi pelo ralo. Ele se aproximou e capturou os lábios de Dina em um beijo longo e profundo. Scott não perdeu tempo e tirou a blusa dela, buscou com a boca na mesma hora o calor dos seios delicados. O suspiro baixo que Dina deixou escapar foi o suficiente para que o pênis dele voltasse a ficar rígido, delineado na calça.

— Tenho sonhado em ter você em cima dessa mesa — sussurrou Scott, enquanto Dina usava as mãos para desafivelar o cinto dele, libertando o pênis.

Ela o envolveu com a mão, esfregando o polegar na cabeça sensível. Jesus, aquela mulher ainda ia acabar com ele.

— Espero que você não tenha esquecido o que prometeu que faria com essa legging — sussurrou ela, e mordiscou a orelha dele.

Ah, não, ele não tinha esquecido.

Scott girou Dina para que ela ficasse de costas para ele, pressionada contra a mesa. Então, começou a dar beijos delicados na nuca, na curva suave do ombro dela, saboreando os arrepios que deixava em seu rastro.

Suas mãos calejadas pareciam ásperas em comparação com a maciez dos seios de Dina; ela arqueou as costas enquanto ele a acariciava ali, roçando os bicos rígidos.

— Deita na mesa — orientou ele. — Boa menina.

Dina fez o que ele pediu, e Scott lambeu a pele quente da coluna dela até chegar ao cós da legging.

Então, ele se ajoelhou e correu as mãos pelas nádegas cheias de Dina — Scott sempre tinha se considerado um homem que prestava mais atenção nos seios do que na bunda de uma mulher, até conhecer Dina. E a bunda dela iria assombrá-lo pelo resto dos seus dias se ele não a tivesse naquele momento. Só segurar aquela carne farta e macia embaixo da legging estava fazendo seu pau doer.

— Você tem certeza? — perguntou Scott. — Vou comprar uma nova pra você.

— Vou te cobrar isso — sussurrou ela, e deixou escapar um suspiro de prazer quando Scott rasgou a costura da legging em um movimento rápido.

Ela parecia o paraíso, deitada ali, quase toda nua para ele.

— Está tentando me matar, meu bem?

As últimas palavras de Scott foram abafadas quando ele pressionou o rosto no espaço delicioso entre as nádegas de Dina, e passou a língua ao longo do calor escorregadio ali. E ali estava. Úmida, inchada, pronta para ele.

— Olha só pra você, já tão molhada.

Scott lambeu o sexo doce dela com uma pressão firme, e Dina soltou um gemido entrecortado que soou como o nome dele.

Ele a sorveu, saboreando cada lambida, chupando e beijando. Provocando o clitóris com a língua enquanto mergulhava os dedos nas profundezas quentes do seu sexo, uma e outra vez, até Dina se contrair ao redor dos dedos dele e soltar um grito.

— Me diz o que você quer, Dina.

— Eu preciso do seu pau, preciso que você goze — sussurrou Dina, olhando para Scott com uma expressão de puro desejo. Ela não precisou pedir duas vezes.

Scott abriu ainda mais o rasgo na legging e abaixou a própria calça. Havia algo em ter Dina quase nua, esparramada em sua mesa, enquanto ele estava completamente vestido, que levou seu autocontrole ao limite.

— Cacete, Dina, você é perfeita. Perfeita — sussurrou Scott, enquanto encaixava o pênis entre as nádegas dela, se deliciando com a vista. Ela estava tão molhada, tão pronta.

Scott a provocou, roçando a cabeça do pênis bem na entrada da vagina, ávido para sentir seu calor suave envolvendo-o. Dina deixou escapar um som abafado e mexeu o corpo, tentando ter mais dele do que só aquela cabeça roçando-a e enlouquecendo-a.

— Devo fazer você implorar, Dina? — Scott se aproximou dela e acariciou seu clitóris com o polegar.

— *Por favor* — falou Dina com um gemido, e aquilo foi o que bastou.

Scott arremeteu, então, e o prazer se espalhou em cascata da cabeça do seu pênis por todo o seu corpo trêmulo.

Tudo em Dina era perfeito, e ela era dele, dele.

Scott segurou os cachos de Dina em uma das mãos — cada centímetro dele cravado no calor do corpo dela. Dina se contorcia de prazer.

— Goza pra mim de novo, meu bem, goza nesse pau.

Não demorou muito para que ela estremecesse, deixando escapar um gemido delicioso.

Scott a girou e a ergueu nos braços, sentando-a em cima da mesa. Então, de joelhos, saboreou-a mais uma vez: a doçura, o sal e algo que era só dela.

— Minha vez — gemeu Dina.

Dina o puxou para que ele ficasse encostado na mesa e ela de joelhos, e abocanhou seu pênis. Ela era a realização de cada uma das fantasias dele.

Scott gemeu e afastou o cabelo de Dina do rosto enquanto ela o lambia do saco até a ponta do pênis. Dina o encarou com uma expressão de total confiança.

— Quero que você foda a minha boca.

Scott já não conseguia mais pensar. O jeito como Dina estava olhando para ele, aquela boca linda ao redor do seu pênis — aquilo ocupava todos os seus pensamentos. Todo o seu corpo estremeceu e ele arremeteu várias vezes na garganta dela, até se ver a ponto de gozar.

— Posso? — sussurrou ele, e Dina assentiu.

Então Scott se permitiu, e Dina engoliu seu gozo quente, sorvendo-o, lambendo qualquer gota que escapasse. A calça rasgada dela estava aos pés deles. Ela ia precisar remendá-la com magia. Scott puxou Dina para os braços e limpou sua boca com o polegar. Ambos estavam suados, cansados e absurdamente felizes.

Capítulo 29

Aquela não era a primeira vez que Dina ia ao apartamento de Scott, mas parecia a mais importante. Porque ela estava entrando ali sozinha, *com a sua própria chave*. Quando Scott entregara a chave a ela, em um chaveirinho que dizia "Fale com a mão de Fátima", Dina tinha deixado escapar um grito de alegria e o abraçou.

Agora ali estava ela, destrancando a porta. Scott só chegaria em casa em uma hora — ele estava em uma reunião com a curadora-chefe —, mas tinha dito a ela para se sentir em casa.

O apartamento de Scott, sem ele, não era particularmente acolhedor. Tudo era cintilante e novo demais, e as janelas do chão ao teto, embora oferecessem uma bela vista do rio, faziam Dina se sentir um pouco exposta. Mas não tinha se incomodado quando Scott havia feito sexo com ela ali, os seios contra o vidro frio.

Ele tinha feito o possível para tornar o espaço aconchegante, com almofadas, tapetes e alguns vasos de plantas. Mesmo assim, os dois passavam a maior parte do tempo no apartamento dela, porque Meia-Lua era tão obcecada por Scott quanto Dina.

Naquela noite, ela havia levado um bolo de laranja e caqui do café e logo foi preparando uma xícara de chá com as folhas que tinha deixado ali na sua última visita. Não podia esquecer de ler as folhas de Scott naquela noite, quando ele não estivesse olhando, para ver se encontrava qualquer indício da maldição. Até ali, parecia que o amuleto, as folhas de chá e os rituais de bênção da meia-noite que ela havia feito em nome dele estavam funcionando.

Scott tinha escapado por pouco do cartaz que havia despencado no outro dia. Aquilo tinha sido um pouco perto demais para a Dina ficar tranquila — ela precisava se esforçar mais.

Dina tirou os sapatos e vestiu roupas confortáveis enquanto esperava a chaleira ferver. Depois do incidente com a legging no outro dia, ela passara a dar preferência àquele modelo de calça quando estava com Scott à noite. Elas nunca continuavam inteiras por muito tempo.

Dina preparou o chá e ficou diante da janela, olhando para o rio, vendo as luzes cintilando nos restaurantes que pontilhavam a margem.

A porta se abriu atrás dela. Dina se virou e viu Scott ali, a pele acima da barba arranhada, a lateral do corpo toda salpicada de lama.

— Calma — disse ele, sorrindo. — Eu não tô machucado.

Dina correu até Scott enquanto ele pousava a bolsa no aparador, e começou a passar as mãos por todo o corpo dele em busca de algum ferimento.

— O que aconteceu?

— Um ciclista me atropelou quando eu atravessei a rua. Acho que ele não viu que o sinal estava fechado. Eu caí, por isso a lama, mas estou bem, Dina, juro. Não é tão ruim quanto parece.

As mãos de Dina tremiam enquanto ela tirava o paletó dele. Não, aquilo não estava acontecendo. Ainda não, por favor, ainda não. Seus olhos se encheram de lágrimas e ela não conseguiu evitar que transbordassem.

— Ei, ei, eu tô bem. Eu tô bem, meu amor — disse Scott, puxando-a para os braços.

— Eu só... não quero que nada aconteça com você — falou Dina, e enfiou o rosto no pescoço dele.

— Foi só um susto. Eu sei, sinto muito — disse Scott, passando as mãos nas costas de Dina. — Olha, tenho uma ideia — continuou ele.

Então, Scott levantou as pernas dela e as encaixou ao seu redor. Ele a carregou pelo quarto até o chuveiro da suíte, só se afastando para tirar as roupas de Dina pela cabeça.

— Não vamos precisar disso — disse ele.

Dina o encarou com os olhos turvos de lágrimas. E se ela o tivesse perdido, aquele homem de quem passara a gostar tanto? Aquele homem que a fazia mais feliz do que qualquer outra pessoa já havia feito, que conhecia cada centímetro do corpo dela e o amava com tanta perfeição.

O som do chuveiro sendo ligado arrancou Dina daquela espiral de ansiedade, e ela ficou observando, com um desejo crescente, enquanto Scott tirava a própria roupa. Será que algum dia se cansaria de ver os músculos do peitoral dele, ou a trilha escura de pelos que levava até aquele pênis magnífico? Parecia improvável.

— Entra comigo — pediu Scott, e Dina entrou no chuveiro.

Scott se colocou sob o jato d'água e passou a mão pelo cabelo até ele ficar para trás. Dina sentiu uma pressão no peito. Tudo aquilo parecia real demais.

Ela enfiou o rosto nos pelos molhados do peito dele, sem se importar em molhar o cabelo ou estragar a maquiagem — nos braços de Scott, estava em casa.

Nada poderia estragar aquele momento.

— Dina. — Scott beijou a cabeça dela, sua voz saindo abafada pela água.

— Humm?

— Olha para mim.

Havia uma intensidade tão grande na voz dele que Dina levantou imediatamente os olhos. Scott afastou o cabelo dela do rosto, e Dina piscou para tirar a água. Ele estava ali e era tudo para ela.

— Preciso te dizer uma coisa — começou, então se calou.

— Devo me preocupar?

Scott abriu um sorriso.

— Não, não deve. Só não sei como dizer isso sem te assustar, porque também estou assustado. Sei que só se passaram algumas semanas, mas, meu Deus, foram as melhores semanas da minha vida.

Dina quis responder com alguma frase leve e brincalhona, como "Me sinto lisonjeada" ou "Isso é muito gentil da sua parte", mas aquelas palavras pareciam extremamente vazias. Ela sentia o sangue latejando nos ouvidos e não conseguiu dizer nada.

— E eu quero que isso continue, quero que a gente continue. Porque estou apaixonado por você, Dina. Às vezes nem parece real, como se eu tivesse invocado você dos meus sonhos.

Ela pensou que ficaria zonza, mas a sua mente estava muito quieta. Só havia o mesmo pensamento se repetindo: *Ele me ama, ele me ama, ele me ama.*

Lágrimas escorreram por seu rosto. Scott as enxugou.

Ele não podia amá-la. Não devia. De repente, Dina se sentiu desgrenhada, a maquiagem escorrendo pelo rosto, o cabelo um ninho. Ela era barulhenta demais, desajeitada demais, sua magia estranha demais. Não merecia o amor de Scott. Os pensamentos intrusivos eram contagiosos e atacavam a sua mente com ferocidade.

Mas aquela voz baixa e calma dentro dela se ergueu, mais alta: *Você também o ama. Você ama Scott e é capaz de fazer isso dar certo. Você pode garantir que a maldição não o machuque. Você vai lutar por Scott. Ele vale a pena.*

— Eu te amo, Scott. Estou com medo, muito medo, mas eu te amo.

As palavras tinham escapado de repente dos lábios dela, mas pareciam certas, verdadeiras.

Os dois se abraçaram, e cada beijo dizia *eu te amo*, cada encontro dos lábios deles dizia *você me pertence*.

Eles fizeram amor no chuveiro, os corpos fumegando — a necessidade de estar mais perto, ainda mais perto um do outro. Dina envolveu Scott com os braços, sem se afastar dele nem por um segundo. Ele a segurou junto ao corpo, como se nunca mais fosse soltá-la.

— Eu te amo, eu te amo — sussurrou Scott enquanto o mundo desmoronava ao redor dela.

Capítulo 30

A mensagem de Eric chegou assim que Scott entrou na Sala de Leitura e, embora o celular tivesse apenas vibrado, o bibliotecário lhe lançou um olhar severo mesmo assim.

Uma pessoa no trabalho está com uma ninhada de gatinhos, quer um? A Immy está me obrigando a pegar dois. Detesto a ideia de separar dois irmãos. A mensagem era acompanhada de uma foto de seis gatinhos malhados absurdamente fofos.

Deixa eu perguntar pra Dina, não sei como Sua Alteza Real reagiria. Estava se referindo a Meia-Lua, é claro.

Homem inteligente, foi a resposta.

Scott passou os dez minutos seguintes sonhando com a ideia de presentear Dina com um novo gatinho e ver o rosto dela se iluminar quando ela segurasse o filhotinho agitado nos braços. Algumas noites antes, eles haviam conversado sobre filhos. Scott ainda conseguia sentir o alívio palpável que experimentara quando Dina lhe disse que não queria ser mãe. Que ficaria feliz em ser a tia divertida dos filhos que Eric e Immy provavelmente teriam. Scott teria tido filhos, se ela quisesse, mas nutria os mesmos sentimentos. Sempre que imaginava o próprio futuro, filhos nunca faziam parte dele. Mas uma casa cheia de animais de estimação, e Dina, e viajar pelo mundo de mãos dadas com ela — aquele era o sonho de Scott. E, com alguma sorte, ele ia conseguir viver aquilo.

Scott tentou voltar à realidade e se concentrar na tarefa que tinha em mãos. Faltavam cerca de dez minutos antes que a Sala de Leitura fechasse para o almoço. A luz fria do inverno cintilava pelas janelas, o ar externo perfumado com a tempestade de neve que se aproximava, e a sala estava silenciosa, a não ser pelos passos arrastados de bibliotecários e arquivistas devolvendo os livros às estantes que pertenciam.

Ele tinha prometido a Dina que descobriria mais sobre a origem berbere dela. Embora ainda não tivessem certeza de a que povo ela pertencia, Scott encontrou um livro de contos populares marroquinos do leste de Rabat, de onde era a família de Dina. E, como funcionário do museu, ele podia pegar o livro emprestado temporariamente.

Se a localização indicada estivesse correta, só o que precisava fazer era subir na escada de madeira e pegar o livro em uma prateleira ali perto. A escada em questão parecia um pouco frágil e Scott torceu para que fosse capaz de suportar o seu peso. Ele checou se as rodas que permitiam que a escada desse a volta na prateleira estavam travadas no lugar. A escada rangeu quando ele pisou no primeiro degrau.

Scott subiu mais alto até avistar o livro. Só precisava se inclinar um pouco para pegá-lo. Então, ouviu um estalo e o chão pareceu se erguer em sua direção, enquanto tudo escurecia.

Capítulo 31

Meia-Lua soltou um miado agudo que só podia significar uma coisa: Dina era uma mãe cruel, muito cruel, que merecia ir para a cadeia por nunca alimentar sua pobre e preciosa gata.

— Eu sei, eu sei. Prisão para a mamãe. Mil anos de prisão — murmurou Dina com sua melhor voz carinhosa, lembrando uma senhora rica da pequena nobreza rural.

Meia-Lua estava particularmente impaciente naquela manhã, enquanto Dina se vestia para o trabalho — ela optou por um suéter creme de gola alta que a manteria aquecida. Dina abriu um pouco a janela, e a brisa fria de novembro fez Meia-Lua correr em direção ao edredom ainda quente. Não havia nada melhor do que aquela primeira lufada de ar fresco pela manhã.

Dina dormia melhor quando Scott estava com ela, mas eles tinham passado a noite separados porque ela ficara até tarde no Dedo do Destino para preparar os pães e doces que serviria naquele dia. Dina estava trabalhando em uma receita de madeleines que lembravam a sensação de um primeiro beijo, mas Scott não parava de surgir em sua mente e, antes que ela se desse conta, já tinha preparado madeleines com desejos carnais demais para que pudesse servir a qualquer cliente.

Era impressionante a rapidez com que a vida dela se adaptara à presença de Scott e como tudo parecia natural entre eles. Dina descobriu que, com o passar dos dias, conforme a vida de Scott se entrelaçava cada vez mais à dela, se pegava pensando cada vez menos na maldição. Ela continuava a ler as folhas de chá dele, e Scott ainda usava o colar contra mau-olhado, e tudo parecia estar funcionando. Talvez não fosse uma maldição tão poderosa quanto ela pensava. Talvez tivesse enfraquecido com o tempo.

Dina inalou o ar frio e sentiu uma pontada mágica de expectativa. Talvez aquele fosse o motivo de Meia-Lua estar miando e parecendo inquieta. Havia uma nevasca se aproximando. O ar gelado entrando por seu nariz e o cheiro de ozônio no ar denunciavam aquilo.

Como uma familiar, Meia-Lua tinha um jeito estranho de perceber as coisas antes mesmo dos sentidos bruxos de Dina. Dina se virou e viu a gata sentada ao lado da tigela de comida, olhando carrancuda na direção da dona, parecendo mal-humorada. Ou talvez fosse só fome mesmo.

Dina tomou um café da manhã rápido, mingau com bananas e maçãs caramelizadas, e acrescentou canela o bastante para aquecer o rosto e movimentar a circulação. O celular tocou na mesa de cabeceira.

— Oi, mãe, o que houve? — falou Dina ao atender.

— Dina, é sua mãe.

— É, eu sei, mãe. Está tudo bem? — O tom nervoso de Nour não era um bom presságio.

— Não, *habiba*. Sonhei com você ontem à noite. — A voz de Nour estava séria.

Dina não a culpava — os sonhos da mãe sempre costumavam ser mais como visões, até mesmo os mais estranhos e surreais acabavam de alguma forma se tornando realidade.

— O que aconteceu no sonho?

— Você estava construindo uma muralha. Uma muralha enorme. E eu estava do outro lado, com o seu pai, e o Scott estava lá, e a gente ficou gritando para você parar. Mas você não ouviu. A muralha foi ficando cada vez mais alta, só o que eu conseguia ver era você chorando do outro lado e eu não tinha como ir cuidar de você. Aí acordei. — Nour soltou um longo suspiro do outro lado da linha. — Isso significa alguma coisa para você? — perguntou.

Dina ficou olhando para o nada em silêncio, os olhos fixos na bancada da cozinha, sem piscar.

Uma dormência invadiu seu corpo. Aquilo significava, sim, algo para ela. Significava que seus piores medos estavam se tornando realidade. A magia da mãe nunca mentia. Havia uma muralha muito real entre eles, no formato de uma maldição. Mas se Scott estava do outro lado daquela muralha... bem, aquilo significava que ele não estava seguro. Dina abriu a boca para falar, para contar à mãe sobre o feitiço. Mas a vergonha a sufocou. Então ela respondeu:

— Não, mãe. Não sei o que pode ser. Você acha que eu devo me preparar para receber más notícias? — Ela provavelmente estava soando indiferente demais, e se perguntou se seu tom dissimulado era muito óbvio.

— Você tem certeza de que não sabe do que se trata? Pode ter a ver com o Scott? — insistiu a mãe.

— É claro que não! — respondeu Dina, com uma ênfase excessiva.

Felizmente a mãe não fazia videochamadas. Dina duvidava que fosse capaz de esconder a súbita palidez do seu rosto ou a sensação de peso em seus membros.

— Ora, tudo bem então. Mas mantenham os olhos abertos, os três olhos! — disse Nour, e Dina ouviu um som abafado atrás da mãe.

— Farei isso... que som é esse?

Dina ouviu um leve estalo.

— Estou só queimando um pouco de sálvia ao lado do telefone. Talvez isso ajude de alguma forma — disse a mãe, séria.

— Vou ter cuidado, mãe. Não precisa se preocupar comigo.

— Ah, Dina, só o que eu faço é me preocupar. Esse é o meu trabalho como mãe.

Quando Dina chegou ao Café Dedo do Destino naquela manhã, alguns de seus clientes habituais já esperavam na porta. Além daqueles que precisavam pegar o trem para o trabalho, alguns aposentados iam regularmente ao café pela manhã, onde gostavam de ler o jornal ou fazer palavras cruzadas enquanto comiam um muffin.

— Chegou cedo hoje, George! — Dina piscou para um de seus clientes habituais enquanto levantava as persianas e desfazia os feitiços que mantinham o café protegido contra roubos e vandalismo.

— É o frio, consigo sentir nos meus ossos hoje, Dina. Preciso de um pouco daquela bebida com açafrão que você me preparou na semana passada.

— Vamos lá pra dentro então, onde está quente, certo?

Dina recitou um feitiço silencioso quando entrou no café, fazendo as luzes se acenderem e a caldeira ganhar vida, enviando calor para os velhos radiadores de ferro atrás dos sofás. Em dez minutos todo o café estaria quentinho e aconchegante, exalando o aroma de café moído na hora. Não havia outro lugar onde Dina preferisse estar.

George se instalou na sua mesa de sempre e ficou olhando pela vidraça curva da janela.

— Fique à vontade, já vou falar com você! — avisou ela, enquanto tirava o casaco e vestia o lindo avental do Dedo do Destino.

Ela não precisava usar avental, e certamente os babados não eram necessários, mas sabia que ficava bonitinha demais nele, e nos dias mais frios o avental a ajudava a se manter mais aquecida.

Dina passou a meia hora seguinte atendendo a uma série de clientes antes mesmo de o café abrir oficialmente. Ela se demorou tentando espalhar chocolate em pó em vários formatos na finalização dos cappuccinos.

Quando Robin chegou dez minutos mais cedo para o seu turno, às sete e quarenta e cinco, arregalou os olhos ao ver a quantidade de mesas ocupadas.

— Mudamos nosso horário de funcionamento? — perguntou, enquanto vestia o próprio avental e tirava o cabelo dos olhos.

— Não, mas tem uma nevasca chegando — respondeu Dina, concentrada na arte de espuma extravagante e totalmente desnecessária que estava tentando fazer.

A intenção era que parecesse um floco de neve, mas parecia mais uma teia de aranha disforme. Dina franziu o cenho, então sacudiu o punho e a espuma de leite formou um floco de neve simétrico e perfeito.

— Uma nevasca? Ah, bem, então isso explica tudo — disse Robin com ironia.

— As pessoas sentem essas coisas, mesmo que nem sempre se deem conta. Além disso, está muito frio — respondeu Dina.

Ela e Robin arregaçaram as mangas e se dedicaram a atender o grande fluxo de clientes na hora mais agitada do café.

Dina se orgulhava do fato de que mesmo os clientes mais apressados para pegar o trem em direção ao trabalho parecessem respirar um pouco mais devagar quando entravam no Dedo do Destino — suas feições relaxavam e os ombros também.

É claro que uma mera xícara de café não tinha o poder de melhorar o dia de ninguém, mas um bom café, um realmente bom, podia fazer toda a diferença na forma como uma pessoa enfrentava o resto do dia. E, na experiência de Dina, o estado de espírito sempre importava mais do que os acontecimentos do dia.

A correria começou a diminuir logo depois das nove. A maior parte dos clientes da manhã já estava sentada em suas mesas com a bebida quente da sua escolha e um dos deliciosos pães de canela de Dina, sentindo-se um pouco mais leves enquanto checavam o e-mail. Animados e aconchegados. Como se tivessem acabado de calçar um par de meias quentes.

Dina arrumou as mesas, acendendo uma vela âmbar em cada uma com um movimento do dedo enquanto passava. Havia apenas algumas pessoas no café agora e elas estavam concentradas demais em seus livros e nos papéis à sua frente para perceber que a dona do café estava realizando uma rápida limpeza mágica nas mesas enquanto passava.

O barulho do moedor de café normalmente acalmava o monólogo interior de Dina, mas não naquele dia. A ligação da mãe a deixara abalada. Dina não gostou da muralha nos sonhos de Nour nem de como aquilo parecia tão surreal quanto familiar. Como se ela mesma pudesse ter sonhado com aquilo, mas esquecido ao acordar.

Dina tentou se livrar da sensação lavando a louça com um cuidado extra, mas não funcionou. Desejou que Scott já estivesse ali, para poder conversar a respeito com ele. Talvez ele entendesse. Nas últimas semanas, Scott sem dúvida estava se abrindo mais para o modo como a magia dela funcionava. Uma ideia surgiu na mente de Dina, então: ela faria uma mistura de chá para ele. Aquilo lhe pareceu um presente aceitável, do tipo "Preciso desabafar, mas também acho que te amo muito e a minha linguagem de amor é dar presentes".

— Robin, você pode me substituir aqui? — chamou Dina.

Poucos minutos depois, o moedor de café diminuiu a velocidade até um zumbido baixo e Robin saiu da cozinha com dois sacos cheios de café moído com um cheiro delicioso, que seriam vendidos no balcão.

— Sabe, eu nem preciso mais usar perfume. As pessoas sempre me dizem que tenho um cheiro incrível.

Dina e Robin riram enquanto pousavam os sacos no balcão.

— Você vai lá pra trás cozinhar?

— Não, acho que vou preparar alguns blends de chá. — Dina sorriu e foi para a cozinha.

Havia pão assando no forno e uma fileira de cupcakes esfriando na bancada, que seriam decorados em mais ou menos uma hora. Todo o espaço ali tinha o aroma aconchegante de um abraço.

Dina sentiu o celular vibrar, o pegou e abriu as mensagens do grupo com Immy e Rosemary, que elas tinham batizado de "As irmãs esquisitas". Era uma enxurrada de fotos de Rosemary que ela havia tirado na sua casa mal-assombrada e na feira de árvores de Natal.

Immy respondeu com: Tinha uma sala de serra elétrica com um Papai Noel assassino como no ano passado?

Dina comentou: Fofa, deixa eu te mandar minha receita de vinho quente, ao que Rosemary respondeu: Sim, por favor! E não tinha nenhum Papai Noel assustador, mas tinha elfos empunhando machados, me diverti demais.

As amigas dela não batiam bem — e Dina amava demais as duas.

Dina cantarolou para si mesma enquanto tirava um pote de geleia vazio de um armário cheio. O pote ainda tinha o rótulo de "geleia de damasco", do lote que a mãe havia preparado para ela no ano anterior — geleia com sabor de sol engarrafado.

Não havia uma ciência exata para a magia, mas Dina muitas vezes percebia que as melhores misturas de chá eram as que ela colocava em potes de segunda mão, antes cheios de coisas deliciosas e maravilhosas.

Afastou os cachos do rosto e foi para a despensa. As paredes estavam forradas do chão ao teto com todo tipo de potes e caixas, cada um com etiquetas com o garrancho de Dina. Ela mantinha as especiarias juntas, próximas de outros itens essenciais para confecção de pães e bolos, como baunilha fresca, farinha para bolo e uma lata com o rótulo "Olho de salamandra", que na verdade continha noz-moscada.

Diversas prateleiras eram dedicadas à seleção de chás de Dina. Além dos blends especiais que fazia para a loja, ela guardava uma coleção de ingredientes para chás e infusões, que podia acrescentar a blends mais particulares a qualquer momento. Dina sempre se sentia uma verdadeira bruxa natural quando olhava a sua despensa.

O blend de chá de Scott precisava ser algo que encapsulasse as energias dele, mas que também de alguma forma o ajudasse. Um chá para tomar no meio de um longo dia de trabalho, decidiu Dina.

Ela enrolava um cacho no dedo enquanto se concentrava — ainda não conhecia nenhum dos colegas curadores dele, mas, pelo que Scott havia comentado, eles às vezes eram um pouco difíceis. Portanto, precisava ser o tipo de chá que o ajudaria a enfrentar uma longa reunião. Algo para aguçar uma mente cansada. Dina sabia exatamente o que fazer.

Ela pegou vários potes e os colocou no balcão à sua frente. Chá preto — um Assam encorpado, *nibs* de cacau, gengibre seco e... estava faltando alguma coisa. Dina voltou para a despensa e examinou as prateleiras com as mãos no quadril.

Ela sabia que o blend precisaria de mais um ingrediente para ficar perfeito para Scott. Cogumelo juba-de-leão? Talvez um pouco terroso demais. Dente de alho? Pesado demais: dominaria os outros sabores. Seus olhos percorreram as fileiras de potes até um pequeno frasco de vidro contendo um pó vermelho escuro. Beterraba seca! Perfeito! Revigorante, mas ligeiramente doce e suave; faria Scott ter a sensação de estar tomando uma bebida com sabor de *red velvet* — o bolo favorito dele. Dina sorriu quando tudo pareceu se combinar.

Ela não queria apressar aquilo. Não era todo dia que uma mulher preparava seu primeiro blend mágico de chá para o homem por quem estava apaixonada.

Dina preparou dois potes cheios do blend de Scott — um para o escritório e outro para ele guardar em casa. Ela anotou o nome dele em duas etiquetas e colou nos potes. Chegou até a acrescentar um coraçãozinho ao lado — não conseguiu evitar. Dina levou um dos potes ao nariz e respirou fundo. Quente, forte e intenso — assim como Scott.

De repente, ela sentiu o celular vibrar no bolso.

— Alô, é Dina Whitlock? — disse uma voz de mulher que ela não reconheceu.

— É.

— Meu nome é Claire, sou paramédica. Scott colocou você como contato de emergência. Não se assuste, mas nesse momento estamos com o Scott na nossa ambulância e ele está sendo levado para o hospital.

Ela gelou.

— O que aconteceu?

— Ele sofreu uma queda no Museu Britânico. Acreditamos que estava em cima de uma escada que quebrou e ele bateu a cabeça.

Ah, Deus, não.

— Posso falar com ele? — perguntou Dina. Ela sentia o corpo entorpecido, era como se a sua voz pertencesse a outra pessoa.

— Infelizmente agora não... ainda estamos esperando que ele recupere a consciência. Como ele bateu com a cabeça, vamos precisar levá-lo para fazer alguns exames assim que chegarmos ao hospital, só para garantir que não há hemorragia interna.

Dina ouviu os bipes ao fundo e imaginou Scott deitado inconsciente na maca, o sangue escorrendo da cabeça, se misturando ao cabelo dele.

Isso é tudo culpa sua. Você fez isso.

— Estou indo encontrar vocês. Me diga para onde estão indo — ela se ouviu dizer.

Dina vestiu o casaco e saiu do café.

Acorda. Por favor, Scott, acorda.

Capítulo 32

A primeira coisa que Dina fez a caminho do hospital foi ligar para as mães de Scott. Então para Eric. Estavam todos a caminho, mas demorariam pelo menos mais uma hora até chegarem ao hospital. Ela ficou andando de um lado para o outro na sala de espera, lançando a distância todo tipo de feitiço e encanto de que conseguia lembrar.

A culpa a corroía por dentro. Aquilo era culpa dela. Ela *sabia* que a maldição ainda estava ativa, tinha visto os sinais e os ignorara. Se alguma coisa grave acontecesse a Scott, a culpa seria dela.

Ele tinha que acordar. Tinha que ficar bem.

— Dina? — Uma enfermeira apareceu na sala de espera. — Scott está acordado.

Ela correu até ele.

— Oi, meu bem — falou Scott, deitado na cama do hospital, o rosto pálido, um curativo no lado direito da testa. — Eu tô bem.

— Que merda, Scott. Eu fiquei com tanto medo. — Ela deu um beijo nele e enterrou o rosto em seu pescoço.

— Eu também. Acordei no pronto-socorro, mas não me deixaram ver você até eu fazer o exame. Eu tô bem, não tem hemorragia interna. Aparentemente, cortes na cabeça sangram bastante, o que faz com que pareçam piores do que realmente são. Acho que quase matei de susto a bibliotecária que me encontrou.

Ela estremeceu só de imaginar a cena.

— Tá doendo? — perguntou ela.

— Só um pouquinho. Tiveram que dar alguns pontos. Acha que vou ficar com uma cicatriz descolada?

Dina deu um tapa brincalhão no peito dele.

— Não se atreva a me fazer rir agora.

— Os paramédicos disseram que tive sorte por ter batido a cabeça onde eu bati. Mais alguns centímetros para a esquerda e poderia ter causado um estrago grande.

E se ele não tiver tanta sorte da próxima vez?, pensou Dina. A maldição estava se tornando mais forte, parecia estar se esforçando para garantir que Scott se ferisse. Se Dina não o deixasse agora, aquilo certamente o mataria. E ela não conseguiria viver com aquilo.

Dina segurou o rosto dele entre as mãos, fazendo o possível para memorizar cada traço. Ela beijou as bochechas, os olhos, os lábios dele. Passou o dedo pela barba bem-cuidada. As lágrimas escorriam livremente por seu rosto.

— Meu bem, o que está acontecendo?

Ela o amava tanto... como ia falar aquilo?

— É tudo culpa minha — falou Dina, com a voz abafada pela camisola do hospital que Scott usava.

— O que é culpa sua?

— Essas coisas ruins que estão acontecendo com você. O fato de você estar toda hora se machucando.

— Dina, foi só uma escada velha e bamba que algum funcionário da manutenção esqueceu de consertar. Você não tem culpa de nada disso.

Ela levantou os olhos para o rosto dele e Scott lhe enxugou as lágrimas com o polegar.

— Por favor, escuta o que eu vou te contar — sussurrou Dina.

Como não estava disposta a soltá-lo nem por um segundo, Dina se aninhou ao lado de Scott, os braços passados firmemente ao redor do pescoço dele.

Então, respirou fundo e começou a falar:

— Quando eu era mais nova, uma pessoa me lançou uma maldição. Não foi por querer, mas aconteceu. Essa pessoa me amaldiçoou de um jeito que todos que se apaixonam por mim se machucam. Está entendendo? Tudo isso é por causa da maldição. Todos os acidentes que você sofreu desde que me conheceu. Desde que se apaixonou por mim... — A voz dela travou com um soluço. — E isso nunca vai parar. Daqui em diante, só vai piorar.

Scott balançou a cabeça. Ele parecia não querer acreditar nela. Dina esperou um instante, e ficou observando enquanto ele assimilava a verdade das suas palavras e cerrava os lábios.

— Você pode reverter a maldição? Ou quebrá-la?
— Já tentei muitas coisas. Nada funcionou.
Scott respirou fundo.
— Meu Deus, Dina. Por que você não me contou? Quanto tempo isso dura? Talvez a maldição simplesmente perca energia depois de um tempo. As outras pessoas ficaram por perto tempo o bastante para descobrir?
Scott estava com raiva. Estava bravo por ela não ter contado a ele. E Dina sabia que merecia aquilo.
Até ali, ela não tinha levado em consideração a possibilidade de a maldição perder energia com o tempo. Mas não, era perigoso demais arriscar. Além disso, se a maldição tinha continuado em pé todos aqueles anos, Dina duvidava que fosse desaparecer no momento em que finalmente tinha a chance de funcionar de verdade.
— Acho que não — falou ela.
— Tem como neutralizar a maldição?
— Foi o que eu tentei, com os amuletos na sua correntinha. E tenho lido as suas folhas de chá. Mas está ficando mais forte.
Os olhos de Scott suavizaram e ele a puxou mais para junto de si, para um beijo.
— A gente consegue dar um jeito nisso, Dina, por favor, não desiste. Vamos pensar em alguma coisa. E se...
— Tem uma coisa que a gente pode fazer — interrompeu Dina. Ela começou a se levantar, a se afastar dele.
— Não. Vem cá — disse Scott, de braços abertos. Ela balançou a cabeça.
— Você quer ir pra casa? Que tal ir até o meu apartamento um pouco e levar a Meia-Lua?
— Eu tenho que ir embora, Scott. Se eu ficar aqui, se eu ficar... com você, você vai acabar se machucando feio. — Dina sufocou um soluço. — E não quero que se machuque por minha causa nunca mais.
— Dina, meu bem, o que você está dizendo?
— A gente não pode continuar com isso. Com... a gente.
— Como assim? Eu não dou a mínima para o que uma maldição qualquer quer fazer comigo. Vou lutar contra isso, Dina. Você é a melhor coisa que já aconteceu na minha vida e não vou abrir mão disso.
— Essa escolha não é sua, Scott. A maldição é minha... o fardo é meu.
Scott a puxou para um beijo. Dina abriu a boca avidamente e os lábios dos dois se encontraram com força, os corpos pareciam prestes a derreter. O tempo pareceu parar por alguns instantes, mas quando Dina recuou, lágrimas ainda cintilavam nos seus olhos.

— Preciso que você saiba que só estou fazendo isso porque eu te amo — disse ela em um tom baixo demais, decidido demais.

— Dina...

— Por favor, não torna isso mais difícil para mim, Scott! — implorou ela. Então voltou para os braços dele. — Se você quiser — falou Dina, a voz trêmula —, posso fazer com que se esqueça de mim.

— Não se atreva — grunhiu ele.

— Eu te amo — sussurrou Dina, então saiu correndo do quarto.

A neve o atingia de todos os ângulos, mas Scott nem percebeu. Ele saiu do hospital no momento em que o médico lhe deu alta, e ignorou as ligações das mães e de Eric. Não prestou a menor atenção no frio cortante ou nos arrepios que percorriam todo o seu corpo. Sua cabeça doía, mas ele tinha que continuar andando, tinha que abafar o rugido dentro dele. Cada passo doía. Nada fazia sentido... Sentia a mente e o coração totalmente confusos, retorcidos e partidos. Amava Dina com cada pedacinho do seu ser. Como conseguiria viver sem ela?

Scott seguiu colocando um pé na frente do outro, sem se importar para onde estava indo, só queria se afastar... de onde quer que estivesse. Nenhum lugar seria longe o bastante. Aqueles sentimentos o perseguiriam aonde quer que fosse.

Dina tinha até se oferecido para fazer com que ele a esquecesse, e aquilo o deixara puto. Como Dina ousava sequer pensar em se apagar das lembranças dele? Ela era a *pessoa* dele — Scott não queria mais ninguém e nunca iria querer mais ninguém.

Era como se ele estivesse de volta ao labirinto, só que mais perdido do que nunca.

Scott passou a mão pelo rosto, desejando que as lágrimas que escorriam desaparecessem.

Tinha uma vaga consciência de que as pessoas na rua o encaravam espantadas — um homem adulto enxugando as lágrimas do rosto e andando com determinação pela calçada. Ele não estava em condições de se importar com aquilo.

Tinha perdido Dina — porra, tinha perdido Dina! A expressão nos olhos dela quando tinha tentado... o quê? Explicar por que precisava deixá-lo? Nossa, ele quase desabara. Scott quase tinha dito: "Deixa isso me matar, eu não me importo. As últimas semanas foram as melhores da minha vida, e mesmo que eu só venha a ter mais alguns dias com você, vai ser melhor do que viver sem você".

Scott sentiu o impacto de uma superfície dura e fria, que o deixou sem fôlego. Ele piscou algumas vezes e, quando olhou para baixo, viu uma grade de metal que batia logo acima da sua cintura. À frente dele, se erguia o Tâmisa, as ondas golpeando umas às outras como facas de aço.

Scott percebeu que estava nevando, os delicados flocos se derretiam em sua pele e se prendiam ao seu cabelo. Pelo que parecia, estava perto de Battersea. Ele checou o relógio e viu que eram quase sete da noite. Estava andando havia horas, o céu já assumira o tom cinza-escuro da noite e as nuvens não mostravam sinais de ir embora.

O amanhã ainda não parecia real. Como ele poderia acordar no dia seguinte sem Dina em seus braços, ou em qualquer outro dia? Tudo parecia de uma escuridão insondável. Depois do que pareceram horas fitando as ondas escuras, com o coração batendo entorpecido no peito, cada pensamento no rosto de Dina, Scott se virou e começou a longa caminhada para casa.

Capítulo 33

Dina era uma tempestade ambulante, e qualquer um que entrasse em seu raio de destruição sentiria a sua ira. Só que a ira de Dina era mais parecida com uma dor profunda e escaldante, e se manifestava para quem passava por ela na forma de cocô de cachorro na sola do sapato, guarda-chuvas quebrados e rajadas de vento que faziam fios de cabelo grudarem no brilho labial. Dina não fazia nada daquilo de propósito, mas a sua magia estava transbordando dela.

Como tinha medo de que a sua magia pudesse causar falhas de sinal que poderiam acabar derrubando toda a rede de metrô, Dina decidiu voltar a pé para casa, e estava com os pés doendo quando deu os últimos passos até a porta da frente.

No momento em que fechou a porta, ela se jogou no sofá e enterrou o rosto nas almofadas. Dina sufocou os soluços ali sem nem se importar que o rímel manchasse todo o tecido. Depois de um tempo, sentiu o movimento hesitante da cauda de Meia-Lua e o farejar cauteloso junto ao rosto. Dina virou de lado para que a gata se encaixasse no seu colo, massageando o abdômen de Dina com as garrinhas afiadas.

— O que você vai preparar hoje, madame Meia-Lua? — Dina fungou, fazendo cócegas no queixo da gata, que continuava a massageá-la.

Ela gostava de imaginar Meia-Lua com uma touquinha de padeira e uma vez até tentou tricotar uma — mas Meia-Lua se opôs com veemência quando Dina tentou colocar a touca nela. Dina não saberia dizer quanto tempo ficou ali, acariciando o pelo preto e macio da gata, mas lentamente a dor em seu peito começou a suavizar, como se dedos gentis estivessem afrouxando um nó apertado, pouco a pouco. A dor não tinha passado, mas estava um pouco mais silenciosa.

Meia-Lua acordou Dina horas depois; a sala estava banhada pela luz da rua. A gata miou, encostou o focinho no braço de Dina, então foi se postar ao lado da tigela de comida.

— Que falta de consideração da minha parte. Dormi durante a hora do seu jantar.

Quando se levantou, seu corpo inteiro doía, mas Dina se arrastou até a cozinha mesmo assim e serviu o jantar de Meia-Lua.

Toda a magia que havia vazado dela no caminho para casa parecia ter cobrado o seu preço, e ela se sentia esgotada. Embora também pudesse ser apenas tristeza.

O celular tocou e Dina atendeu, sem nem sequer checar para ver quem estava ligando.

Immy e Rosemary surgiram na tela.

— Dina, ah, Dina, meu amor, você está bem? — perguntou Immy.

Dina viu a imagem minúscula do seu rosto no cantinho da tela: inchado, vermelho e manchado de lágrimas.

— Eu estraguei tudo — falou ela, a voz saindo como um grasnado.

Eric provavelmente contara a elas o que tinha acontecido.

— Você vai ficar bem, estamos aqui pra te ajudar. Conta o que aconteceu — pediu Rosemary, seu vídeo estava um pouco mais lento, já que ela ligava dos Estados Unidos.

Dina respirou fundo e contou às duas sobre os feitiços e sobre o acidente, falou também que amava tanto Scott que tinha sentido seu coração se partir.

*M*ais tarde naquela noite, Dina ficou se revirando na cama, sem conseguir dormir.

— Você tem que contar pra sua mãe, Dina, tô falando sério — tinha dito Immy na ligação mais cedo. — Ela vai saber o que fazer.

— Mas e se ela me odiar quando eu disser que sou bi?

— Dina, ela não vai te odiar. Mas escuta a gente — falou Rosemary. — Você tem que contar a ela. E se ela não aceitar... Bom, a gente te ama e vai estar aqui pra te ajudar até que a sua mãe decida se juntar a nós no século vinte e um.

Elas tinham conversado por mais algum tempo, até que Dina sentiu o peso da exaustão ameaçar derrubá-la.

Sua magia estava volátil demais naquele momento, caso contrário ela teria feito um feitiço para conseguir dormir. Em vez disso, Dina se arrastou até a cozinha, com os olhos turvos, e preparou uma xícara de chá de camomila para levar para a cama. Aquelas flores eram de um lote que ela havia cultivado e secado em sua própria janela no ano anterior. Não tinham a mesma força que camomila silvestre, mas onde Dina conseguiria encontrar camomila silvestre em Londres?

O chá estava delicadamente doce e, depois de alguns longos goles, Dina sentiu as pálpebras começarem a pesar. Sucumbiu ao sono na mesma hora e, quando voltou a abrir os olhos, a luz do amanhecer já entrava pelas cortinas, em um tom rosa-pêssego.

Ela sentiu um peso em cima da barriga — Meia-Lua estava sentada ali, se lambendo, com uma pata estendida.

— Você deveria ir passar um tempo em casa, Dina — falou Meia-Lua, na sua voz de estrela clássica de Hollywood. Mas aquilo era um absurdo, porque Meia-Lua não falava.

— Você é uma gata — murmurou Dina.

— De fato — respondeu Meia-Lua, com um tom irônico —, mas sou a *sua* gata, então posso lhe dizer o que fazer. Você precisa ir para casa, Dina. Para ajudar a curar seu coração. Para quebrar a maldição.

— Não consigo quebrar a maldição, já tentei de tudo. Fiz o Scott usar amuletos de proteção, chequei a sorte dele o tempo todo e ainda assim ele se acidentou. Estou te dizendo, tentei de tudo.

Meia-Lua olhou para ela com olhos sábios e astutos.

— *Nem tudo.*

Dina acordou de repente. A luz que entrava em seu quarto era fraca e cinzenta, como se as nuvens estivessem encharcadas de chuva. Meia-Lua estava sentada em cima dela, lambendo o pelo da barriga.

— Muito engraçado, Meia-Lua — disse Dina. — Você conseguia falar esse tempo todo e só agora me conta?

A gata olhou para ela e piscou uma vez.

— *Miaauuu* — disse Meia-Lua, enquanto Dina fazia cócegas em seu queixo.

— Ah, de repente o gato comeu sua língua?

— *Miaauuu.*

— Hummm. Não acredito nisso.

Mas a Meia-Lua do sonho estava certa: ela precisava ir para casa.

O sono, por mais curto que tivesse sido, tinha clareado um pouco a sua mente. Alguma coisa semelhante a esperança sussurrou em seu peito. Suas amigas, e agora a sua gata, tinham lhe dito o que ela precisava fazer. E Dina estava inclinada a concordar. Era hora de confessar tudo, de contar à mãe sobre a maldição.

Capítulo 34

— Então, deixa eu ver se entendi: quando estava na escola de confeitaria, você lançou um feitiço do destino em um cara que estava namorando, mas o tiro saiu pela culatra quando ele sem querer te lançou uma maldição, para que todos que se apaixonassem por você acabassem se machucando. E você e o Scott terminaram porque a maldição estava tentando matá-lo, e a sua mãe está chorando no quarto e fazendo nevar dentro de casa porque você nunca contou nada disso a ela. É isso?

Robert Whitlock se encostou na bancada da cozinha, com uma caneca de café já frio na mão.

Se você deixar de lado a parte de que sou queer, então, sim, pensou Dina.

— É, é isso — disse ela apenas.

O pai soltou um longo suspiro, então se aproximou para apertar o ombro da filha.

— Você sabe que pode nos contar qualquer coisa, nós nunca te julgaríamos.

Dina apoiou a cabeça no braço do pai enquanto ele acariciava o seu cabelo, e se perguntou se ele estaria certo.

Ela havia chegado na casa dos pais com a intenção de confessar tudo, mas a maneira como a mãe reagira quando soube da maldição, mesmo Dina não esclarecendo que Rory era uma mulher, a fez duvidar de como aquela informação adicional seria recebida. Nour tinha considerado o segredo da filha uma afronta pessoal.

Robert suspirou e deixou o café de lado.

— É melhor eu ir ver como está a Nour. Daqui uma ou duas horas ela já vai estar bem.

Dina duvidava. Depois que o pai saiu da sala e subiu as escadas, ela foi para o pátio da casa e ficou vendo a neve cair na cerâmica colorida do piso.

A casa tinha ficado satisfeita ao ver Dina, e a chaleira assoviou animadamente no momento em que ela destrancou a porta, mas saber da maldição havia deixado a mãe chateada e a casa confusa. Estava nevando e um frio intenso pairava no ar. Ao mesmo tempo, o fogo crepitava alegremente na lareira, exalando um aroma de pinho e canela.

Dina tinha certeza de que, se subisse para o quarto da sua infância, encontraria a cama aconchegante, aquecida com bolsas de água quente e o som da chuva batendo na vidraça — ela só conseguia dormir assim na adolescência. Meia-Lua rondava seus pés, batendo suavemente nas panturrilhas dela. Dina pegou a gata e a embalou como um bebê, o que Meia-Lua suportou com uma expressão resignada.

Depois de algum tempo, a neve parou de cair, e o céu mágico acima do pátio, que na verdade era apenas um telhado, se coloriu de um violeta profundo salpicado de estrelas. Dina ouviu os passos arrastados do pai descendo as escadas.

— Ela pediu pra te ver — falou ele, com um sorrisinho débil.

Dina estaria mentindo se dissesse que não estava com medo de ver a mãe. Emoções fortes tornavam as bruxas mais voláteis, e Nour já não era exatamente uma pessoa calma. Mas quando entrou no quarto dos pais, encontrou a mãe sentada de pernas cruzadas na cama, segurando um livro antigo.

— *Aji hdaya* — disse Nour. Vem cá.

Dina obedeceu e, no momento em que se sentou ao lado da mãe, foi puxada para um abraço.

— *Benti*, me desculpa — falou a mãe. — Em primeiro lugar, por nunca ter notado isso. Eu não entendo, a minha magia... — Nour olhou impotente para as mãos. — Eu deveria ter visto a maldição na sua aura.

— Está tudo bem, mãe. Eu também pensei nisso. Parte de mim se pergunta se escondi isso de você com a minha própria magia.

Nour assentiu lentamente, refletindo.

— Encontrei algo que acredito que você vai achar interessante — falou. Uma gaveta se abriu e um par de meias voou na cabeça de Nour.

— Desculpa. A *casa* que encontrou — corrigiu ela.

Nour inclinou o livro na direção de Dina. *Compêndio de feitiços de Madre Ágata*, dizia o título. Estava puído nas bordas, a lombada rachada; parecia ter sido muito amado.

— Quem é Madre Ágata? — perguntou Dina.

— Sinceramente, não sei bem. Esse livro estava no sótão quando nos mudamos e eu o consultei algumas vezes, mas quem quer que fosse essa pessoa, os feitiços dela não fazem o meu estilo. Mas tem uma página aqui em que acho que a gente deveria dar uma olhada.

Nour sacudiu o pulso, as páginas foram virando até parar em uma. Dina respirou fundo.

No alto da página estava anotado: "Um feitiço para mudar o seu destino", no que provavelmente era a letra de Madre Ágata. Embaixo, Dina viu muitos dos mesmos componentes que, anos antes, ela havia usado em seu feitiço para atrair Rory de volta.

— É tão parecido... — disse ela, passando o dedo pela página.

— Olha ali — falou Nour, apontando para uma nota na margem.

— "Somente bruxas de uma linhagem forte serão capazes de lançar ou neutralizar efetivamente um feitiço do destino" — leu Dina em voz alta. — "Se a pessoa sobre quem o feitiço foi lançado ficar inconsciente em algum momento ao longo do primeiro mês do feitiço, ele não terá mais efeito".

Mas aquilo significava...?

Dina olhou para a mãe, que estava sorrindo.

— Mas Rory ficou inconsciente. E... não tinha uma linhagem bruxa, tenho quase certeza disso.

Durante todos aqueles anos, Dina tinha achado que Rory havia aproveitado o feitiço do destino e o transformado em uma maldição, empurrando a magia de volta para Dina. Mas se o feitiço do destino tivesse se dissipado antes de Rory recuperar a consciência no hospital, então não havia magia para Rory controlar. De jeito nenhum ela poderia ter enfeitiçado Dina.

Nour assentiu.

— O feitiço não foi jogado de volta em cima de você, porque foi quebrado no momento em que Rory sofreu o acidente.

— Mas *estou* com uma maldição, mãe. Mesmo que não tenha sido o feitiço do destino que deu errado, mesmo que não tenha sido Rory, eu definitivamente estou amaldiçoada.

Mas se Rory não a amaldiçoara, quem teria feito aquilo?

Capítulo 35

Juntas, Dina e Nour desenharam um círculo de sal no quarto de Dina e colocaram uma vela no centro. Nour tinha pedido a Robert para não incomodar, pois se tratava de um assunto de bruxaria do mais alto nível, mas ele fez questão de que elas comessem alguma coisa antes de começar.

— Precisamos ir até o fundo dessa história, *habiba* — tinha dito a mãe. — Se ficarmos acordadas a noite toda, vamos descobrir quem jogou a maldição em você e como a gente pode quebrá-la.

Para começar o feitiço, elas lavaram os braços até a altura do cotovelo com água de rosas, deixando o ambiente com um aroma floral. Aquilo limpava a magia e fazia com que funcionasse bem.

— Senta bem no meio do círculo, *benti* — ordenou Nour.

Dina tinha deixado a mãe guiá-la naquele ritual, já que a magia de Nour tinha muito mais vidência.

A mãe lhe entregou uma vela acesa, então se sentou à sua frente no círculo.

— Como funciona? — perguntou Dina.

— Quando estivermos prontas, vamos apagar a vela e na fumaça acima dela vai aparecer o nome da pessoa que te amaldiçoou. Agora, fica quieta e me deixa fazer a minha magia.

Elas ficaram sentadas em silêncio, a chuva batendo forte nas janelas escuras, a sala banhada apenas pelo brilho quente das velas. Nour franziu o cenho, as mãos com a palma voltada para cima, enquanto murmurava um feitiço, baixo demais até para a própria Dina ouvir.

Dina ficou olhando para o rosto da mãe, a imagem de como ela mesma seria dali a trinta anos. Leves pés de galinha marcavam o canto dos olhos castanhos, e manchas de idade começavam a aparecer no alto das maçãs. Nour tinha a habilidade mágica de removê-las, se quisesse, é claro. Mas sempre tinha sido a favor de envelhecer com graciosidade. Ela aceitava inclusive os fios brancos que agora floresciam em suas têmporas, e dizia que eles a faziam parecer distinta e elegante.

Nour abriu os olhos, e por um momento eles cintilaram como âmbar.

— Apaga a vela — sussurrou.

Dina obedeceu, e o pequeno rastro de fumaça se elevou no ar. Por um segundo, nada aconteceu; então, letras começaram a se formar diante dos olhos dela.

— Ah, exatamente como eu suspeitava — disse Nour, com um tom solene.

As letras pairaram claramente acima dela antes de se dissiparem.

Havia apenas um nome na fumaça.

Dina Whitlock.

Capítulo 36

— Como foi que eu *me* amaldiçoei? E como é que vou conseguir quebrar essa maldição? — praguejou Dina, enquanto usava um feitiço de limpeza para varrer o círculo de sal para dentro de um jarro. Elas não iam mais precisar do círculo, já que aparentemente a causa de todos os problemas de Dina era ela mesma.

— Não é comum uma bruxa se amaldiçoar. Mas quando isso acontece, pode ser muito potente — comentou Nour, sentada na cama de Dina, com Meia-Lua enrodilhada em seu colo.

— E agora? Um feitiço dá conta disso?

Nour arqueou uma sobrancelha.

— Pensei que tivesse dito que já tinha tentado feitiços de limpeza em você, não?

— Eu tentei mesmo.

Nour encolheu os ombros.

— Isso deveria ter resolvido o problema.

Dina ficou surpresa com a calma que a mãe estava demonstrando em relação àquilo. Nour levou a mão ao rosto da filha e a deixou ali.

— Você passou todos esses anos bloqueada para o amor. E o Scott, eu realmente achei...

— Eu também, mãe — disse Dina, com um aperto no peito.

— Agora, cabe a você consertar isso.

— Como?

— Pensa, Dina. Se concentra na complexidade da maldição. Qualquer pessoa que se apaixonar por você vai se machucar, te obrigando a afastar essa pessoa da sua vida, para a segurança dela. É exatamente como no sonho que eu tive. Você construiu essa muralha ao seu redor para que ninguém pudesse entrar, e quem tentasse se machucaria. Mas o que acontece se alguém vai além disso e passa a te amar? Essa pessoa vê além dos limites da muralha. Vê o interior da fortaleza que você construiu ao seu redor e *vê você*. O que você tem medo que as pessoas vejam?

Dina não sabia bem quando tinha começado a chorar.

— Você tem medo que as pessoas descubram que você é uma bruxa e fujam? Me diz uma coisa, *benti*, o Scott fugiu?

Dina balançou a cabeça de um lado para o outro.

— Ele ama a minha magia.

— Exatamente. E você é você mesma quando está perto dele?

— Sou.

— E ele se apaixonou também. O Scott se apaixonou por *você*, Dina, porque você merece ser amada e merece amar.

Dina pousou a cabeça no peito da mãe e Nour acariciou os cachos da filha. Ela se sentia tão pequena, tão criança.

Restava uma parte secreta dela. Uma parte que sempre tinha estado ali, e que ela queria compartilhar com a mãe havia muito tempo.

Estava com tanto medo... *Por favor, continua a me amar depois que eu te contar, mãe.*

— Tem mais uma coisa, mãe. Uma coisa que venho escondendo de você.

— Ah, é?

— Eu nunca falei por medo de que você e o papai me amassem menos se soubessem. — Dina respirou fundo. — Sou bissexual, mãe. Eu me sinto atraída tanto por homens quanto por mulheres. A primeira pessoa que amei, Rory, não era um homem. E já namorei e me relacionei com outras mulheres, então, por favor, não diga que é só uma fase...

A mãe a interrompeu e segurou seu rosto entre as mãos.

— Minha menina querida, minha *habiba*. É isso que você vem escondendo de mim todos esses anos? — Nour começou a chorar. — Desculpa por ter feito você sentir que não poderia nos contar, por ter feito você achar que eu te amaria menos. Você é a minha filha: não tem nada em você que eu não ame.

As muralhas que Dina tinha construído em torno do seu coração desabaram. A mãe a abraçou, então, e repetiu que a amava até Dina finalmente conseguir acreditar. Depois de algum tempo, Dina parou de chorar e endireitou as costas para olhar para a mãe.

— O que a gente faz agora?

Nour pensou por um momento.

— Tem uma coisa que talvez ajude. Não se brinca com a magia de uma mãe.

Dina pensou em Scott, na oportunidade que agora tinha de ficar com ele, se ao menos conseguisse quebrar aquela maldição que ela mesma tinha lhe lançado.

— Vamos tentar — disse ela. — O que eu preciso fazer?

Dina esperou enquanto a mãe ia até o banheiro da suíte e saía de lá com uma tigela com incenso e cheia de hena recém-preparada (claramente a casa sabia muito bem o que Nour havia planejado).

Juntas, elas colocaram a hena em um saquinho e fizeram um buraquinho no canto.

— Vamos consertar isso, *habiba*. — A voz determinada da mãe encheu Dina com um súbito lampejo de esperança.

Ela percebeu que Nour cantava baixinho. Desde que Dina era bebê, a mãe cantarolava daquele jeito. Às vezes em darija, às vezes em inglês, nunca em francês. Nour pegou a mão direita da filha e começou a aplicar a hena na palma, em um lindo desenho.

A voz dela se transformou em um sussurro, então voltou a ser uma canção, com notas guturais e quentes. Como orações sussurradas.

A mãe levantou a mão de Dina e desenhou um círculo no centro, a hena perfumada com olíbano. Dina sentia um calor vibrante conforme a hena era aplicada, e cada camada parecia despertar algo em seu âmago, em seu espírito. A magia vibrava dentro dela, como uma luz fluindo nas veias.

Dina abaixou os olhos e viu com surpresa um padrão elegante de flores e trepadeiras ao redor dos dedos e, no centro da palma da mão, um olho aberto.

— Isso é para que você se veja como eu te vejo — disse Nour, com os olhos marejados.

Dina se levantou e se voltou para o espelho. Por um momento não reconheceu seu reflexo. Diante dela, estava uma mulher linda, cintilante, com um sorriso radiante, emanando gentileza e alegria. Aquela mulher era Dina. *Essa sou eu.*

A maldição tinha parecido intransponível, impossível de quebrar, mesmo depois que ela soube a causa. Uma coisa era saber que precisava amar a si mesma para quebrar a maldição, mas outra bem diferente era a prática. No entanto, quando Dina olhou para si mesma, tudo se encaixou. Sua família a aceitava como ela era. Se decidisse dentro de si que era digna de amor, então esta seria a verdade. E, se era a verdade, não havia mais necessidade de maldição. Não havia necessidade daquela muralha que tinha construído entre ela e os outros para impedi-los de vê-la como ela realmente era. Scott a amava, e ela o amava. E eles ficariam bem.

Dina estremeceu e soltou um suspiro conforme a magia insidiosa da maldição começava a se dissipar, como cinzas sopradas depois que um incêndio se apaga. Então suas orelhas meio que desentupiram e a maldição desapareceu.

Dina olhou para a mãe, sorrindo em meio às lágrimas.

— Acabou — gritou ela. — Mãe, eu tô livre.

Elas desabaram em uma confusão de lágrimas e gargalhadas, então o pai de Dina entrou e passou os longos braços ao redor da esposa e da filha, sem saber por que as duas estavam chorando e gargalhando — mas feliz por elas.

Depois de algum tempo, Nour segurou o rosto de Dina entre as mãos.

— Nós consertamos isso por enquanto, mas eu estava falando sério. Uma maldição autoimposta é uma forma poderosa de magia, intencional ou não. Amar a si mesma vai ser fácil em alguns dias, mas em outros vai ser uma montanha impossível de escalar. Dina, *habiba*, quero que me prometa que vai procurar alguém para conversar sobre isso. — Deu um beijo no rosto da filha. — Você sabe que sempre pode falar comigo, com nós dois, sobre seus sentimentos. Mas tem coisas que a magia não pode curar, e você precisa encontrar alguém com quem possa conversar e te ajude a evitar que você volte a erguer aquela muralha.

Dina concordou.

— Vou procurar alguém, eu prometo. — Ela sorriu.

— Então o que está esperando, *benti*? Precisa procurar o Scott e dizer a ele como se sente!

No momento em que a mãe pronunciou aquelas palavras, as malas de Dina apareceram na porta, já prontas. Meia-Lua já estava dentro da caixa de transporte, dormindo como uma pedra. E havia até uma passagem de trem em cima da bolsa de Dina.

Ela riu.

— Obrigada, Casa.

Dina nem se preocupou em trocar de roupa ou tomar banho; simplesmente pegou as suas coisas e saiu. O tempo rugia. Precisava voltar logo para Londres e entrar de penetra em uma exposição.

Capítulo 37

Scott tentou pela quarta vez dar o laço na gravata-borboleta. Dessa vez, ficou um pouco torta, mas ele não estava nem um pouco disposto a começar do zero. Scott se olhou no espelhinho de seu escritório e afastou o cabelo dos olhos. Não tinha dormido bem; todos perceberiam pelas suas olheiras.

— Obrigado por se juntarem a nós essa noite para celebrar a abertura da exposição *Símbolos de Proteção: a arte mística dos talismãs de todo o mundo*. Gostaria de agradecer... a quem é que eu quero agradecer mesmo? — Scott se virou para checar as suas anotações.

Decorar o nome dos patrocinadores, dos doadores e dos inúmeros museus de todo o mundo que tinham cedido artefatos — apenas temporariamente, é claro — tinha lhe tomado a maior parte da tarde. Era uma exposição grande e Scott não queria deixar ninguém de fora, nem se atrapalhar durante o discurso.

A dra. MacDougall estava contando que aquela exposição fosse um sucesso. Aquilo provaria que ela havia acertado ao contratar Scott como curador, por mais jovem que ele fosse.

E, se desse tudo certo, ele teria muito mais facilidade para apresentar as suas ideias menos convencionais.

O nervosismo o dominou por um instante — havia uma sensação de vazio, de náusea em seu estômago. Scott era uma pessoa bastante autoconfiante, mas não tinha feito muitos discursos na vida, tampouco em uma noite de gala. Suas mães estariam lá, assim como Eric e Immy. Faltava uma pessoa, é claro — a pessoa que ele mais queria que estivesse ali e a única que não estaria.

Dina saberia o que dizer para acalmá-lo. Ela teria pressionado os lábios naquela ruga entre as sobrancelhas dele até transformar o cenho franzido em um sorriso. Ele sentia falta da risada tilintante dela e do jeitinho como ela torcia o nariz quando sentia algum cheiro ruim — o que acontecia com frequência em Londres.

A sensação de vazio no estômago se expandiu até uma dor oca fazer todo o seu corpo latejar. Seria assim a partir de agora. Eric tinha dito que a dor diminuiria com o tempo, mas aquilo ainda não havia se provado verdade.

O mais esquisito de tudo era que quanto mais tempo passava sem Dina, mais certeza tinha de que o amor dos dois era daquele tipo que só acontece uma vez na vida. Do tipo "quero envelhecer com você ao meu lado".

— Você só precisa aguentar mais essa noite — disse Scott ao seu reflexo, então enfiou as anotações do discurso no bolso do paletó azul-marinho.

Podia ouvir brindes em taças de champanhe enquanto descia os degraus que levavam ao salão principal. Já estava escuro do lado de fora — afinal, era novembro —, mas a luz intensa das luminárias e dos candelabros — instalados às pressas naquele dia para o evento — dava ao ambiente um brilho cintilante. Scott havia tropeçado em um daqueles candelabros pouco antes, um que ainda não havia sido pendurado.

Todos os convidados e convidadas usavam trajes de gala, algumas com vestidos sofisticados que iam até o chão, em tons profundos de esmeralda e vermelho. Ele apertou a mão de alguns conselheiros e patrocinadores do museu, todos pessoas importantes que tinham a si mesmas e às suas contribuições em alta conta. Não que Scott tivesse qualquer intenção de deixar transparecer a sua opinião.

Em vez disso, ele continuaria a organizar exposições, a devolver artefatos aos seus países de origem e a mostrar aos visitantes as partes peculiares e maravilhosas da história deles. Mas havia alguns obstáculos a serem superados antes — e aquela noite era um deles.

— E esse jovem é o cérebro por trás da *Símbolos de Proteção* — disse a dra. MacDougall, indo na direção de Scott, acompanhada por um homem bem-vestido de aparência despretensiosa. — Scott, esse é o dr. Benhassi, do Museu d'Orsay.

Scott apertou a mão do dr. Benhassi, sem acreditar que estava falando com o curador-chefe de uma das maiores galerias de arte de Paris.

— É uma honra conhecê-lo, dr. Benhassi. — Scott sorriu.

O dr. Benhassi tinha um rosto gentil e aberto.

— Eu é que deveria lhe agradecer — disse ele —, já que acaba de ser acertado que o D'Orsay vai sediar essa sua exposição quando ela começar sua viagem pelo mundo.

Scott não conseguia acreditar naquilo. Ele olhou para a dra. MacDougall, que respondeu com uma piscadela travessa.

— Isso é verdade?

— É, sim — respondeu ela. — Foi o acordo mais fácil que já consegui fechar.

A dra. MacDougall se afastou com o dr. Benhassi para apresentá-lo aos outros curadores do museu, o que foi bom, porque a mente de Scott estava girando. A exposição dele — a *primeira* exposição dele — estaria no Museu d'Orsay, em Paris. Aquele era o sonho de muitos curadores que, muitas vezes, nunca se tornava realidade. Scott se apoiou na pedra fria da parede do salão e respirou fundo.

Quando chegou a hora do seu discurso, Scott ficou surpreso ao descobrir que não se sentia mais nervoso. Avistou Eric e Immy na plateia. Como os dois tinham chegado um pouco tarde, Scott não conseguiu conversar com eles. Mas ver seus rostos ali o acalmou, ao mesmo tempo que aguçou a sua tristeza por Dina não estar presente.

Scott subiu no palco que havia sido erguido em frente à entrada da Sala de Leitura, com um grande pôster da exposição pendurado atrás dele. Os aplausos silenciaram quando ele pegou o microfone e seu coração disparou de forma traiçoeira no peito.

— Obrigado a todos por terem vindo essa noite para celebrar o lançamento da exposição *Símbolos de Proteção*. — Aquelas não eram exatamente as palavras que ele havia escrito no rascunho, mas, de qualquer forma, não tinha pretendido lê-las exatamente como estavam.

Scott continuou agradecendo a todos os doadores necessários, fazendo uma pausa de vez em quando para breves aplausos.

— É claro que nenhuma das nossas pesquisas poderia ter sido concluída sem a assistência de historiadores locais e guardiões da história oral dos seus lares. Ao longo da exposição, vocês ouvirão trechos de gravações de entrevistas que fizemos com esses historiadores, porque temos que ouvir as histórias diretamente da fonte.

Foi então que ele a viu. De pé no meio da multidão, entre tantos outros. O coração dele. Ela estava radiante, os olhos cintilando com lágrimas. Cada segundo sem ela nos braços o fazia ansiar dolorosamente, mas Scott conseguiu dar um jeito de terminar seu discurso. Ele não ouviu os aplausos, mal percebeu as pessoas apertando a sua mão e parabenizando-o quando ele saiu do palco.

Dina, Dina, Dina, gritava o coração de Scott. Mas, enquanto se adiantava entre os convidados, ele não conseguiu mais vê-la.

Alguém segurou seu braço.

— Ela está ali — disse Immy, apontando para a galeria de estátuas egípcias.

Scott foi até lá, e o burburinho do evento se tornou mais baixo — agora só ouvia os próprios passos no piso de mosaicos. Ele dobrou em um canto e lá estava ela, esperando por ele sob uma estátua de Hathor.

Tudo o que Scott mais queria era tomar Dina nos braços e não soltá-la nunca mais. Ela parecia radiante naquele vestido azul-escuro, feito de um tecido leve parecido com cetim que se colava aos lugares certos. Se tivesse que ficar de quatro e rastejar para tê-la de volta, Scott faria aquilo com prazer.

— Eu...

Dina ergueu a mão.

— Por favor, deixa eu falar primeiro — disse ela.

Dina deu um passo na direção dele e Scott sentiu o perfume de flor de laranjeira e canela, o que o fez ficar ansioso.

— Desculpa por eu ter te colocado em perigo. Se isso tiver sido o bastante para você me odiar, então eu vou embora agora. Mas se... se você ainda quiser... isso, então queria que soubesse que eu quebrei a maldição.

O coração de Scott se encheu de esperança.

— Eu que tinha me amaldiçoado, sem me dar conta. O universo estava perseguindo você por minha causa. Todos esses anos, tive muito medo, me senti muito insegura, e foi assim que esses sentimentos se manifestaram. Mas estou aprendendo a me amar. Vai levar algum tempo e não vai ser fácil, mas se você puder esperar por mim...

— Não preciso esperar. — Scott a puxou para si e deixou os dedos correrem pelas costas dela. — Dina, eu te amo. Sou louco por você, com certeza você sabe disso.

Dina olhou para ele com lágrimas nos lindos olhos castanhos.

— Era tudo de verdade entre a gente, não era? Você ainda... ainda quer ficar comigo?

— Dina, eu poderia viver um milhão de anos e ainda assim não seria tempo suficiente para ficar com você. Droga, eu estava disposto a me arriscar mesmo quando o universo ainda queria me matar.

Ele riu e abaixou o rosto para encontrar o dela. Os lábios dos dois se encontraram, envolvendo-se em um abraço firme como se fossem um só corpo.

Ele a abraçaria daquele jeito todos os dias, pelo resto da vida, Scott se deu conta. Tinha tanta certeza daquilo quanto do ar que respirava, enquanto seus lábios se colavam aos de Dina sem parar.

— Eu nunca deveria ter me oferecido para fazer você me esquecer. Prometo nunca usar magia em você, a menos que você me peça.

Dina ergueu os olhos para fitá-lo, seus cachos voando em todas as direções, o rosto marcado de lágrimas.

— Não, não diga isso. Eu amo cada parte de você, Dina. E isso inclui a sua magia. Lembra como você me ajudou no labirinto? Quem sabe a gente tenha mais alguns labirintos a percorrer.

Ela deve ter percebido a segurança no olhar de Scott, porque sorriu, deu um pulo e engatou as pernas ao redor dele. As mãos de Scott encontraram na mesma hora o traseiro dela, que ele agarrou com firmeza, em uma promessa do que aconteceria mais tarde.

Scott beijou toda a extensão do pescoço de Dina até a orelha.

— Esqueci de perguntar, como você entrou sem ingresso? Não que eu me importe por você ter entrado de penetra — falou ele, rindo e saboreando a sensação do corpo de Dina no dele mais uma vez.

— Ah, eu coloquei um feitiço em um ingresso de cinema antigo para que o segurança achasse que era um ingresso para a exposição.

Eles se abraçaram por mais algum tempo, até Eric enfiar a cabeça em um canto da galeria para avisar a eles que estava na hora de inaugurar a exposição. O sorriso em seu rosto deixava claro que ele sabia exatamente o que Scott e Dina estavam fazendo.

— Vocês dois ficam muito fofos juntos — disse Eric, enquanto via os dois voltarem de mãos dadas para o salão.

Immy fez um "toca aqui" com o marido, ambos claramente orgulhosíssimos da missão cupido bem-sucedida.

A dra. MacDougall também lançou um sorriso travesso aos dois, abaixando os olhos para as mãos entrelaçadas, quando os dois entraram juntos na galeria de exposição.

— Vamos ter que jantar juntos em breve, para que eu possa conhecer direito essa moça! — disse ela a Scott, e indicou com um gesto que os dois entrassem.

A noite foi perfeita, e a exposição, um sucesso estrondoso. Quando já se preparavam para ir embora, um repórter do *Guardian* os deteve para parabenizar Scott, e garantiu que poderiam esperar uma ótima crítica no jornal.

Quando entraram no táxi, Dina se virou para ele.

— Quer ir pra casa? — perguntou ela.

Scott assentiu e explicou ao motorista como chegar ao apartamento de Dina.

Recostando-se no banco, Scott viu que Dina o fitava com uma expressão perplexa.

— O que foi? — perguntou ele.

— Achei que você ia querer voltar para o seu apartamento — respondeu ela.

— Vou dar graças a Deus se não tiver que pisar nunca mais naquele apartamento. A minha casa é onde você estiver, Dina, e onde quer que aquela sua gatinha brava também esteja.

Ela se aninhou nele, deixando-o protegê-la do frio.

— Meia-Lua não é brava. Ela só sabe do que gosta — murmurou Dina.

Quando Scott abaixou os olhos, alguns minutos depois, viu que ela havia adormecido com uma expressão serena no rosto. Uma profunda necessidade de protegê-la o dominou e ele a puxou mais para perto, cobrindo-a com o próprio cachecol para mantê-la o mais aquecida possível. As luzes cintilavam do outro lado da janela do táxi e toda Londres mergulhou em um silêncio gentil quando a neve começou a cair.

Epílogo

O evento em que se acendiam as luzes de Natal em Little Hathering era um espetáculo imperdível. Pessoas de todas as cidades e vilarejos vizinhos se reuniam na movimentada rua principal para o desfile das lanternas e, mais tarde, para o grande momento em que as luzes eram acesas — que começava com a árvore de Natal da cidade e seguia com a iluminação de toda a rua.

Aquela era uma das noites favoritas de Dina. O aroma condimentado de vinho quente e de empadões de carne, os corais de canções natalinas um pouco desafinados e a alegria das crianças exibindo as lanternas que tinham feito na escola. A Inglaterra era tão escura no inverno... eles precisavam daquelas luzes cintilantes para não afundarem na escuridão dos meses mais frios e dos dias mais curtos. Ao seu redor, as pessoas andavam para cima e para baixo na rua principal, parando na padaria para comprar pão de mel fresquinho ou comemorando quando ganhavam um ursinho de pelúcia na barraca de pesca.

Mas Dina tinha uma missão. Ela carregava precariamente em cada mão dois copos de papel com chocolate quente, da barraca da sra. Bailey. Era o melhor da cidade — feito só com coisas boas: lascas de chocolate amargo de verdade, com generosas porções de açúcar.

Certa vez, Dina tinha dito à sra. Bailey que talvez ficasse bom se ela adicionasse uma pitada de canela e um pouco de óleo de laranja no chocolate quente. Desde então, Dina ganhava chocolates quentes de graça sempre que a sra. Bailey a via, como um agradecimento pelo salto que seus negócios haviam dado.

Dina realmente não achava que havia feito tanta coisa assim para merecer chocolates quentes grátis para o resto da vida, mas não estava disposta a reclamar.

Depois de quase derrubar um deles em uma criança que balançou alguma coisa cintilante diante do seu rosto, Dina ficou aliviada por ter lançado um feitiço de equilíbrio em si mesma antes de pegar os copos. Scott tinha se oferecido para ajudar, mas ela lhe disse para não sair dali, já que ele estava guardando lugar para eles perto da grande árvore de Natal.

O celular dela vibrou no bolso, e Dina se perguntou se seriam Immy e Eric avisando que tinham chegado. Ela pousou os chocolates quentes em um banco e pegou o celular.

Era uma mensagem de Rosemary no grupo das três amigas.

Trago notícias! Confirmaram a data de início das filmagens — estarei em Londres em breve!

Dina respondeu com todos os emojis animados que conseguiu enviar com apenas um dedo livre. No ano seguinte ao casamento de Immy e Eric, Rosemary tinha ido visitá-los algumas vezes, mas agora, com as filmagens, ela passaria meses no Reino Unido. Dina mal podia esperar para ver a amiga.

Ela fez o possível para voltar correndo para onde estava, porque sabia que Immy e Eric não ficariam até muito tarde depois que chegassem: o parto de Immy estava previsto para dali a seis semanas e nenhum feitiço conseguiria ajudá-la a ficar de pé por muito tempo. Mas a verdade era que aquilo não era assim tão surpreendente, levando em conta que ela estava grávida de gêmeos.

Dina sorriu ao se lembrar de quando Eric e Immy tinham lhe dado a notícia. Ela tinha ficado muito feliz por eles e soube na mesma hora que adoraria ser a tia divertida e diferentona. Ter filhos não era algo que ela ou Scott desejavam, embora nos últimos tempos estivessem pensando em adotar um cachorrinho do abrigo de animais. Claro, tudo dependeria se Sua Alteza Real Meia-Lua estaria disposta a compartilhar o amor e o carinho que eles lhe dedicavam, embora estivesse ficando mais tolerante com a idade.

Dina atravessou a rua principal até a praça da cidade, no meio a árvore de Natal com mais de três metros ainda apagada. Ela encontrou Scott onde o havia deixado, agora conversando com Eric e com uma Immy muito redonda. Dina achava que nunca se acostumaria com a sensação de ver Scott sorrir para ela. Era como se o coração dela crescesse um pouco mais a cada vez. O último ano tinha sido o melhor da sua vida e mal podia esperar pelos anos que viriam.

— Quatro chocolates quentes! — anunciou Dina, distribuindo as bebidas.

— Não acredito que essa é a nossa última noite das lanternas sem crianças por perto — comentou Immy, puxando Dina para um abraço. — Você acha que vai ser esquisito?

— Esquisito, não... só um pouco diferente, mas de um jeito bom.

— Meus filhos vão fazer as lanternas mais incríveis que essa cidade já viu — disse Immy.

— E, ao que parece, também vão ter a mãe mais competitiva da cidade.

Dina sorriu e deu um gole em seu chocolate quente. Scott a envolveu com os braços e ela descansou a cabeça em seu peito, aproveitando o casaco quentinho.

— Tenho uma surpresa pra você — sussurrou ele no ouvido dela, para que ninguém mais pudesse ouvir.

— Ah, é? — falou Dina, já sabendo do que se tratava.

Ela tinha visto a caixinha naquela noite — e suspeitava fortemente de que Scott queria que ela visse.

Ele sabia que ela não era fã de surpresas, então aquele tinha sido seu jeito de deixá-la descobrir em seus próprios termos. Dentro da caixinha havia um anel — com uma safira azul perfeita no centro. Dina teria reconhecido o anel em qualquer lugar, porque era da mãe dela.

— Muito bem, pessoal, vamos fazer uma contagem regressiva. Três, dois... — anunciou o prefeito de Little Hathering.

A multidão contou e as luzes se acenderam. Um brilho quente e colorido subiu pela árvore, iluminando a praça com um amarelo suave. Dina ouviu o arquejo encantado da multidão e sentiu a alegria de todos se infiltrando no ar como magia.

— Você prefere a surpresa agora ou mais tarde? — sussurrou Scott, a barba roçando na orelha dela, fazendo um arrepio de expectativa subir por sua espinha.

— Mais tarde, quando estivermos só nós — falou Dina, e o beijou sem nenhuma preocupação no mundo.

Agradecimentos

Preparem-se: isso vai parecer um daqueles discursos ruins do Oscar que se prolongam por tempo demais, mas quero agradecer a todos que contribuíram para tornar este livro realidade. Se minhas palavras parecem calmas e controladas, saiba que chorei três vezes enquanto escrevia isso.

Primeiro, à minha incrível agente Maddy Belton, que pegou a bagunça do meu primeiro rascunho e disse: "Isso aqui tem potencial". Você concretiza sonhos, e vou ser eternamente grata por ter você lutando ao meu lado.

A todos na Del Rey e na Ballantine por verem o potencial de *Um café e um feitiço para viagem*, especialmente Mae e Sam, por suas observações editoriais perspicazes, pela paciência determinada e pelo entusiasmo mútuo quando mando para vocês, por e-mail, fotos de atores sexy escolhidos por fancasts.

Do lado dos Estados Unidos, um imenso agradecimento a Meghan O'Leary, Ada Yonenaka, Taylor Noel, Emma Thomasch, Pam Alders, Anjali Mehta, Saige Francis e Rachel Ake. E do lado do Reino Unido, o meu obrigada a Issie Levin, Feranmi Ojutiku, Coco Hagi, Rachel Kennedy, Kirsten Greenwood, Rose Waddilove, Evie Kettlewell, Linda Viberg, Amy Musgrave, Rebecca Hydon, Lizzy Moyes, Meredith Benson e, pela brilhante preparação de originais, Gemma Wain. Este livro não existiria sem o trabalho duro de todos vocês. Agradeço também à Valentina Paulmichl, da agência Madeleine Milburn, por ser tão fantástica na venda dos meus direitos internacionais; assim como a Georgina Simmonds, Hannah Ladds e todos os outros, por serem defensores tão fervorosos dos meus livrinhos indecentes.

Este livro teria sido apenas um lixo erótico sem meus leitores beta Aamna Qureshi, Antoinëtte van Sluytman e Frankie Banks. Aamna foi a primeira pessoa a ler o meu segundo rascunho, e havia tantos pontos de exclamação entusiasmados no seu e-mail que pensei: *Talvez eu consiga fazer isso.* Sua empolgação me fez seguir em frente. E Frankie, não tenho certeza se você sabe o grande elogio que me fez quando comparou esse livro a uma música da Taylor Swift. A toda a equipe da Orbit Books, onde trabalho como editora de aquisição: vocês têm apoiado incessantemente meus projetos de escrita e eu não poderia sonhar com pessoas melhores com quem trabalhar — vou ser time Orbit para o resto da vida.

Georgia Summers, você acredita que chegamos aqui? Parece que foi ontem que sonhamos para quais agentes gostaríamos de enviar os nossos trabalhos, durante os intervalos para o almoço na livraria Waterstones, e agora estamos lançando nossos primeiros livros no mesmo ano. Um viva para nós! Um milhão de obrigadas à Gyamfia Osei e a quem nos colocou no mesmo turno na Waterstones muito tempo atrás. Sempre me impressiona a sua ética de trabalho e o seu talento; tenho a sorte de ter você como amiga. A Lucie e Abbie, a família que escolhi. Eu não teria passado por aqueles anos difíceis sem a amizade de vocês. E a Rose, que entende que a minha linguagem de amor é enviar vinte memes para ela ver quando acordar. Rir com você enquanto a gente fazia todos os dias ginástica na academia foi uma delícia e é uma honra ter você como amiga (com quem mais vou falar sobre romance orc?!).

A toda a minha família, eu amo vocês, não leiam os capítulos dezenove, vinte e... Na verdade, deixa eu mandar uma versão editada para vocês. Espero ter coragem de encarar todos na próxima vez que os vir. Para o meu pai, você é o melhor. Obrigada por todas aquelas idas à Waterstones e por sempre me dizer que eu poderia ter quantos livros quisesse, e por fingir que não me via pondo livros de romance na pilha. Eu te amo — acho que não digo isso o bastante. E, ah, vou vencer você na próxima vez que jogarmos Scrabble. Para Fitz, que não sabe ler porque é um gato, por isso vou falar em uma língua que você consegue entender: psspsspsspss. Para a minha linda mãe, mesmo que você não consiga ler isso. Sonho em dedicar um livro a você desde que me entendo por gente, e agora que estamos aqui não há palavras grandes o bastante. Sinto a sua falta todos os dias. Espero ter deixado você orgulhosa.

Por último, e mais importante, ao Chris. Meu melhor amigo, meu amor. Você me torna uma pessoa melhor e uma escritora melhor (além de ser um baita gostoso). Eu acredito em finais felizes por sua causa.

Impresso no Brasil pelo Sistema Cameron da Divisão Gráfica da
DISTRIBUIDORA RECORD DE SERVIÇOS DE IMPRENSA S.A.